KB269861

극문학과 공연예술의 이해

극문학과 공연예술의 이해

◈ 책머리에

　극문학 및 공연학에 대해 현대적 비평을 시도하는 한국드라마학회에서는 이제 극예술의 지평을 너머 또다른 장을 열고자 한다. 지금까지 한국드라마학회에서는 한국의 극예술 및 해외 극문학과 공연학 분야에 대한 연구를 통해 서구의 극문학에 대한 이해의 폭을 심화시키고 극예술 문화의 교류의 폭을 확대시켰다.

　이번『극문학과 공연예술의 이해』에서는 르네상스 시대의 정치권력의 흐름과 결혼관을 고찰하고 당시 비극의 여건을 살펴보았다. 근대 서구의 사회, 경제, 종교의 문제를 여성의 관점에서 분석하였다. 또한 현대적 관점에서 한국 공연학 분야를 해외의 원주민극과 비교하여 근대 우리나라 지배 이데올로기 체제를 점검하였다. 클래식 영화에 대한 연구와 북한 영화 기법과 영화 음악에 대한 특징들을 분석하였다.

　앞으로도 한국드라마학회에서는 외국드라마에 대한 이해의 폭을 넓히고 우리나라 극문학과 공연문화에 대한 창조적 기류를 형성하려는 연구를 지속적으로 수행할 것이다. 아울러 현대 공연 문화를 학문적으로 이해하는 통합된 문화 연구의 틀을 갖추는데 일조하고자 한다.

2004.

한국드라마학회

극문학과 공연예술의 이해
차 례

1부   극문학 분야

『오셀로』의 이원적 갈등

김 길 수*

I

    '비극의 목적은 공포와 연민을 유발하는 것'이라고 단언하였던 Aristotle의 법칙[1]대로 우리 인간들은 갈등을 통해 자주 연민과 공포를 일깨운다. Hegel에 의하면 "야만적이고 불행한 시대에 나오는 권리가 갖는 위력은 우리에게 공포도 경외감도 아닌 단지 혐오와 분노의 정서를 준다. 따라서 그릇된 권리들이 끝까지 고수되지 않을 때 갈등이 진정으로 시작될 수 있으며 특히 자연성에서 기인하는 충돌들의 한 측면은 기질이나 성격 같은 자연적 소양에 근거하는 주관적 열정이다. 그 가장 좋은 사례가 셰익스피어의 『오셀로』의 주인공의 질투이다. 지배욕이나 인색함 그리고 사랑도 사실은 부분적으로 그러한 열정에 속한

---

* 경상대학교 영어영문학과 교수

1) Aristotle, *Poetics* (New York,1957), p.1449 : cf ··· through pity and fear effecting the proper purgation of these emotion, ···

다. 이러한 열정들은 개인으로 하여금 그런 정서들이 지닌 배타적인 위력에 사로 잡혀 인간의 삶 속에 있는 진정 윤리적이고 정당한 것에 대항함으로써 깊은 갈등 속으로 빠져들게 하는 동기가 될 때 실질적 충돌을 야기한다"[2]라고 주장한다.

그러면 오셀로의 비극을 야기하는 갈등의 충돌은 무엇인가. 과연 이 극의 파국은 존재하는가, 따라서 만약 그렇지 않다면 이 극은 비극을 초월하는 건가라는 여러 다양한 명제들이 야기될 듯하다. 헤겔의 「미학 강의」에서 보았듯이, 자연성에서 충돌하는 성적 갈등의 사례처럼 성적 갈등은 셰익스피어 희극과 비극에 공히 반영되어 있다. 환언하면 셰익스피어 극에 반영된 성적 갈등은 주로 연인들 간의 불신의 형태로 표출된다. 필자는 본 논문에서 『오셀로』의 극에 반영된 갈등의 이원적 유형을 살펴보고자 한다. 여기에서 그의 아내 데스데모나의 부정(不貞)에 대한 의구심은 구체적 근거가 부재하며 허구적인 것이며, 이는 전적으로 이야기를 꾸며 중상모략하는 이아고에 의해 구조 속에서 이원적 갈등으로 상호 충돌한다. 이러한 갈등을 허구적, 진실적 갈등으로 분석하여 왜 당초 이 극이 개막될 때 오셀로와 데스데모나 사이의 성적 환인의 우세는 상호 힘을 부여할 수 있었는데, 이러한 낭만적 사랑의 자웅양성적 이상의 축의 파국 원인을 살펴보고 자한다.

II

존슨 박사(Dr. Johnson)는 "『오셀로』(Othello)를 적절한 비극으로 만들기 위해서는, 이 극본 텍스트는 무대 연출로 시작되기보다는 담화적 서

---

2) G. W. F. Hegel, *Vorlesurgen über die Asthetik*, (Shurkan, 1834), p.301.

술로서 1막의 사건들과 함께 사이프러스(Cyprus)에서 시작했어야만 했
었다"[3]라고 믿었다. 이는 시간과 장소에 관계하는 신고전주의적 삼위
법(three unities)에 일치하여 진행시켜야 함으로 이 장면을 극에서 삭제
시키고자 하는 것이 그가 시도하는 이면의 정신이다. 그가 표방하는
『오셀로』의 비평사 제고는 그러한 함의가 있다. 존슨박사와 콜리지의
이 극에 대한 비평적 시각은『오셀로』의 비평에서 지배적 위상과 권위
를 가지고 있다. 이 두 가지 유형의 비평은 오셀로와 이아고 사이의 갈
등적 충돌을 강조한다. 뿐만 아니라 오셀로와 데스데모나의 결혼의 당
위성을 주장한다. F. R. Leavis는 그의 비평에서 "정서주의적 비평들은
오셀로의 영웅주의와 그의 결혼의 고매성에 대하여 이해를 가능케 하
며, 이 극의 구조적 약점의 원인은 이아고의 무동기적 악의 때문이라
는"[4] 콜리지의 평을 설명한다. 존슨박사와 콜리지의 비평적 시각에 의
하면, 이 극『오셀로』는 데스데모나와 오셀로 사이의 올가미에 오셀로
가 걸려있기 때문에 도덕적 갈등이 야기된다는 것이다. 이러한 그들의
비평적 시각에서 보면, 이아고는 마술사적 인물로 보이며, 그는 자신의
필요대로 극의 외양들을 전환시킬 수 있으며, 한편 본문 텍스트의 그녀
의 담론에서 보듯, "그녀는 오셀로의 마음 가운데서 훌륭한 모습을 보
았다. (She saw Othello's visage in his mind)"(1막 3장 247행), 이로 인해 그
녀는 "Una"로 호칭된다. 그녀는 너무 고매하여 외양들에 무관심 한듯하
다. 그녀는 "만사를 뿌리치고 오직 운명에 맡기려는 대담한 행동 이였

---

3) A. C. Bradly, *Oxford Lecture on Poetry* (London : Macmillan, 1959), pp.279~311.

4) F. R. Leavis, "The Diabolic Intellect and the Noble Hero", in *The Common Pursuit* (London: Barnes & Noble, 1970), pp.136~65.
   또 다른 정서주의 비평가는 William Emperson인데, 그는 *The Structure of Complex Words* (London: Ann Abor, 1967)에서 '오셀로의 정직성'이라고 언급하며, T. S. Eliot는 그의 *Selected Essays* (New York: 1960)의 "Shakespeare and the Stoicism of Seneca"에서 동일한 주장을 한다.

습니다. 그것은 남편의 직책을 잘 알고 한 일입니다. (Downright violence and storm of fortune / May trumpet to the world)"라고 한다. 이는 살아 생존하고자 하는 모든 고통이라 생각된다. 이러한 계획의 복원을 고려하면 비평의 "정서주의적 시각(Sentimentalistic view)"은 이 극본 텍스트에서 비극적인 것을 언급하도록 강요당한다. Granville Barker는 "오셀로가 무지하게 그의 운명으로 접근하고 있다"라고 다음과 같이 주장한다.

> The mere sight of such beauty and nobility and happiness, all wickedly destroyed, must be a harrowing one. Yet the pity and terror of it come short of serving for the pur gation of our souls, since Othello's own soul stays unpurged……It is a tragedy without meaning, and that is the ultimate horror of it.[5]

그러한 견해는 파국의 원인으로 이아고의 불가해한 죄악행위를 발생케 한다는 것은 무의미하며, 이는 놀라운 일이 아니다. 그 이유는 이 극본 텍스트 어떤 해설적 능력이 부재하기 때문이다. 『오셀로』의 기독교 세계에서 인간의 행위는 만약 그 행위가 성격과 인간관계에 의해 이해가 불가능하다면 진부한 것에 불과하다. 더욱이 우리가 이아고에게 그가 주장하는 복수의 동기를 용인한다면 정서주의적 시각은 그의 비평적 명성을 그에게서 제거할 수 있는 오셀로의 심중의 멍청한 모습을 지울 수 없이 그의 힘을 행사 할 때, 그가 성공하는 계략적 음모의 이유를 설명할 수 없을 것이다. 이들 비평가들의 견해에 의하면 이아고의 문제는 이 세계에 편재하고 있는 죄악의 현존 문제 못지 않다고 본다. Helen Gardner는 이 극본 텍스트를 "믿음 상실의 비극(tragedy of the

---

5) Harley Granville-Barker, *Prefaces to Shakespeare*, vol. 4 (Princeton, N.J. : Princeton University Press, 1946), p.236.

loss of faith)"6)이라고 호칭함으로써 이아고에 대한 과대한 평가를 바로 시정하고자 시도한다. Gardner는 언약으로서 결혼서약을 했던 인간관계의 약점과 결혼에 대한 비극적 강조를 하고 있다고 필자는 생각한다. 하지만 Gardner는 이 극에 반영된 심리적 불확실성의 원천보다 오히려 "신앙(faith)"의 신학적(神學的)견해를 도덕적 이상(理想)으로 취급하는 한 이 극본 텍스트를 선과 악 사이의 도덕적 갈등으로 본다.

오셀로와 데스데모나의 선에 대한 정서주의적 시각에 반(反)하는 평자들 역시 이 극본 텍스트를 도덕적 갈등으로 보고 있지만, 이는 이아고의 시각에서 그와 동일하게 본다. 이아고처럼 이들 비평가들은 오셀로의 낭만적 연출을 수용하지 않는다. 따라서 이러한 유형의 비평가들은 오셀로를 기껏해야 자기 기만적으로 보거나, 최악으로는 "범죄적 이기주의자"로 본다(Leavis). 정서주의적 평자들은 오셀로와 데스데모나의 기독교적 신앙에서 그들의 덕성을 발견한다.

또 한편 아이러니적 평자들은 데스데모나와 오셀로에게서 소박성만을 발견한다. 이와 같이 기묘한 언어적 전환에 의해 "정직한 이아고(기만성과 환상의 대가)"는 '현실주의자'로, 오셀로와 데스데모나는 평자들의 완고한 낭만주의적 태도의 '감상주의적 희생자'로 시각된다. 존슨처럼 W. H. Auden은 오셀로와 데스데모나의 결혼의 특성을 그들의 운명에 적절한 것으로 생각한다.

> Any consideration of the tragedy of *Othello* must be primarily occupied, not with its official hero but with its villain. I cannot think of any other play in which only one character performs personal actions—all the *deeds* are Iago's—and all the others without exception only exhibit

---

6) Helen Gardner, "The Noble Moor", *Proceeding of the British Academy*, vol. **xi** (London: 1955), pp.189~205.

behavior. In marrying each other, Othello and Desdemona have performed a deed, but this took place before the play begins.[7]

Auden의 견해로는 이 극본 텍스트는 비극이라기보다 형이상학적 균제(均齊)의 실질적재담이다. 이아고는 도덕극에 나오는 부덕한 인물처럼 여성의 약점에 관하여 꾸민 이야기들과 거친 허무주의로서 그가 표명하는 기만을 믿도록 이 극에서, 우리 문화의 모든 사람의 일반적 성향을 보여주기 때문에 그의 기만들에 있어 효과적이다.

『오셀로』에 대한 정서주의적 비평가들뿐만 아니라 아이러니적인 비평가들 역시 이 극본 텍스트의 극적 힘은 오셀로와 극의 청중을 압도할 때 이아고의 기교에서 나온다는데 동의한다. 우리가 그의 역할을 부덕한 인물(우리의 음흉한 동기들과 욕망들을 차단 하는자)의 역할로서, 악마(이 세계에 불가사이 하게 편재해 있는 죄악의 위협을 재현 하는자)의 그것으로서 시각 하던, 우리들은 이아고의 절대적 거짓의 통속성을 인지하는 맥락에서 결혼과 부정(不貞)에 관한 가장 정통하게 꾸며 낸 가공 이야기들을 표현하며, 이러한 가공적 이야기들을 그들의 파괴의 목적에 사용할 수 없도록 하기 위해 중요한 위상으로 남아있기를 주시한다. 『오셀로』는 극적으로 가장 강력하다라고 이처럼 폭넓게 주시되지만, 이의 진실은 성에 대한 가장 진부한 상투적 언어에 의존도가 높기 때문에, 이 극본 텍스트는 멜로드라마의 극적 효과에 이용된다. 이 경우 주인공은 만약 그가 성공했더라면 이 세계는 더욱 훌륭하게 변형 가능했을 것이라는 시사적 가정 때문에, 그의 대적(大敵)과 우리의 그것들에 대한 극복이 불가능하다. 이아고는 멜러드라마적 악인으로서 이

---

7) W. H. Auden, "The Joker in the Pack", In *The Dyer's Hand* (New York: 1948), p.246.

극의 종막에서 성공을 거두지만, 이는 우리의 무력(無力) 때문이라 하겠다. 이 극본 텍스트는 비극적 정화와 인간관계 속에서 작용하는 사악한 세력으로부터 자유롭게 벗어나지 못한다. 이아고의 사악한 극열성 때문에 우리가 충분하게 인지 못하는 사실은 우리 자신들이 인지하고자 바라기 때문에 단지 우리는 우리의 청중을 희롱한다. "나에게 아무 것도 요구하지 말라(Demand me nothing)", 너가 어떤 존재인가를 너는 알고 있다. (What you know, you know). 우리는 최후의 지식이 거부되는 유일한 사람들이 아니다. 우리는 오셀로를 기만당하는 인물로 보다는 그 자신 스스로 기만하는 인물로 보건, 이 극본 텍스트 종막에서 그를 자기 스스로에 관하여 진실을 볼 수 없는 자로서 시각하지 않는 것은 어렵다. 그는 "쉽게 질투하지 않는 사람(man not easily jeoulous)" 이라고 언급할 때 "현명하게 사랑하지 않지만 아주 충족하게 사랑하는 사람(One that loved not wisely but to well)"이라고 언급할 때, 우리 독자는 오셀로가 통례적 자기 스스로의 극적 방식으로 자기 스스로 고무한다는 T. S. Eliot의 주장에 동의하지 않지만, 오셀로가 자기 자신에게 발생했던 사건과 왜 그 사건이 발생했는가를 이해하지 못하고 있다는 것은 명료하다.

비동정적 결론으로, 이 극본을 "잔인한 소극(笑劇) bloody farce"이라는 Rhymer 학파에 속하는 평자이지만 존슨 박사 역시 Eliot 못지 않게 도덕주의자인데, 그는 이 극본에서 비극적인 것을 감상하는 데로 더욱 접근하고 있다.

> Though it will perhaps not be said of him as he says of himself, that he is a man not easily jealous, yet we cannot but pity him when at last we find him perplexed in the extreme.[8]

오셀로의 당혹은 사실 필자가 보기에는 비극의 원천인 듯하다. 이 극의 종막에서 당혹했던 오셀로는 그 자신 스스로를 단순히 멜로드라마의 악당의 희생자로 보지않고 비극적으로 그 스스로에 대하여 정신적으로 내분을 일으키는 것으로 본다.

> In Aleppo once
> Where a malignant and turbaned Turk Beat a Venetian and traduced the state, I took by the throat the circumcized dog And smote him--thus. (5막 2장 350~53행)

Eliot과 Leavis는 희극적 간극(間隙)과 도덕적 간극으로서 오셀로를 시각 함으로, 그들은 오셀로의 언설을 곧이 듣지 않는다. 필자의 시각으로는, 그들은 사악한 이아고가 오셀로에게 서서히 주입시키는 죄악은 환상적인 것으로 생각하는 것은 정당하지만 오셀로의 갈등이 환상적이라 시각하는 것은 정당하지 못하다. 이아고의 힘은 당혹(거짓 갈등에 의한 사실적 갈등의 당혹)에 근간을 두고 있다. 이 극본 텍스트의 종막의 비극은, 이아고의 기만에서 기인된 것이라고 생각하는 것은 공정한 시각이 아니며, 이는 오셀로 자신의 본질적 자기 분열에 대한 오셀로 자신의 인지적 발견에 근간을 두고 있다. 만약 비극이 주인공의 갈등의 개성에서 발생한다면, "오셀로의 내면적 당혹의 원천이 무엇인가를 정확하게 질의 해야 하는가?"라는 명제가 야기된다.

필자는 오셀로와 데스데모나의 관계는 그의 당혹의 원천이 되어야 한다고 시사하고 싶다. 이아고는 특성적 열화 같은 격렬함으로 1막에서 반복적인 질문을 던진다. "당신은 급하게 결혼하셨어요.(Are you fast

---

8) Dr. Samuel Johnson, *Samuel Johnson on Shakespeare*, ed. William K. Wimsatt (New York: 1960), p.115.

married?)" (1막 2장 10행)라고 질문하는데, 이에 대한 오셀로의 대답은, 이극의 첫 대사(Wilson Knight가 주장했던)는 오셀로의 음악적 화답으로 적절한 사례로서는 부적절하다. 오히려 오셀로가 발화(發話)하는 담화의 통사(Syntax)에서 보면, 데스데모나에 대한 그의 사랑을 공개적으로 선언하도록 입력이 가해질 때 그는 말을 더듬거린다.

> 'Tis yet to know—
> Which when I know that boasting is an honor
> I shall promulgate—I fetch my life and being
> From men of royal seige; and my demerits
> May speak unbonneted to as proud a fortune
> As this that I have reached. For know, Iago,
> But that I love the gentle Desdemona,
> I would not my unhoused free condition
> Put into circumscription and confine
> For the sea's worth. (1막 2장 18~26행)

위 구절에서 보듯 오셀로는 데스데모나에 대한 그의 사랑의 고백과 그녀가 내심 품고 있는 자만심, 그리고 이러한 사랑이 타인들에게 어떻게 시각되어야 하는가의 의식의 흐름 사이에서 방어적으로 스스로 정신 분열화 된다. 이아고가 그 자신에게 있어, 혹은 데스데모나에 대한 오셀로의 신뢰를 전복할 시간적 여유를 갖기 이전에, 오셀로는 결혼의 적절성에 관하여 이 극본 텍스트 내내 자신을 괴롭히는 불안을 표출한다.

오셀로는 셰익스피어의 대부분의 희극들이 정지하는데서 결혼의 대중적 선언으로부터 시작한다. 1막에서 부모의 권위에 대한 인습의 도전과 그 결혼을 사회적으로 합법화 하고자 하는 관심은 이 극의 원전 *Cinthio Hecatomith*에서 보다는 셰익스피어 자신의 이전 희극작품들에 근간을 두고 있다 희극적 견해는 마치 이 극본 텍스트는 성과 간통(姦通)의 사건으로 구성되는 풍자적인 블랙 코미디이었던 것처럼 행동하는 이아고에 집착한다. 이 극본 내내 이아고는 성의 대중적 보기 마당놀이로 만들고자 음모를 꾸미며, 지금부터 그는 보기 마당놀이를 고통스러울 정도로 코믹하게 만들고자 음모를 꾸민다. 하지만 오셀로의 시각에서 보면, 이 극은 비극적 로만스, 즉 사랑의 원시적 낭만의 환타지일 뿐아니라 개인적 낭만의 환타지의 폭력이기도 하다.

오셀로에 대한 이아고의 우세를 강력히 주장하는 평자들은 이아고가 오셀로와 데스데모나의 결혼을 중지시키고자 방해하는데 있어 그가 1막에서 성공을 달성하지 못했음을 망각하는 경향이다. 데스데모나가 처녀로 순결을 유지하는 한, 오셀로가 그의 욕망이 순결하다고 생각할 수 있는 한, 이아고는 무력한 존재로 전락하게 될 것이다. 그들이 결혼한 후 그들 두 사람이 아이고의 공격에 쉽게 노출되는 어떤 사건이 그들 사이에서 변모한다. 따라서 A. C. Bradley가 논평[9]했듯이 이 극본 텍스트는 정확하게 그들 두 사람이 결혼할 때, 그들의 결혼이 극치에 달할 때, 결혼 침실에서의 첫날밤과 그것의 마지막날 밤사이에 얼마나 많은 시간이 경과 했을까하는 의구심들이 표출된다. 이 극본 텍스트는 오셀로가 그 결혼을 성사시킨 24시간 이내 즈음, 데스데모나의 성의 부정(不貞)을 믿게 되었다 라고 미결론적으로 시사한다. 필자가 주장하는 요지인 즉, 이아고가 꾸며낸 이야기는 거짓 갈등을 진실한 갈등으로 대체는『오셀로』의 극적 구조의 해결의 열쇠가 될 것이라 생각된다. 따라서 거짓 갈등은 간통에 대한 환상을 함의하며, 진실한 갈등은 데스데모나

---

9) A. C. Bradley, *Shakespearean Tragedy* (London : Macmillan, 1960), pp.360~65.

의 처녀성의 간간을 시사한다. 이아고는 조직적으로 마치 자신이 오셀로의 성적경험에 관하여 이야기하듯이, 데스데모나와 캐시오의 상상적 성적 경험에 대하여 이야기함으로써, 이아고는 가공적 이야기를 꾸며 오셀로에게 이야기한다. 결과적으로 오셀로는 그 자신의 성의 체험을 간통으로 인식하게 된다. 이는 거짓 갈등이 사실적 갈등으로 변모함이며, 결국 그들의 사랑은 파국으로 가게 되는데, 이원적 갈등의 출동에서 발생하는 사건으로 이 극에서는 극적 기능이라 할 수 있다.

Ⅲ

셰익스피어의 극은 그 극의 유형이 희극이던, 비극이던, 낭만적 갈등을 함의하고 있다. 본 논문에서 밝혀진 바에 의하면, 셰익스피어의 희극·비극들에서는 낭만적, 비극적 요소들이 공히 포함되어 있어, 극이 진행되는 과정에서 낭만적 갈등과 비극적 갈등은 상호 충돌하며 사건을 야기시킨다. 셰익스피어 극본 텍스트들은『앤토니와 클레오파트라』를 제외하며, 그 배경은 국가와 무관한 가정에 국한되며, 이는 희·비극에 무관하게 그들의 갈등은 연인들 사이에서 발생하는 불신에 근간을 두고 있으며, 연인들 사이의 불신은 증오로까지 발전하면 이는 파국을 초래하게 되며, 그것이 해결의 실마리를 찾으면, 그것은 희극으로 종결될 뿐이며, 셰익스피어의극은 희·비극에 관계없이 상호갈등이 충돌 될 때는 큰 파괴력을 가진다.

오셀로의 내면에서 거짓 갈등과 사실적 갈등이 충돌하는데, 전자가 우세할 때는 이 갈등은 의심으로 성장하여 질투로 변질하며 결국 비극의 심연으로 빠져들게 된다. 따라서 거의 이러한 열정들은 배타적 위력에 사로잡혀 인간의 삶 속에서 있는 진정 윤리적, 당위적 정의에 대항하여 심원한 갈등으로 된다. 따라서 Hegel의 미학이론에 기조하여 필자는 이 극의 파국의 과정을 분석하였다. 결국 거짓의 갈등과 사실적 갈등은 상호 충돌을 야기하며 극의 기능에 있어 중요한 이원적 갈등이라는 결론에 필자는 접근하게 되었다.

참고문헌

Auden, W. H. "The Joker in the Pack," In *The Dyer's Hand.* New York:1948.

Booth, Stephen. "Speculations on Doubling in Shakespeare's plays," *Shakespeare : The Dramatic Dimension.* ed. phillip. New York:1979.

Bradley, A. C. *Shakespearean Tragedy.* London : Macmillan, 1964.

Eliot, T. S. "Shakespeare and the Stoicism of Seneca." in *Selected Essays.* New York, 1960.

Emperson, William. "Honest in Othello" in *The Structure of Complex Words.* Ann Abor, 1967.

Freud, Sigmund. "A Special Type of Object Choice Made By Men." in *Sexuality and the Psychology of Love.* New York: Gramercy Books, 1963.

____________. "The Most Prevalent Form of Degradation in Erotic Life", in *Sexuality and the Psychology of Love.* New York: Gramercy Books, 1963.

Fry, Northrup, *The Secular Scripture.* Mass : Cambridge Univ Press, 1976.

Gardner, Helen. "The Noble Moor." *Proceedings of British Academy* vol. xi. London:1955.

Granville Barker, Harley. *Prefaces to Shakespeare.* vol. 4. Princeton, N.J. Princeton Univ Press, 1946.

Hanter, G. K. "Othello and Color Prejudice." in *Dramatic Identities and Cultural Tradition.* New York: Barnes & Noble, 1978.

H. S. Hah, *The Aesthetic theory of Shakespeare's Works.* Seoul: Shina Pub., 1997.

__________. The *Dramatic Artistry and Aesthetic theory of Shakespeare's Works*. Seoul: Shina Pub., 1999.

Johnson, Samuel, *Samuel Johnson on Shakespeare*. ed. William K. Wimsatt. New York:1960.

Knight, L. C. *Some Shakespearean Themes*. London: Chatto & Windus, 1959.

Leavis, F. R. "The Diabolic Intellect and the Noble Hero." in *The Common Pursuit*. London: Barnes & Noble, 1970.

Mack, Maynard, "The Jacobean Shakespeare." in the *Signet Othello*. Berkeley : University of California Press, 1972.

ABSTRACT

Dualistic Conflicts in Othello

Kim, Gil-soo

This dissertation is to analyze dualistic conflicts reflected in the dramatic structure of Shakespeare's *Othello*.

According to Aristotles' *Poetics*, "Tragedy is an imitation of action in the form of action, not of narrative; through **pity** and **fear** effecting the proper purgation of these emotions."

In Hegel's 'theory of Tragedy', the reason why the tragic conflict thus appears to the spirit is that it is itself a conflict of the spirit. It is a conflict between powers that rule the world of man's will and action.

Tragedy shows them in collision. Their nature is divine. The end of the tragic conflict is the denial of both the exclusive claims; it is the act of the ethical substance itself. The passion of *Othello* is not only personal; it is egoistic and anarchic, and leads to crime done with a full knowledge of their wickedness; but to the modern mind the greatness of the personality justifies its appearance in the position of hero. Accordingly such beings as Iago and almost portents of evil are not indeed made the heroes of tragedies. From this point of view I wish to discuss here: some dominating, dualistic conflicts reflected in the dramatic structure of *Othello*.

The Tragedy of Othello begins with a public proclamation of marriage in Act I. It seems to me that it is as if the play was a black comedy of sex and adultery. And that here Iago conspires to make a public spectacle of sex, and to make it comic. From the heroic perspective, this drama is a tragic romance, which means a violation of a romantic fantasy. As Desdemona remains a virgin, and as Othello is capable of regarding his desires as chaste, Iago can not but remain powerless. In this tragedy the substitution of a false conflict for a real conflict is the key-resolution to the dramatic structure of *Othello*.

It seems to me that vicious Iago systematically conspires Othello by talking about Cassio's imaginal experience with Desdemona: and in the long run, Othello can not help regarding his own sexual experience as adultery.

주제어 : 이원적 갈등, 성적 갈등, 사랑과 증오, 간통, 자웅양성.
Key Words : dualistic coflicts, sexual coflict, love and hate, adultery, androgyne

『자에는 자로』: 사회질서와 결혼

류 현 성*

『자에는 자로』(*Measure for Measure*)의 마지막 장면은 공작(Duck)의 갑작스런 청혼으로 오랫동안 많은 비평가들의 논란거리가 되어 왔다. 셰익스피어(Shakespeare)는 결론 부분에서 모든 문제를 사회적 질서에 의거하여 순리대로 정리하면서 관객들에게 안정감을 주고 있는 듯하다. 하지만 공작의 갑작스런 청혼으로 작품을 끝맺음으로써 결혼이라는 제도적 장치에 대한 의문을 제기하고 있다. 공작이 의도한 계략에 의해 앤젤로(Angelo)와 매리아나(Mariana), 클로디오(Claudio)와 줄리엣(Juliet), 그리고 루치오(Lucio)와 케이트(Kate) 등 세 쌍의 결혼을 직권 명령으로 성사시킨 후 공작은 이저벨러(Isabella)에게 "그대 손을 나에게 다오"(5.1.495)라고 하면서 청혼을 한다. 하지만 당사자인 이저벨러는 공작의 청혼에 대해 침묵만 지키고 있을 뿐이다. 이렇게 공작의 청혼은 갑작스럽게 이루어진다. 더구나 이 작품 전체를 통하여 이저벨러와 공작 사이에 애정

---

* 목포 가톨릭대학

관계가 성립될만한 언급이나 암시도 없었다. 게다가 작품의 결말은 상당히 빠르게 진행되었다. 공작의 계략에 또 속았다는 생각이 드는 순간 청혼이 이루어져 이저벨러 본인이나 관객에게 당혹감을 주기 때문이다.

최고 권력자의 구애에 대해 어떻게 해석할 것인지 지금까지 여러 가지 의견이 분분했다. 이저벨러가 청혼을 받아들일 것인지 아니면 거부할 것인지에 따라서 작품의 의미가 다르게 해석될 수 있기 때문이다. 특히 이 작품은 무절제한 성적 욕망이 남발하는 것을 '결혼'이라는 제도로 수용하여 비엔나 사회질서와 윤리 기강을 바로 세우려는 가부장적 힘을 보여주는 작품이라고 한다면 이사벨라의 청혼 수용여부에 따라 공작의 개혁의 성공여부와 작품의 주제적 통일성여부가 크게 달라지기 때문이다(Dollimore 149~150).

이저벨러의 입장에서 청혼을 받아들이는 것은 그녀가 목표로 했던 수녀 생활을 포기하는 것이 된다. 처음에 제시된 이저벨러 역시 엄격한 원칙주의자였다는 점을 다시 한번 상기해 볼 필요가 있다. 이것은 앤젤로의 요구를 거절하기 위한 극적 방편이 되기도 하지만 그녀가 지닌 엄격한 원칙이 자신과의 약속을 저버린 원수에 대해 보복으로 간주될 수도 있다. 그 욕구가 공작이 의도한 용서와 화해의 과정을 통해서 새로운 기독교 개념을 획득하여 수녀 생활을 계속할 것이라는 점을 인식할 수 있다. 여기에서 두드러진 점은 이저벨러가 포용력을 지니게 되었다는 것이다. 이저벨러가 결혼을 한다면 그녀는 세속성에 대한 의미를 받아들이고 그것이 가치 있는 삶이라는 것을 인식하게 된다. 이저벨러가 청혼을 수용하든 거부하든 두 입장은 기독교적인 사랑을 실현하는 삶의 중심선으로 확고한 의미를 부여하고 있다. 수용이냐 거부냐 하는 것은 극을 수용하는 입장에서 선택할 수 있는 문제이다.

이는 셰익스피어가 이들의 문제를 열어두면서 공연이 끝난 후 관객들은 지적 정보를 정리수순에서 결말을 맺는 것이다. 관객의 작품에 대한 자연스러운 참여 장치를 하여 각 결혼에 대한 의미와 과정을 심도 있게 파악하도록 제시하고 있다.

결혼은 당시의 사회 관습과 풍습을 반영하는 것이다. 교회의 역할과 행정기관의 역할이 모두 인간의 삶에 지속적인 영향을 미치고 있었고 이에 셰익스피어는 당시의 풍습을 반영하되 명확한 문제와 결말을 보여주고 있지는 않다. 다만 에피소드의 연속으로 결혼의 형태를 보여줌으로써 당시 결혼에 대한 남자, 여자, 그리고 교회, 당국의 역할에 대해 제시하고 있는 것이다.

이저벨러를 중심으로 다른 세 커플의 결혼이 공작의 권위를 과시하려는 정치적, 도덕적 목적을 지니고 있는 만큼, 이사벨라의 결혼도 동일한 원칙에 따라 이해하여야 한다는 견해도 있고(Schleiner 235), 이 작품은 앤젤로에 대한 교화 뿐만 아니라, 이사벨라의 지나치게 금욕적인 태도 역시 교정되어 가는 과정을 보여주는 것이므로 이사벨라가 공작과 결혼하는 것은 정해진 이치라는 견해도 있으며(Lever xciv), 심지어는 이들의 결혼을 셰익스피어의 다른 낭만 희극적 전통의 연장으로 보아 공작과 이사벨라 사이에 어느 정도의 감정적 교류가 있었다는 것을 찾아내려는 시도도 있다. 한편, 이러한 견해와 달리, 일각에서는 공작과 이사벨라의 결혼을 애정 중심의 현대적 결혼관에 입각하여 이해하다보니 이런 문제가 생긴다는 지적도 흥미롭다. 르네상스 당시의 결혼관 안에는 성범죄에 대한 사회적 보상으로서의 의미도 포함되므로, 공작이 이사벨라에게 청혼을 하는 것은 앤젤로로 인하여 손상을 입은 이사벨라의 명예를 회복시켜 주기 위한 공작의 배려이며 따라서 둘 사이에 애정의 존재여부는 크게 중요하지 않은 문제일 수도 있다는 것이다 (Friedman 462). 이로써 이 작품에 나타난 각 결혼의 의미를 다시 한번 생각해보게 한다.

　『자에는 자로』에서는 클로디오의 사례를 통해 정의 즉 법과 통제라는 정의와 자비를 통해 균형감감에 대한 사회적 요구를 시험한다. 어빈 걸리(Ervene Gulley)도 셰익스피어가 법의 적용문제를 엄격한 정의와 자비라는 덕목을 메타포를 통해 제시하여 다양한 방법으로 법의 문제와 절차를 다룬다고 하고 있다. 비엔나(Vienna)의 흐트러진 사회 질서를 바로 잡기 위해 공작에게 사회적, 성직자적, 가부장적인, 역할을 부여하는 셰익스피어는 전통적으로 규정을 엄격하게 적용하는 것을 수정하려고 한다. 인간성은 법률적인 질서와 부합되어야 하고 관용의 문제가 없이도 실제적으로 법률의 중대함을 보여줘야 한다. 또 공평하다는 생각을 하지 않고도 법률을 적용하는 관리의 사회적 지위나 영향력도 보여줘야 한다(Levin 196).

　『자에로 자로』에서 셰익스피어의 시장은 도시의 거리와 감옥에 존재한다. 앤젤로의 근무환경에서부터 수녀원까지, 침대에서 도시의 대문까지, 어떤 것이든 사고파는 행위가 있는 곳이며 어떤 것이든 상품을 만들어 내며 모든 공간을 시장으로 창조한다. 시장은 장소에 상관없이 사고파는 행위가 있는 곳이며 흥정이 있고 물건을 교환하는 곳이다. 작품 제목에 대한 가장 분명한 함축은 상호성이나 교환의 의미가 있다. 이런 교환의 요소는 이 극에서 시장의 모습을 연상케 한다. 물건이나 물품이 교환되거나 거래될 수 있다는 면에서 특히 몸이나 순결, 명성 등이 어떤 계획에 의해 교환될 수 있다. 앤젤로와 공작에 의해서 교환될 수도 있고 시장논리에 따라 이저벨러나 매리아나, 줄리엣의 경우처럼 가치가 떨어질 수도 있다. 일반적으로 통치자이건 시민이건 또는 관객이건 간에 법은 그 앞에 서는 사람에게 공평하고 평등하고 정의로운 것으로 받아들여져야 한다.

　『자에는 자로』에서 공작이 가부장적 권위로 새로운 형태의 성도덕을 강요하는 시험을 하고 있지만 그의 실험이 실패한 것을 발견한다. 왜냐하면 성 도덕은 그리 쉽게 강요될 수 없는 것이어서 공작은 그가 결혼을 강요하는 새로운 전략을 짜게 된다.

　존경심을 유지하려는 공작의 자기합리화 노력은 비엔나에서 혼란의 책임은 받아들이면서도 혼란을 일소하려는 비열한 계획을 드러내면서 법규를 생각해낸 것이다. 그 법규는 "19년 동안이나 사문화되어"(I. 3. 21) 있어서 공작은 비엔나의 혼란에 대한 가부장적인 책임을 인식한다. 그가 토마스(Thomas) 수사에게 "내 잘못이었어. 사람들에게 여유를 준 것"(1.3.35)이 잘못되었다고 인정한다. 과거의 잘못된 정책을 수정하려는 공작의 시도는 횡포가 될 수도 있고 그의 명성에 흠집을 낼 수도 있다. 자기 명성을 유지하려는 공작의 욕구는 엄밀하게 말하면 비난이나 불명예를 피하려는 것이다(Knoppers 460). "하라고 해놓고 새삼스럽게 엄벌을 내리면 폭정이라는 소리를 면치 못할 것이오. 내가 시킨 것이나 진배없소, 악행을 해도 용서를 해주고 처벌을 하지 않았으니 말이오."(1.3.35~39)라고 말하며 책임이 자신에게 있음을 시인한다. 분명한 것은 공작이 자기가 불평하는 방종을 자초한 장본인임을 고려해보면 그런 비난으로부터 책임을 회피하려고 하는 사실이다.

　공작은 "이제는 내 권한과 똑같으니"(1.1.65)라고 말하며 그는 앤젤로를 자신의 자리에 대치시켜 놓는다. 이런 변동에 대해 윌더(Walder)는 암묵적으로 그의 권위의 분리를 시도한 것으로 그의 집무, 명성, 직위를 분리시켜보고자 한 것이다. 그는 자신과 그의 개인적 도덕적 천성과는 분리될 수 있는 것으로 보았기 때문에 그의 역할을 다른 사람에게 부과하는 것이다. 여기에서 우리는 통치자의 경우 어떤 천성이 요구 되는가 권력의 한계는 무엇인가 하는 의문을 제기한다(218).

34

공작이 직위를 양위한 것은 아니기에 공작은 그의 가부장적인 역할에서 벗어나 있는 것은 아니다. 위장했음에도 불구하고 최고 통치자이며 교회의 수장으로서 그의 역할을 하고 있다. 그는 모든 권위를 다 가지고 있고 그의 책임을 인식하고 행동한다. 공작은 단지 앤젤로의 권력을 다루는 능력을 시험하기 위해서 그의 법률적 실험의 장에 그의 백성을 버려둘 수 없었다(Gulley 56). 시간과 공간적 이완이 공작으로 하여금 백성의 삶에 미치는 지도력의 역할에 대해 객관적으로 탐구할 수 있는 기회를 제공하고 있다. 이제 자신의 과거의 모습을 되돌아 볼 수 있다.

공작은 앤젤로가 분별력 있게 행동할 것을 기대했었다. "소신대로 법을 집행하고 재량껏 처리하도록 하시오"(1.1.66~67). 법률의 전체적인 영향력에 대한 언급에서 보면 형평성을 포함하고 있다. 관용이라는 새로운 단어를 강요하고 있다. 그는 "남몰래 피신"(1.3.4)하며 확실하게 위장 했다. 그는 진짜 수사처럼 행동하면서 줄리엣의 고백을 듣기도 한다. 그는 가명을 사용하고 자유로운 활동을 보장받으며 앤젤로를 감시하고 있다. "권력이 사람의 마음을 변하게 한다면 가장한 권력자가 어떻게 변하게 되는지 보고 싶은거요"(1.3.53~54).

공작은 클로디오의 처벌이 너무 무겁고 간통이 영국에서는 사형을 선고할 정도의 죄가 아니라는 점을 알게 되면서 앤젤로의 법 집행이 적절하지 않다는 것을 인식한다. 클로디오도 자신이 줄리엣과 결혼했다고 생각하고 있었다. "그녀는 분명히 내 아내다"(1.2.144)라고 그는 주장한다. 결혼은 영국에서 관습법에 따라 정해지는 것이었다(Caciedo 191). "정당한 계약"(1.2.143)으로 자신이 결혼했다고 믿고 있으면서 클로디오는 전통적으로 인정된 결혼이 "단지 합법적이지 않아서 창녀촌에서 간통한 것으로 되어버려"(Caciedo 191) 처벌을 받아야 한다는 것에 분개한다. 클로디오의 딜레마는 그가 새로운 법률의 적용을 받는 다는 것이다. 새로운 법률이 적용되어 클로디오는 고발된 내용을 인정하면 자비로운 판결을 받을 것이라고 희망하였던 것이다. 줄리엣도 회개하면서 클로디오에 대한 사랑을 표명한다. 위장한 공작과의 대화에서 서로 잘못했다(2.3 27~29)라고 말하고 있다. 법 정신에 비춰보면 개인적으로 경제적 이득을 위해 의식을 치르지 않고 관습법을 위반했다는 것을 인정한다. 그 고백은 공작에게 개인적인 도덕률에 제도적인 관여를 하도록 하고 있다.

이저벨러에 대한 앤젤로의 은밀한 성매매 제의는 그의 통치력이 지향하는 권위와 개인적 욕구사이의 불일치를 나타낸다. 감옥에서 공작은 클로디오와 그의 동생 이저벨러가 앤젤로의 제의에 대해 논의하는 것을 듣게 된다. 이저벨러는 "내가 순결을 받치면 오빠를 살려주겠다고 하는 거에요"(3.1.98~99)하면서 앤젤로의 의중을 클로디오에게 말한다. 앤젤로의 제안에 대한 클로디오의 첫 반응은 누이의 입장을 생각한 것이었다. 하지만 그의 관심은 누이의 순결이 자신의 목숨을 살릴 수 있다는 것에 더 관심이 있다. "나를 꼭 살려다오 내 목숨을 구하기 위해 어떤 죄를 저지르든 자연은 행실을 용서할 것이며 오히려 미덕이라고 찬양할 것이다."(3.1.135~38). 여기서 클로디오는 이데올로기적인 배경을 설명하고 있다. 아버지가 부재한 상태에서 오빠는 가부장제를 유지할 책임 있는 남자다. 클로디오가 자신의 목숨을 구하기 위해 동생이 순결을 바치도록 바라는 것이다. 이것은 "단지 동생의 명예보다는 오빠의 목숨을 구하는 것이 중요하다는 의미로 이해될 수 있어 이저벨러의 순결은 개인의 것이라기 보다는 가족의 소유여서 보다 가치 있는 것에 쓰여져야 한다는 것이다"(Scolnivov 72). 이를 경제 논리로보면 가치가 높은 것으로 교환되어야 한다는 것이다. 여기서 클로디오는 자신이 앤젤로와 동일한 성향의 인물이다. 왜냐면 이저벨러의 몸이 자신을 위해서 교환되기를 바라기 때문이다. 클로디오 입장에서 이저벨러는 가족의 필요에 따라 가족의 의견을 추종해야 한다고 생각하는 것이다.

여러 세기 동안 있어서 교회는 혼인성사의 본질은 성직자의 축복에 있는 것이 아니라 남녀가 결혼관계에 들어가겠다는 의도에 있다고 결정했다(Wentersdorf 131). 만일 남녀가 충실하게 남편과 아내로서 신성하게 살게 된다면 혼인에 대한 말을 하면서부터 합법적 결혼이 성립되고 이는 보통은 취소되는 것은 아니다. 문제는 이러한 결혼의 원칙으로부터 나온다. 비밀결혼의 경우 기록이 없어서 합법적으로 아이를 인정하는 것과 재산의 상속을 결정하는데 어려움이 있었다. 개인적인 약혼은 취소될 수 있고 다른 약혼도 교회의 관점으로는 합법적인 것이 아닐 수 있다.

이러한 여건을 위반하는 어떠한 결혼도 합법적인 결합으로 인정받지 못했다. 웬터스도프(Wentersdorf)가 언급하는 것처럼 1564년까지는 유럽의 가톨릭 교회에서 "비밀결혼은 사실상 간음관계로 받아들여졌다." 영국의 퓨리탄들은 결혼도 성직자 앞에서 정식으로 결혼식을 하지 않는 결혼은 실효성이 없는 것으로 간주했다. 그 결과, 간음관계로 간주했다. 비록 양가부모와 친지 앞에서 약혼을 했다고 해도 종교 의식을 거행하기 전에 성적인 관계는 죄악으로 간주했다(Cleaver 137). 엘리자베드 1세와 제임스 1세시대의 영국국교회는 중세교회의 계승자로 비밀결혼을 합법적인 것으로 인정하지 않았다. 오히려 불법적인 것으로 비난하였다. 교회는 크리엔트 공의회 이전이건 영국국교회 개종이후이건 이러한 견해를 가지고 있었다. 다음세기에는 합법성이 축복이나 또는 성직자의 주관이 있어야 하는 것은 아니라는 판단을 분명히 하는 교황의 칙령이 발표되었다. 합법적인 결혼의 본질은 쌍방간의 동의와 승낙이었다(Schanzer 83). 종교적 입장에서 보면 비밀결혼이 불법이기는 해도 혼인의 본질을 위반한 것은 아니라고 본다. 클로디오와 줄리엣은 이와 같은 관점에서 이해될 수 있다(Wentersdorf 135~6).

클로디오는 "정당하게 계약하고서 줄리엣과 동침했다"(1.2.142~43)라고 주장한다. 실재로 그러한 합의는 구속력이 있는 것으로 간주되지만 결혼식전에 성 관계의 권리를 부여하는 것은 아니어서 클로디어는 줄리엣과 관계를 갖게 되면서 결혼 계약을 위반했다(Bevington 410).

그와 줄리엣은 줄리엣의 지참금이 올라갈 때까지 기다리면서 그녀의 친척들로부터 많은 지참금을 받아내려고 시도했다. 그는 "그녀는 나의 아내요. 다만 공공연하게 결혼식을 하지 않았을 뿐이지."(1.2.144~47)라고 말하지만 시간도 행운도 그 두 사람 편이 아니었다. 줄리엣의 친척은 결혼식을 연기하고 있었다. 셰익스피어는 왜 가족이 결혼을 연기했는지를 나타내고 있지는 않지만 가족 재산의 분배와 줄리엣의 결혼을 조절하고 있었던 것으로 여겨진다. 두 사람은 비밀결혼은 감행했고 클로디오도 인정하는 봐와 같이 "공표를 안 한건 단지 줄리엣의 지참금 액수를 늘려보려는 심상에서였다"(1.2.147~50).

이러한 결혼 제도가 앤젤로의 성격적 결함을 불러온다. 그것은 매리아나에 대한 파혼 문제이다. 공작 자신도 이들 부부가 결혼해야한다는 것은 알고 있다. "앤젤로는 약혼도 했고 결혼 날짜까지 잡아 놓았지요. 그런데 결혼식을 올리기 전에 오빠의 배가 바다에서 난파되어 동생의 지참금이 배와 함께 바닷속에 가라앉고 말았지요"(3.1.215~19). 여기서 공작은 결혼식이라는 말을 하는데 앤젤로와 매리아나의 관계는 일반 대중에게 이미 공포되었다. 웬트도프에 따르면 이 결혼 약속은 상호 간의 동의로 파혼할 수 있는 것이다. 또는 다른 사람이 부정이 증명된다면 깨뜨릴 수도 있는 것이다. 앤젤로는 그녀를 배반하고서 자신을 옹호하기 위해 무고한 매리아나를 불명예로 몰아갔다. 앤젤로는 매리아나와의 약혼을 파기한 것이다.

공작의 의도는 수사로 변장하여 앤젤로의 위선을 벗겨 원래 모습으로 되돌려 놓는 것이다.

> Shame to him whose cruel striking
> Kills for faults of his own liking!
> Twice treble shame on Angelo,
> To weed my vice and let his grow!(3.2.260-~63)
> 자기도 저지를 수 있는 죄로
> 다른 사람을 사형하려는 건 파렴치하지
> 두배 세배 파렴치한 건 엔젤로이다.

공작은 자신을 "악인에게 술책을 쓰는 사람"(3.2.270)이라고 칭하고 있다. 대리인은 그가 척결하고자 하는 똑같은 행동의 수혜자가 되어 그가 다른 사람을 조정하려고 시도 하는 그 기준에 의해 조종당하고 있다.

공작이 제안하는 침대 계략은 매리아나에게 합법적으로 아내의 지위를 부여하고자 한다. "아무 걱정 말아요. 그 사람은 전에 약속을 나눈 당신의 남편이니 말이오. 앤젤로와 이렇게 만나는건 조금도 죄 될게 없어요"(4.1.70~72)이라고 말한다. 공작이 말에는 규범을 어기는 문제가 있다. 왜냐하면 약혼자간의 성관계는 합법적인 결혼으로 이행 되는 것이었다. 그러나 현행법의 원칙은 약혼자는 서로간의 관계를 가질 의도가 있는 것으로 미리 가정했다(Wentersdorf 142). 앤젤로는 매리아나가 침대파트너 인줄은 몰랐기 때문에 서로가 동의한 것은 아니다.

공작이 그의 계략을 정당화하려는 시도로 "아내로서의 정당한 권리가 이 계략으로 확보되기 때문이다”(4.1.70~74)라고 말하며 그는 그의 역할이 속임수라는 것을 인정하다. 속임수를 써서 기회를 잡고 침대 계략은 성공한다. 그러나 전통적인 실정법은 앤젤로가 중대한 죄를 저질렀다는 것을 의미하고 매리아나는 중대한 죄를 저지르는데 일조한 것이다(Wentersdorf 143). 공작의 무모한 행동이 약혼자체의 모순적 성향에 대해 주의를 환기시키는 것이라고 한다. 이것은 결혼은 간통에 대한 해결책으로 사용하기 위해서이고 결혼의 합법성을 소급하여 인정하려고 하는 것과 동일하기 때문이다.

침대계략이 매리아나의 결혼을 합법적인 것으로 만들지만 또한 이저벨러를 오빠를 구하기 위해 그녀의 명예를 훼손하는 행동으로부터도 보호받기는 한다. 공작은 이저벨러에게 “당신 오빠의 생명을 구할 수 있을 뿐만 아니라 당신의 명예도 더럽히지 않을 수 있단 말이오”(3.1.237~39). 침대계략은 여러 가지 목적을 달성하게 된다. 이 계략으로 말미암아 이저벨러는 오빠의 목숨을 구할 것이고, 명예에 손상을 주지 않고, 가련한 매리아나를 구할 수 있는 이점이 있다는 것과 부패한 대리인을 응징하는 효과가 있다(3.1.254~57). 프리드만(Friedman)이 지적하는 바와 같이 본질적으로 공작과 이저벨러는 앤젤로와 매리아나로 대체되었다. 이런 동맹으로 말미암아 서로 은밀한 관계가 지속되고 그 관계는 즉 자기들의 성적인 그리고 혼인을 예견하는 동질성을 갖게 된다. 공작과 이저벨러의 행동을 “그들은 이미 서로 파트너라는 상상을 하는 것이라고 확대해석한다. 그는 침대에서 이저벨러의 약속은 매리아나의 약속이 아니라 그는 자신을 앤젤로와 동일시한다”(Brown 201).

공작은 귀환이후 새로운 형태의 결혼을 만들어 낸다. 앤젤로는 예비신부를 유기하려고 지참금문제를 인정했지만 그런 재정적인 거래에 대한 죄책감은 없었다. 자신의 법적인 권리만 주장하면서 앤젤로는

My lord, I must confess, I know this woman

And five years since there was some speech of marriage

Betwixt myself and her, which was broke off

Partly for that her promised portions/ came short of composition.

(5.1.222~26)

사실은 이 여인을 알고 있습니다.

5년 전에 저 여자와 결혼 말이 오고갔습니다

약속된 지참금이 제대로 준비되지 않은 이유도 있지만

행실이 좋지 않다는 풍문이 있어 파혼했습니다.

그는 매리아나의 명예를 훼손하고 5년간 방치한 책임을 인정하지 않고 있다. 앤젤로는 공작에게 "재판할 권한을 제게 주십시오"(5.1.233). 라고 요청한다. 그러나 그는 공작이 결코 매리아나의 편을 들것이란 것을 생각도 못하고 그는 법이 인정하는 대로 그녀의 손실에 대한 보전만 해주면 될 것이라고 기대하고 있었다.

침대계략으로 이저벨러로 생각했던 여인이 매리아나로 밝혀지면서 앤젤로는 "저 여인과 약혼한 적이 있느냐"(5.1.383) 공작의 질문에 앤젤로는 충직하게 "그렇습니다"(5.3.384)라고 대답한다. 그러자 "그러면 그녀를 바로 데려 가서 결혼하도록 하라"(5.1.385)고 앤젤로에게 명령하다. 그러나 앤젤로는 이저벨러와의 거래로 인해서 처벌을 받아야만 하는 상태이다. 법률에 의거하여. 공작은 클로디오에게 적용했던 동일한 법규를 앤젤로에게도 적용한다. "클로디오를 죽였으니 자신도 죽어야 한다"(5.1.451). 다만 이저벨러의 청원 뒤에 공작은 형평성을 적용하여 앤젤로가 죽음보다는 결혼을 하도록 허락한다. 공작은 새로운 부부를 잘 살라는 부탁과 함께 퇴장시킨다. 클로디오와 앤젤로나 줄리엣과 매리아나처럼 둘 다 현행법 하에서 간통죄를 범하였다. 다만 그들의 과거의

잘못에 대한 고려 없이 공작은 결혼을 과거의 잘못을 교화하는 도구로
사용하고 있다.

공작은 루시오와 케이트의 결혼은 다르다는 것을 인식하지 못한다.
루시오가 그의 결혼의 책임을 받아들여야 하기 때문에 유사한 평형성
을 고려한 결혼인. 창녀촌에 자주 출입하였고 공공연하게 비방을 일삼
았다는 것은 그의 비정함을 보여준다. 케이트와 관계를 했고 아이도 낳
았다. 비록 그가 결혼을 약속했고 해도 "1년 3개월된"(3.2.195~96) 아이
가 있어도 루시오는 그의 책임감이나 그의 말에 대해 신의를 지키려고
하지 않고 아이와 케이트를 부정한다. 다만 케이트는 합법적인 결혼을
요구한다. 공작은 "제발 매춘부와 결혼하라고 하지 마십시오"(5.1.525)
라는 루시오의 청원에도 공작은 케이트가 결혼을 통해 정직해질 수 있
다고 한다. 공작은 "나의 명예를 걸고 루시오는 결혼하도록 하라. 그
러면 "죄를 용서하고 그대의 다른 잘못도 감면하도록 하겠
다."(5.1.529~31)라고 말하면서 결혼할 것을 요구한다. 결혼으로 케이트
도 교정하고 아이에게는 법적인 지위를 주며 루시오는 그의 행동의 법
적인 결과를 받아들인다. 결혼을 통해 루시오는 처벌하고, 케이트는 교
정의 대상으로 보고 있다.

클로디오와 줄리엣의 결혼, 앤젤로와 매리아나의 결혼, 루시오와 케
이트의 결혼은 "의도적으로 강요된 것이고 정의는 세속적인으로 권력
위장한 인물에 의해 집행된 것이다. 프리드만은 공작이 강요한 결혼에
는 성범죄에 대한 보상으로서 르네상스의 시대의 관계를 반영한다. 클
로디오와 줄리엣의 경우처럼 상호 애정이 있더라도 여기에 해당한다.
극의 종반에 나타나는 익살스런 결말은 낭만적인 사랑에 대한 행복한
결말이 아니라 우리가 관객으로서 비엔나 사람을 보는 것에서 얻었던
만족감이다. 공작을 포함하여 자신들의 행동에 대한 책임감을 당연히

받아들이는 것이다"(464).

공작과 이저벨러는 앤젤로와 매리아나가 결혼할 수 있도록 힘을 합쳤다. 공작은 이저벨러가 행동하도록 "통제"하고 "조정"하며 그 계획에 따라 실천하는 인물은 이저벨러이다(Brown 205). 게다가 이러한 연합이 공작으로 하여금 이저벨러를 복잡한 인성을 지닌 인물로 생각하게 하는 것이다.

가부장적인 공작은 "속임수를 쓰는 아버지로" 행동하고 『자에는 자로』에서 여성을 정당하게 합법적으로 인정해준다. 매리애나는 그와 결혼해서 살겠다는 의지를 분명히하고 결혼을 앤젤로의 앞선 불명예에 대한 보상과 부정에 대한 교정의 의미로 수용하고 있다. 여기에서 공작보다는 이저벨러에 대해 좀더 살펴볼 필요가 있다. 그녀는 인간적인 매력과 독특한 설법을 소유하고 있는 인물이다. 이저벨러는 침대계략에서 위장한 매리아나 역할을 할 때 그녀의 속성을 드러냈다. 또 그녀는 클로디오 오빠와 똑같은 죄로 사형을 선고받은 앤젤로의 생명을 구하고자 청원한다. 아무도 공작에게 영향력을 행사할 수 없는데 최근에 앤젤로 치하에서 고통을 당한사람을 제외하고는 누구도 없는데 그녀의 고상한 인격과 강력한 수사학적 표현으로 공작을 사로잡는다. 정숙한 설교가 그녀에게 독립적이고 자율적인 힘을 부여한다라고 한다. 여기에서 이저벨러가 지닌 이러한 정숙이 앤젤로를 유혹했고 앤젤로의 목숨을 위협했던 것이다. 앤젤로의 목숨을 살려달라고 애원하는 이저벨러는 클로디오가 살아있다는 것을 몰랐다. 그래서 공작 앞에 무릎 꿇고 그녀의 용서하고 화해하고 자비를 베풀도록 한다.

> "Most bounteous sir:
> …I partly think

A due sincerity govern'd his deeds,
Till he did look on me. Since it is so,
Let him mot die" (5.1.441~50)
인자하신 공작님
저분은 절 보기 전까지는 직분을
충실히 해왔다고 사료됩니다.
그러하니 사형만은 거두어 주십시오.

『자에는 자로』에서 공작은 이극에서 가장 서로에게 유익한 결혼을 제안하고 있다. 서로가 상대방을 존경으로 바라보고 있고 비슷한 가치 체계를 지니고 있다고 생각하고 있어서 더욱 그렇다. 그들은 셰익스피어의 극의 다른 연인과 같지 않다는 것은 이들의 관계가 "감각에 기초한 것이 아니라 상상력에 기초하고 있다. 작품을 통하여 무의식과 공상이 나타난다"(Brown 190, 192). 이 둘이 이상적인 것을 추구했다는 것에 동의한다.

이들의 결혼에 여러 가지 의미가 있다는 것이다. 공작의 청혼으로 이저벨러에게는 결혼을 통해 품위를 되찾을 수 있고 새로이 시작할 수 있는 기회를 갖게 된다. 비록 이저벨러가 아무런 잘못을 하지 않았다고 해도 공작은 도덕적으로 그녀의 품위를 유지해줘야 한다. 다만 이저벨러는 아무런 반응을 보이지 않는다. 공작이 마지막 대사를 하는 부분이 이 작품의 마지막 부분이기도하다. "내 제안을 기꺼이 들어 준다면 내 것이 그대의 것이 되고, 그대의 것이 나의 것이 되는 거요."(5.1. 548~50). 각자는 상대방의 인간성을 알고 있다. 비록 공작이나 이저벨러 둘 다 결코 극의 시작에서 결혼하려는 의도를 비치지는 않았지만 공작은 자에는 자로의 원칙에 따라 부끄럽지 않게 살아왔다. 그의 엄격함은 이저벨러에 대한 보상으로 제공하는 진행하는 절차에서 자신의 엄격함에 대해 대답한다(Feiedman 461).

앤젤로를 내새우는 공작의 실험과 결혼을 만들어가는 그의 전략은 성공적인 것으로 볼 수 있다. 앤젤로는 공작이 믿고자 하는 사람도 능력 있다고 생각했던 통치자도 아니었다. 그래서 공작은 앤젤로로부터 무엇을 기대할 수 있는가를 예측하고 있었다. 그러나 앤젤로는 합법적인 결혼을 통해 자신을 교정할 수 있었고 법의 태두리 내에서 정당한 자리를 받아들이게 된다. 이 작품에서 결혼이 이루어지는 것은 공작이 모두에게 강요했기 때문이다. 특히 매리아나와 앤젤로, 케이트와 루치오의 결혼은 더욱이 강요된 것이다. 하지만 이들의 결혼이 강요되었다고 해서 혼인의 기쁨이 없는 것은 아니다. 남편과 정당한 법의 인증을 받았기 때문이다. 줄리엣의 경우 결혼은 그녀 자신과 아이에게 합당한 법적인 지위를 부여하였고 클로디오는 목숨을 구해서 행복하게 살아갈 수 있는 것이다. 자신의 결혼을 만들어가면서 공작은 고양된 명예에 대한 기회를 주는 것이다. 즉 명예는 그의 정치적인 목적을 진전시키면서 동시에 그의 인간애를 넉넉하게 만든다. 단순히 부부로 맺어주었다고 해서 법이 사랑을 가져다 줄 수 없고 그러한 부부간에 존경심을 만들어 줄 수는 없다.

공작의 갑작스런 관심은 결혼에 있다는 것이 결말부분에서 드러나게 되는데 여인에 대한 그의 변덕을 제시하는 것이다. 이저벨러는 곧 수녀가 된다는 것은 이미 알고 있었다. 수녀원으로 들어 가야한다는 것을. 각각의 결혼에서의 그들의 결혼이 성공적인 것으로 판정되려면 독특성과 개성은 개인간의 문제에서 협조와 화해가 더 필요한 부분이다.

공작이 왜 갑작스럽게 청혼을 했는가에 대한 답은 공작이 이저벨러를 만나게 되고 같이 동참하여 일을 꾸미게 되었다는 것에서부터 이해해야한다. 앤젤로는 이저벨러를 만나고 마음이 동요하였다. 남성이나 여성의 경우 사람을 대면하면 우선 끌리는 것이 사람의 외모이다. 다음에 언어와 태도로 표현되는 그 사람의 교양이다. 앤젤로나 공작도 이저벨러가 지닌 매력에 이끌려 이저벨러에게 다가간다.

여기에서 이저벨러의 가장 매력은 클로디오가 말한 부분에서 찾아볼 수 있다. 그녀는 두 가지 매력을 지니고 있다. 첫째는 미모이고 둘째는 호소력 있는 달변이다. 클로디오는 감옥으로 끌려가면서 동생에게 부탁하라고 전한다. 동생을 그는 이렇게 표현한다.

> For in her youth
> There is a prone and speechless dialect
> Such as move men; beside, she hath prosperous art
> When she will play with reason and discourse,
> And well she can persuade.   (1.2.172~76)
> 누이동생은 젊으니까
> 남자를 움직일 수 있는
> 침묵의 웅변이라는 것도 있고
> 더구나 남을 설득하는 특출난 재주가 있으니
> 틀림없이 성공할 수 있을 거야

당시 사람들은 이국 문화에 대한 호기심과 교육열이 강했고 수녀원에 가면 여성도 존경을 받았다. 교육을 받았고 학식과 덕목을 갖춘 사람이 우월해 보이는 것이다. 이와 같이 빼어난 미모와 사람을 감화시키는 설득력을 지닌 이사벨라는 당시의 지식인의 여건을 갖춘 여성이다. 이런 이저벨러는 탐욕의 대상이 된다. 이미 공작은 이저벨러와의 과정을 통해 이저벨러의 인품을 살펴보았다. 이저벨러와의 만남은 자신의 신분을 위장한 채 살펴보기를 하던 때였다. 이때는 수도자로 변장하여 추구하는 면은 실제로는 이저벨러와 동일한 수도자였다.

주지하다시피 첫 장면에서 공작이 앤젤로를 대리인으로 내세우고 위임통치를 시작하면서 최고통치자로서 공작은 앤젤로로 대치된다. 앤젤로는 자신을 감시하는 공작의 의도대로 주어진 역할을 충실하게 수행한다. 성 도덕이 문란한 사회에서 이를 바로잡기 위해 사문화된 법규까지 부활시켜 통치 권력을 휘두르는 것이다. 이때의 앤젤로의 이미지는 공작의 거울의 이미지다. 거울 속에 투영된 자신의 분신이 마치 자신의 의중을 제대로 알고 행해주는 기쁨을 공작은 위장하고서 만끽하는 것이다. 이렇게 공작은 자신을 외형적으로 대치하면서 심리적인 대리체제를 구축한다.

마치 자신의 본심을 위해 남겨두듯이 앤젤로가 이저벨러를 취하는 과정을 매리아나로 대치시킨 것이다. 그로인해 이미 공작은 이저벨러와의 침대계략 준비과정을 통해 그리고 앤젤로와 매리아나의 경우처럼 이미 친숙한 사이라고 느낄 수 있는 것이다. 이미 작품의 진행과정에서 공작은 이저벨러의 가치를 충분하게 파악하였고 자신의 힘과 권위를 이용해 청혼하는 것이다. 이저벨러는 침묵으로 일관하여 만족할만한 결말은 제시되지 않지만 이미 앞서서 언급한 3가지 결혼에서 그 예를 찾아 볼 수 가 있다.

모든 쌍이 공작의 강압에 의해 이루어지지만 관객에게는 만족할만한 결론이다. 루시오는 자신의 험담과 중상모략에 대한 대가를 받는 것이다. 특히 그 대상이 통치자라고 하는 당시의 절대 권력에 대한 비난이었으니 관객에게는 당연한 것이다. 클로디오와 줄리엣은 비록 현행법을 위반하기는 했지만 사랑하는 사이라는 아주 로맨틱한 관계여서 관객의 동정을 사기에 충분한 조건을 갖추었다. 특히 두 사람의 사랑은 남녀사이의 개인적인 일로 행정기관이나 법이 관여할 문제는 아니었다. 당시 교회법은 이와 같은 사례를 사실혼의 관계로 보고 있다. 앤젤로와 매리아나는 이미 5년전에 이루어졌어야할 결혼이다. 이 둘은 클로디오의 관계처럼 당시의 결혼지참금 문제 때문에 결혼하지 못했다.

이처럼 통치자의 강압에 의해 결혼이 이루어짐에 따라 이 모든 과정이 통치자의 위상과 지배력을 강화하는 도구처럼 보이고 있다. 또 다른 면에서 극의 결말에 사실상 우위를 지니고 있는 인물은 공작이 아니다. 관객에게 공작은 권위를 지닌 인물이어서 시선이 무대 위에서 집중이 되겠지만 공작은 이미 자신의 직위를 한때나마 양도 했던 인물이다. 관객이 환호하는 것은 공작이 제 위치로 돌아오게 되면서 안정을 다시 찾게 되고 자신이 위장 전술과 침대계략이라는 지극히 사적인 부분까지 최고 권력자가 관여하면서 세상을 바르게 통치하려는 인상을 주었기 때문이다. 관객의 환호 뒤에 침묵을 지키고 사회의 가장 중한 영역을 지키고 있는 인물은 이저벨러이다. 사실 공작이 혼인을 제의한다는 것은 이저벨러의 동의와 거부의사에 상관없이 이는 자신이 공작으로서 여러 가지 일을 지혜롭게 처리하여 화합하는 분위기는 이끌어냈지만 이는 통치자로서 정당한 방법이 아니다. 통치 권력이 개인의 지극한 사생활까지 관여하고 앞으로 나아갈 방향까지 제시한다면 이는 전제권력이다. 특히 강제로 다른 인물에게 계략을 세워 결혼 시키는 폭군이다. 왜냐하면 셰익스피어의 낭만희극에서 결혼은 본인의 의사를 매우 중요하게 생각하고 있기 때문이다. 희극의 주인공들은 개인의 의지를 최대한 반영하여 선택하고 그에 대한 책임을 지고 있다. 여기서 공작은 일에 대한 마무리 즉 법과 자비정신을 결합시켜 인과응보의 처벌을 내렸다. 이는 논리적 귀결이지 지도자의 덕목은 아니다. 덕망 높은 군주로 추앙받았던 솔로몬은 그가 영리하거나 체계적이거나 조직적이어서 지혜로운 왕으로 추앙 받았던 것은 아니다. 오히려 그의 지혜는 부드러움과 온화함에 바탕을 두고 있다. 이 작품에서도 모든 일을 법의 규정에 의거하여 강경하게 대처하는 것이 최선은 아니라는 것을 극의 진행과정에서 공작은 확인할 수 있었다.

법이나 규정보다는 인간의 사랑과 인본주의의 본 모습을 보여주는 인물은 이저벨러이다. 또한 작품의 종반 부분에 자신의 본연의 모습을 잃지 않고 순종한 모습을 보여주면서 이미 현란한 수사학으로 관객을 사로 잡았던 인물은 이저벨러이다. 그녀의 매력은 이미 앤젤로를 유혹했다는 것에도 나타나 있지만 특히 원수인 앤젤로의 목숨을 애원하는 모습에 기독교의 참사랑의 모습이 담겨 있기 때문이다.

이러한 중심 역할을 하는 여인에게 최고 통치자는 그녀를 받아들여 자신의 권력을 합당하게 유지하고 자신에게 부족했던 부분을 채워줄 수 있는 역할을 기대한 것이다. 사회를 바로잡고 권력의 위엄을 보여주고자 대리인을 세워 섰다. 앤젤로는 그 역할을 충직하게 하면서도 본인과는 다른 또 다른 극과의 만남으로 흔들렸다. 그러나 처음에 시도했던 앤젤로의 법집행의 엄격함이라든지 죄인에 대한 처벌 등은 공작이 권력을 행사하고 싶었던 부분이다. 일을 진행하면서 진정한 권력이나 법집행 정신은 그 규정을 엄격하게 적용하는 데에만 있는 것이 아니고 형평성에 있음을 알게 된다. 결혼에 대한 마무리를 하면서 공작은 이저벨러에 대한 결정을 내려야 하는데 자신의 통치행위를 더욱 빛내기 위해서는 앤젤로와 같은 인물도 용서한다는 면을 보여 주었지만 덕성이 있는 인물을 포용한다는 측면에서 이저벨러에게 손을 내미는 것이다.

참고문헌

Bevington, David. "Shakespeare's Development: *Measure for Measure and Othello.*" In *Psychoanalysis. The Vital Issues* Vol. 1: Psychoanalysis as an Intellectual Discipline, Ed. John E. Gedo, 177~96. New York: International UP, 1984.

Brown, Carolyn. "The Wooing of Duke Vincentio and Isabella," in *Shakespeare Studies* 22, Ed. Leeds Barroll. Rutherford, NJ: Farleigh Dickinson UP, 1994.

Caciedo, Albert. "'She is fast my wife': Sex Marriage, and Ducal Authority in *Measure for Measure.*" *Shakespeare Studies* 23(1995): 187~209.

Cleaver, Robert. *A Godly form of Household Government.* 1958.

Dollimore, Jonathan. "Transgression and Surveillance in *Measure for Measure.*" *Political Shakespeare.* Ed. Jonathan Dollimore and Alan Sinfield. Manchester: Manchester UP, 1985.

Friedman, Michael. "'O, Let Him Marry her!': Matrimony and Recompense in *Measure for Measure*" *Shkespeare Quarterly*46(1995): 454~64.

Gulley, Ervene. "Dressed in a little Brief Authority: Law as Theatre in *Measure for Measure,*" in *Law and Literature Perspectives*, Eds. Bruce Rockwood and Roberta Kevelson. New York: Peter Lang, 1996.

Knoppers, Laura Lunger. "(En)gendering Shame: *Measure and Measure* and the Spectacles of Power," *English Literary Renaissance* 23(1993): 450~71.

Lever, J. W. "Introduction" to *Measure for Measure.* The Arden Shakespeare. London:

Methuen, 1980.

Levin, Joel. "The Measure of Law and Equity; Tolerance in Shakespeare's Vienna" in *Law and Literature Perspectives*, Eds. Bruce Rockwood and Roberta Kevelson. New York: Peter Lang, 1996.

Schanzer, Ernest. "The Marriage-contracts in *Measure for Measure.*" *Shakespeare Survey* 13(1960): 82~87.

Schleiner, Louise. "Providential Improvisation in *Measure for Measure*." *PMLA* 97(1982): 227~236.

Scolnicov, Hanna. "Chastity, Prostitution and Pornography in *Measure for Measure.*" *Shakespeare Jahrbuch* 134 (1998): 68~81

Walder, David. *"Measure for Measure,"* In *Shakespeare: Texts and Commentary* Ed. Kiernan London: Macmillan, 2000.

Wentersdorf, Kaal "The Marriage Contracts in *Measure for Measure: A Reconsideration.*" *Shakespeare Survey: An Annual Survey of Shakespearian Study and Production* 32(1979): 129~44.

ABSTRACT

Measure for Measure: Marriage & Social Order

Lyoo, Hyun-sung

Measure for Measure examines the link between civil and moral authority and between common and canon law. Marriage offers the vehicle for Shakespeare's suggestion that society's institutions must remain pliable in order to meet individual needs. *Measure's* marital solutions is entirely compatible with an ultimate reliance on patriarchal authority. Marriage interfaces with both civil and canon law and provides Shakespeare a vehicle to explore the individual's needs. The disguised Duke seeks to regulate sex and marriage with common law but cloaks his decisions in cannon law.

The Duke's experiment and his strategy could seem successful. Angelo may be reclaimed himself by legitimate marriage and accepting equity's place in the legal arena. Marriages take place only because the Duke imposes them. Angelo and Mariana enter into marriage with her trickery and his greed at its foundation. Lucio states a preference for death rather than marriage to Kate, and simply bonding the couple by law will not bring love or respect into that union. Claudio can now marry Juliet and make a legitimate family. The Duke's sudden interest in marriage suggests his volatility with women, and Isabella's near-acceptance into the nunnery cannot be ignored. In each marriage, the specifics and the individuals bring interpersonal issues that require cooperation.

주제어 : 결혼, 침대계략, 사회질서, 위장
Key Words : marriage, bed trick, social order, disguise

『폭풍우』에 나타난 권력 정치학

서 용 득*

I

대부분의 한국의 정치가들은 언제나 주권자인 국민들과 국가를 위한다는 말을 하면서 자신들의 권력 유지와 새로운 권력 쟁취를 위해 행동하는 경우가 많은 듯하다. 그런데 그 속내를 들여다보면, 그것은 그네들만의 속셈을 드러내는 꼴이 되는 경우가 대부분이다. 정치는 정치가들만이 하는 것이 아니라, 일반 사람들도 그들의 일상생활을 통해 정치를 경험하고 정치적인 의사표현을 한다. 차이가 난다면 정치가들은 대개의 경우 선발되는 과정을 겪지만, 일반인들은 그런 과정을 거치지 않는다는 점이다. 일단 정치가들이 선발되게 되면, 그들은 의식적이든 무의식적이든 타인을 지배하려하거나 군림하려하거나 영향력을 행사하려고 한다. 이런 지배관계의 밑바탕에는 그들이 타인을 자기의 의

---

* 경상대학교 사범대학 영어교육과 교수, 경상대학교 교육연구원 책임연구원

54

지에 따르도록 하려는 의욕을 갖고 있게 마련이다. 이 따르게 하도록 하려는 힘이 권력이다.

이런 권력의 문제가 다루어지는 것이 비단 정치권에 해당되는 것은 아니다. 오히려 일반인들이 접하게 되는 다양한 현실 생활 속에 퍼져 있다고 이야기하는 것이 맞을 것이다. 특히 문학은 미래의 비전을 제시 하는 것이기 때문에 현실정치의 일단을 내비치면서, 그 문제점을 개선 하려는 작가의 의지와 노력이 언제든지 작품에 반영되게 마련이다. 연 극의 경우는 무대 위에서 배우를 통해 직접 관객에게 제시되기 때문에 그 직접성 때문에 더 강렬한 영향력을 행사한다고 볼 수 있다.

셰익스피어에 대한 연구는 "셰익스피어 산업"(Shakespeare Industry)이 라고 일컬을 정도로 수적인 면이나 질적인 면에서 연구의 성과는 대단 하다고 볼 수 있다. 그렇다고 연구가 끝나는 것이 아니라, 오히려 다양 한 연구 성과 때문에 더 많은 연구 가능성의 여지가 많을 것이다. 이 가 운데 셰익스피어극에 나타난 정치적인 면에 대한 관심은 콧(Jan Kott)[1] 에서부터 꾸준히 있어 왔다. 콧은 역사극뿐만 아니라 『햄릿』과 『맥베 스』와 같은 비극, 그리고 『이척보척』과 『당신이 좋으실대로』와 같은 희 극에서도 선한 통치자, 악한 통치자, 그리고 권력의 찬탈자와 관련지어 권력 쟁취를 위한 투쟁의 역사가 되풀이 되어 왔음을 지적하고 있다. 그렇지만 정치 및 권력과 관련된 연구는 그 수적인 면에서 다른 연구 분야에 비해 상대적으로 취약한 것이 사실이다. 이것은 그만큼 연구의 여지가 많이 남아 있다는 것을 의미한다.

셰익스피어가 1616년에 죽었고, 『폭풍우』(*The Tempest*)는 1611년에 공 연되었다. 따라서 이 극은 셰익스피어극 가운데 맨 마지막 작품이다.

---

1) Jan Kott, *Shakespeare our Contemporary*, tr. Boleslasw Taborski (London: Methuen & Co, 1965), p.244.

이 극이 역사나 전설에서 시간구조의 요소들을 취하고 있다. 이 극에
대해 아직도 논란의 여지가 많이 일어나고 있다. 극의 장르 구분의 모
호함, 주제의 뒤섞임—자연과 예술〔양육 및 교육〕, 외양과 실제—, 극의
몽환적 분위기, 음악과 춤의 개입, 극 분류의 어려움 등으로 이 극은 문
제극(problem play)2)으로 분류되기도 한다. 그런데 이 극에 끼어든 다양
한 요소의 개입이 복잡하다고만 할 수 없다. 웰즈(Wells)가 지적한 바와
같이, 이 극은 "대부분의 역사극이나 비극에서 다루는 정치적인 주요한
주제들, 타락한 본성의 한계, 대체 정부형태, 태만한 통치자, 올바른 지
도자, 반항의 문제 및 섭리"3) 등의 다양한 정치적 요소들이 포함되어
있다.

  그런데 『폭풍우』의 전개과정은 생각보다 직선적인 흐름으로 나아간
다. 이 극은 외견상 사랑 이야기(love story)의 형식을 취하고 있다. 이것
은 너무 단순화시킨 결과이다. 그렇지만 사랑 이야기 이상의 극작 의도
를 갖고 있고, 상당한 부분 셰익스피어가 윤색했을 가능성이 크다. 사
실상 이런 사랑 이야기는 일종의 포장지에 불과하고, 극의 속내는 권력
투쟁에 해당된다. 그런데 실질적으로 이 극에서의 권력투쟁은 우리가
기대하는 바와 같이 치열하게 전개되지 않을 따름이다. 이 극은 권력을
빼앗긴 프로스페로(Prospero)가 추방된 섬에 정착하여 새로운 권력을 행

---

2) 이 극의 장르에 대한 논란은 여전히 문제가 되고 있지만, Holderness 등이 주장
  하는 바, "그 극〔『폭풍우』〕이 『첫 이절판』에서는 일반적으로 희극으로 분류되
  지만, 현대비평은 그것이 로맨스로 그 장르를 다시 정의를 내릴 필요가 있는
  것으로 이해하고 있다"〔Graham Holderness, Nick Potter and John Turner,
  Shakespeare: Out of Court; Dramatization of Court Society (Basingstoke: The MaCmillan
  Press, 1990), p.137.)〕와 같이 『폭풍우』는 로맨스 범주에 포함시키고 있는 것이
  일반적이다.

3) Robin Headlam Wells, *Shakespeare, Politics and the State* (Basingstoke: MaCmillan
  Education, 1986), pp.160~61.

사하는 데서 시작된다. 그는 포웰의 "프로스페로가 관심을 갖고 있는 것은 과거가 아니라 현재이다. 그리고 극에서 그의 모든 행동 이면에 있는 공통된 동기는 섬에 있는 모든 사람들의 행동과 운명을 통제하려는 욕망이다"[4]라는 지적처럼, 그의 행동은 다른 사람들에 대해 권력을 행사하는 것과 밀접하게 관련되어 있다. 그가 이런 그의 권력에 대해 왕과 왕의 귀족들인 알론소(Alonso), 세바스티안(Sebastian)과 안소니오(Anthonio)의 권력 쟁취를 위한 음모가 먼저 나온다. 그 다음으로 코믹한 효과를 제공하긴 하지만 술에 취해 프로스페로의 섬 지배를 시도하려는 스테파노(Stepano), 트린큐로(Trinculo) 및 카리반(Caliban)의 음모가 이어진다. 그러나 프로스페로는 마법의 힘으로 그들의 이런 의도를 훤히 꿰뚫어보고 있다. 그는 그의 정령인 아리엘(Ariel)의 도움을 받아, 퍼디난드(Ferdinand)와 미란다(Miranda)의 사랑의 결합을 계기로 다른 사람들을 용서하는 순서로 극은 전개된다.

권력투쟁의 원인은 정치세력의 권력화에 기인한다. 정치란 "궁극적으로 권력의 행사"[5]이기 때문이다. 정치는 "각 구성원들 간의 다양한 의견 차이들을 조정하려고 함으로써, 전체 의사결정을 한 데 묶을 수 있도록 하려는 활동"[6]이다. 여기서 집단의 의사결정을 한 데 묶으려는 과정에서 권력이 사용되게 마련이다. 그 이유는 권력은 "통치자가 집단의 목표를 달성할 수 있도록 하는 도구"[7]가 되기 때문이다. 이 과정에서 통치 수단과 지배 방식이 끼어들게 마련이다. 따라서 정치는 통치와

---

4) Raymond Powell, *Shakespeare and the Critics Debate: A Guide for Students* (London and Basingstoke: The MaCmillan Press, 1980), p.91.

5) David Robertson, *The Penguin Dictionary of Politics* (London: Penguin Books, 1985), p.272.

6) Rod Hague & Martin Harrop, *Comparative Government and Politics: An Introduction* (Basingstoke: Palgrave, 2001), p.3.

7) *Ibid.*, p.10.

지배라는 기본틀에서, 이 통치와 지배에 대한 복종·협력이나 저항 등의 사회적 활동이 있다. 『폭풍우』 또한 이와 같은 기본틀을 그대로 지켜나가고 있다.

지금까지 『폭풍우』에 대한 정치적인 주제를 다룬 글들은 너무 인위적이고 기계적인 적용한 면이 있다. 이론 배경으로 '문화유물론'(Cultural materialism)이나 '신역사주의'(New historicism) 이론을 상당한 부분 극에 그대로 적용하려는 경향이 있었다.8) 지금까지 포괄적으로 정치적인 의미를 담고 있는 이 극에 대한 논의는 있었지만, 본격적으로 권력에 한정시켜 서술한 논문은 부족했다고 볼 수 있다. 이 극에 대한 정치적 의미가 너무 포괄적이고 광범위하기 때문에, 이 글에서는 권력에 초점을 맞추어 범위를 좁혀 고찰하게 될 것이다. 이 극에 등장하는 권력 빼앗기(usurpation), 음모(conspiracy), 배반(treachery), 배신(betrayal), 반항(rebellion), 아첨, 관직 박탈(deposition)이나 권위(authority) 등의 정치적인 가치를 담고 있는 용어들은 그 이면에 모두 권력(power)에 초점이 맞추어져 있음을 알 수 있다.

이 극에서 미란다(Miranda)와 퍼디난드(Fernand)를 제외한 다른 등장인물들은 권위나 권력에 대한 관심과 욕망을 갖고 있다. 특히 프로스페로의 관심거리도 "권력을 위한 투쟁 및 폭력과 음모에 대한 기술"9)이

---

8) 대표적으로 식민주의 관점에서 재해석한 Paul Brown의 "'This thing of darkness I acknowledge mine': *The Tempest* and the discourse of colonialism," in *Political Shakespeare: New essays in cultural materialism*, ed. Jonathan Dollimore and Alan Sinfield (Manchester: Manchester University Press, 1985)가 있다. 국내에서는 문화유물론의 이론을 바탕으로 정치이데올로기 관점에서 해석한 Young Cho Lee의 "The Theatrical Representation of Politics in *The Tempest*," in 『영어영문학』Vol. 49 No 4 (Winter 2003)가 있다. 그런데 대부분의 이런 해석은 제임스 1세(James I) 치하의 시대상을 너무 많이 반영하고 있다.

9) Kott, *Shakespeare our Contemporary*, p.245.

주를 이룬다. 그들은 의식적이든 무의식적이든 다른 사람들에 대해 권위를 유지하려고 하고 다른 사람들을 지배하려는 권력에의 의지나 욕망에 사로 잡혀 있다.

이 논문은 『폭풍우』에 나타난 권력 정치학을 너무 이론 중심으로 적용하지 않고, 극에 들어있는 내용을 권력 정치학의 일반적인 현상과 연결을 지어 해명하려고 한다.

II

『폭풍우』는 권력 정치학의 일반적인 현상과 연결되어 있음을 확인할 수 있다. 이 극은 권력에의 야망 및 욕망, 음모, 권모술수, 정치적 힘인 권력의 쟁취, 권력 행사와 권력의 결말과 관련되어 있다.

이 극은 나폴리 왕인 알론소 일행이 폭풍우로 배가 난파된 상태에서 극의 액션이 일어난다. 프로스페로는 마술로 폭풍우를 불러일으킨다. 먼저 마법의 힘이 작용된 폭풍우로 알론소, 세바스티안, 안소니오, 퍼디난드 및 곤잘로(Gonzalo) 등이 탄 배가 암초에 부딪치게 한다. 폭풍은 프로스페로의 마력의 상징이기도 하지만, 가버(Garber)의 "권력 찬탈과 탐욕에 지배되어진 외부 밀라노 세계의 투쟁과 혼란과 연관되었다"10)는 지적과 같이, 정치적 질서가 혼란되어 있음을 간접적으로 제시하는 역할을 한다. 폭풍우가 일 때의 상황에서 사람들의 표정과 행동은 혼란 그 자체일 것이다. 이런 위기상황에서는 계급구조의 상층을 지배하는 사람들의 영향력은 줄어들게 마련이다. 이런 면은 극이 시작되면

---

10) Marjorie B. Garber, *Dream in Shakespeare: From Metaphor to Metamorphosis* (New Haven and London: Yale University Press, 1974), p.188.

서 곤잘로와 수부장(Boatswain)의 대화에서 수부장이 "제 자신 보다 소중한 사람은 없습니다… 대감은 대신이지만—이 폭풍우에 호령하여 당장에 파도를 자게 할 수 있으시다면 저희는 닻줄과는 손을 끊겠습니다."11)라며 자신감 넘치게 말한다.

마술은 프로스페로의 권위를 상징한다. 한편 마술의 사용은 "그[셰익스피어]의 우수성을 극적으로 효력이 발생할 수 있도록 만들기 위한 방법"12)이라고 말할 수 있다. 마법의 힘은 극 전체를 지배하는 권위와 권력의 행사를 상징적으로 드러내는 행위가 된다. 마술의 힘이 너무나 막강하여 프로스페로를 제외한 모든 사람들은 꼼짝 못하고 마술의 영향을 받고 있다. 그래서 프로스페로는 예이츠(Yates)가 주장하는 바, "선한 목적을 위해 마술 지식을 사용하는 고귀하고 인자한 통치자"13)라기보다, 마술을 통해 절대적인 권력을 휘두르고 있는 사람임을 상징적으로 표현한다고 볼 수 있다. 아울러 절대적인 힘인 마술은 옷과 밀접하게 관련을 맺고 있다. 옷이 단순한 의상으로서의 시각효과만을 나타내지 않고, 절대 권력을 행사할 수 있는 계기를 마련해 준다. 그래서 프로스페로가 마술을 행사할 때는 마술의 옷을 입게 된다. 그는 마술의 의상을 입고 "마술을 통해 사람들의 행동을 통제할 수 힘을 갖고 있기 때문에, 극작가 자신[셰익스피어]의 경우와 유사한 지위"14)에 놓여 있다.

---

11) William Shakespeare, *The Tempest* (London: Penguin Books, 1995), p.23. 이후 본문에서의 인용은 이 텍스트에 근거하고, 인용문 뒤에 막, 장 및 페이지만 기입한다.

12) Theodore Spencer, "Shakespeare and the Nature of Man: *The Tempest*," in *Shakespeare: Modern Essays in Criticism*, ed. Leonard F. Dean (Oxford: Oxford University Press, 1967), p.458.

13) Frances A. Yates, *Shakespeare's Last Plays: A New Approach* (London: Routledge & Kegan Paul, 1975), p.96.

14) Leah Scragg, *Discovering Shakespeare's Meaning: An Introduction to the Study of Shakespeare's Dramatic Structures* (London and New York: Longman, 1994), p.105.

그런데 이 폭풍우로 난파된 것은 우연한 하나의 사건으로 끝나는 것이 아니다. 이것은 프로스페로가 권력을 상실한 후의 국가의 혼돈된 상태를 상징적으로 드러낸다. 이것은 그에만 해당되는 혼돈이 아니라, 이 극에 등장하는 모든 사람들의 "시련으로서 통치자들이 연약하고, 혼돈되고, 비겁하고, 무력함"[15]을 보여주는 혼돈된 상황 그 자체를 간접적으로 비춰주는 역할을 한다. 이 극은 프로스페로가 동생에게 권력을 빼앗겨 밀라노(Milan)에서 공작의 지위를 잃은 지 12년이 된다는 사실을 그의 딸인 미란다에게 회상하는 장면으로부터 시작된다.

> **프로스페로**: 12년 전에, 미란다야, 12년 전에
> 네 아빠 밀라노의 공작으로
> 권력 있는 군주였단다.
> …
> **미란다**: 어마, 무슨 음모 때문에, 우리가 이 곳에 오게 되었나
> 요?
> **프로스페로**: 그렇다, 그래. 아가.
> 네 말말대로 음모에 의해 우리는 고국에서 쫓겨났
> 지만, 다행히 이 섬에 도착 했다. (I, ii, 27~28.)

그는 공작으로서 현실정치에 소홀히 함으로써 권력을 잃을 수밖에 없는 충분한 사유를 갖고 있었다. 그는 국사를 팽개치고 서재에 틀어박혀 지적인 일에 몰두함으로써 현실 정치에 전적으로 무관한 채 생활함으로써, 제대로 된 권력을 행사할 수 있는 자질을 전혀 갖지 않고 있다.

---

15) Paul A. Cantor, "Prospero's Republic: The Politics of Shakespeare's *The Tempest*," in *Shakespeare as Political Thinker*, ed. John Alvis and Thomas G. West(Durham, N. C.: Carolina Academic Press, 1981), p.241.

> 그러한 학문에만 열중하여
> 정치는 아우에게 맡기고,
> 국사를 멀리하고,
> 마술연구에 열중하여 넋이 없었지. 그랬더니 못된 네 삼촌이.
> ……
> 착한 부모가 나쁜 자식을 낳듯이,
> 내 신임과는 정반대로 아우 마음속에 배반이 일어나게 됐어.
> 사실 내 신임은 정말로 한이 없었는데. (I, ii, 28~29.)

프로스페로는 동생인 안소니오에게 조건이 없이 절대적 신임을 하게 되어, 국가 통치를 위임 하였다. 그는 그 나름대로 권위만 갖고 있었기 때문에, 그 권위에 뒤따르는 권력을 제대로 활용하지 않았다. 아무런 힘이 없이 공국을 지배하려고 한 것은 그의 판단착오였다. 그는 학문에만 열중하여 정치는 아우에게 맡기고, 현실정치에 너무 무관심할 뿐만 아니라, 그에게 주어진 공작으로서의 기본적인 역할, 임무와 책임마저 소홀히 해 왔기 때문에, 그의 권력이 빼앗긴다는 것은 어쩌면 당연한 결과라고 볼 수 있다. 결국 프로스페로는 권력을 완전히 빼앗기고 딸과 함께 밀라노에서 추방된 것이다.

그렇지만 프로스페로는 끊임없이 권력을 상실한 후 새로운 권력을 창출하기 위한 시도를 하고 있다. 비록 회상조이긴 하지만, 그는 권력을 되찾기 위한 시도를 은연중에 하고 있음을 알 수 있다. 그런데 프로스페로는 소왕국인 섬에 도착하여 다시 권력을 획득하여 이양하는 형식을 밟고 있다. 그가 살고 있는 섬의 동굴(cell)은 밀라노에서 쫓겨난 도피처이긴 하지만, 다른 한편으로 다른 권력을 행사하는 또 다른 장소로서의 이중의 의미를 담고 있다.

이 극은 권력의 획득에서부터 권력의 행사 방법, 권력에 예속시키기 위한 수단 및 권력 추구의 목표에 이르는 전반적인 내용이 포함되어 있다.

이 극에서 권력의 획득방법이 제시되고 있다. 권력은 주어지는 것이 아니라, 쟁취되는 대상으로 나타난다. 이 극을 통해 볼 때 권력 획득은 정당한 절차와 방법을 통해 자연스럽게 이루어지는 것이 아니다. 그 반대로 음모나 배반 등의 부정적인 방법을 통해 권력을 획득하게 된다. 안소니오가 밀라노를 지배하는 프로스페로의 권력을 뺏은 것도 마찬가지고, 세바스티안이 왕 알론소에게서 나폴리를 지배할 수 있는 권력을 뺏으려고 시도하는 것도 마찬가지다. 그리고 수준이나 방법에 있어서 저급한 면이 있지만, 스테파노, 트린큐로 및 카리반이 프로스페로로부터 섬을 지배할 수 있는 권력을 뺏으려고 음모를 꾸미는 것도 같은 맥락에서 이루어진다.

이 극에서 권력의 행사가 이루어진다. 권력의 행사는 주로 마술을 통해 발휘한다. 마술은 지배의 수단이다. 이것은 거의 초능력에 가까운 것이다. 프로스페로는 마술을 이용하여 권력을 휘두르는 것이다. 그는 자신만이 권력을 행사할 수 있다고 믿고 있다. 그는 자신의 영지 내에 존재하는 모든 것을 지배하고 명령하고 영향력을 행사할 수 있는 독점적인 권력을 모두 쥐고 있다. 심지어 프로스페로의 마술의 힘이 너무 강해, 카리반의 어머니 시코락스(Sycorax)의 세티보스 신(神)까지 휘어잡아 굴복시킨다.

그의 이런 절대적인 권력의 행사 앞에 굴복하지 않을 존재는 아무도 없다. 심지어 그는 자연세계와 인간세계뿐만 아니라 정령(精靈)의 세계인 아리엘, 아이리스(Iris) 그리고 주노(Juno)의 여신과 시레스(Ceres) 여신마저 자유자재로 지배하게 된다. 따라서 그는 마법의 힘을 행사하기 위해 옷만 입으면 세상에 존재하는 모든 존재물에게 권력을 행사할 수 있는 막강하면서 절대적인 권력을 갖고 있다. 이럴 경우 마법의 힘의 현실성 여부를 따지기에 앞서 절대 권력을 행사하는데 있어서의 영향력의 범위를 가늠해 볼 수 있다.

이 극에서 권력에 예속시키는 방법이 나타난다. 프로스페로는 카리반과 아리엘을 계속해서 위협한다. 그의 권력에 대한 저항이 심하면 심할수록 그는 카리반이나 아리엘을 더 억압하고 위협한다. 권력은 사회를 이루는 구조와 관련이 있다. 권력이란 사회에서 인간의 상하관계를 보존시키려는 기능과 다른 사람들을 동일한 목표로 향하게 하고 그 달성에 협동시키는 기능이 겹쳐 있다. 그러나 권력에 있어서 일반적이고 본질적인 것은 전자의 기능이다. 이 극에서 프로스페로의 경우도 이와 같은 경우에 해당된다. 이것은 그의 지배를 영속시키려는 의도로 볼 수 있다.

권력이 지배기능을 행사하는데 있어서 물리적인 실력을 행사하는 방법과 사람들을 따르게 하는 심리적, 정신적 기구(機構)의 존재가 필요하다. 권력이 다소라도 계속 이어가기 위해서 후자의 측면을 빼놓을 수 없다. 권력을 가진 인격 또는 지위에는 이와 같은 기구에 의거하여 다른 사람의 복종을 불러일으키는 평가가 수반되게 마련이다. 이것을 위신이라고 한다. 그것이 인격에 수반되는가 지위에 수반되는가는 전자가 일반적으로는 역사적으로 보아 오래된 형태이다. 어느 경우에도 위신은 지배관계를 지탱하는 일상적 기구의 일부가 된다.

정령인 아리엘은 한 때 마녀 시코락스의 종이었는데, 마법의 힘으로 프로스페로는 아리엘을 구해 주었다. 프로스페로는 그에게 일을 시키는 대신 이틀 이내에 그를 해방시켜주기로 약속한다. 그래서 아리엘은 프로스페로에게 그런 사실을 계속 상기시킨다.

> **아리엘**: 아직 일이 남아있습니까? 일을 시키려면 약속한 것을 잊지
> 말아 주십시요. 아직도 이행되지 않고 있는 그 약속 말입니다.
> **프로스페로**: 아니, 불만이냐? 네 요구는 뭐지?
> **아리엘**: 제 해방 말입니다.
> **프로스페로**: 기한도 되기 전에? 듣기 싫다. (I, ii, 34.)

그렇지만 프로스페로는 아리엘에게 자유를 주지 않고, 자기 일만을 계속해서 시킨다. 카리반의 경우도 마찬가지 경우이지만, 아리엘에게 있어서 자유는 "특권으로서 요구되어지는 것이 아니라 권리로서 획득되어야 할"16) 가치인 것이다. 따라서 자유는 인간의 기본적인 삶의 조건인 것이다.

프로스페로는 카리반에게 모욕을 준다. 그리고 그는 카리반의 외모를 언급하면서 경멸하게 된다. "여기엔 그녀〔시코락스〕가 낳은 자식인 얼룩진 괴물 한 마리밖에 사람이라곤 그림자도 볼 수 없었다." (I, ii, 36) 라고 말한다. 더 나아가 프로스페로는 카리반이 어머니 시코락스까지 싸잡아 비난하기까지 한다. 그를 인간이 아닌 동물 취급을 하는 프로스페로에 대한 카리반의 반응은 만만치 않다. 심지어 그는 프로스페로가 부과한 육체적 노동을 하면서, 그의 명령을 무시하기도 한다.

권력 지배를 유지하고 정당화시키기 위해 길들이는 방법으로 교육이 제시된다. 이것은 지배 욕망을 지속시키기 위한 것이기 때문에 권력과 밀접한 관련성이 있다. 특히 프로스페로는 카리반에게 말을 가르쳐 준다. 말이란 일차적으로 의사소통의 도구이다. 그렇지만 말에는 이데올로기가 담겨 있다. 말을 가르친다는 것은 이데올로기를 주입시키기 위한 의도도 밑바탕에 깔려 있다. 그는 언어교육을 통해 카리반을 계속

---

16) Sidney Shanker, *Shakespeare and the Uses of Ideology* (The Hague: Mouton & Co, 1975), p.217.

해서 지배하려 한다. 그렇지만 카리반이 말을 통해 배운 것은 "욕을 알게 된 것" (II, i, 39) 뿐이라며 저항하면서 항변한다. 카리반은 프로스페로에게 쉽게 예속되지 않는다. 따라서 그의 이런 행동의 이면에는 그의 정치적 음모가 개입된다.

권력에 의한 통치와 지배에 대해 피지배자의 반항과 반란은 당연히 일어날 수밖에 없다. 일차적으로 피지배자들은 은밀하게 정치적 음모를 하게 된다. 프로스페로의 동생인 안소니오와 나폴리의 왕인 알론소는 서로 은밀한 연대를 모색하고 있다. 안소니오는 왕의 군사적 도움을 받음으로써 쿠데타를 일으키고, 그 대가로 밀라노는 공물을 바치는 속국으로서의 지배를 받는 것에 동의한다. 일종의 협상이 이루어지는 것이다. 알론소가 잠이 들고 난 후 안소니오와 세바스티안이 음모를 하게 된다. 안소니오는 세바스티안에게 교묘하게 제안한다.

> **안소니오:** … 하지만 대감 얼굴에는,
> 대감이 장차 뭣이 될 것인지가 나타나 보이는 것 같구려. 기회는 대감에게 아첨을 하고 있습니다. 그리고 나의 강력한 상상력으로 왕관이 대감 머리 위에 떨어지고 있는 것이 보입니다.
> **세바스티안:** 아니! 당신은 지금 생시요?
> **안소니오:** 내 말이 대감 귀에 안 들리십니까?
> **세바스티안:** 들리긴 들리오. 하지만 틀림없는 잠꼬대가 아니요? 당신은 지금 잠결에 잠꼬대를 하고 있는 것이요.…
> **안소니오:** 세바스티안 대감, 대감은 자기의 행운을 잠재우고 계시오. 아니 죽게 버려 두고 계시오. 생시에 졸고 계시오.
> (II, i, 31.)

여기서 깨어있음과 잠들고 있음의 이미지가 대비되어 나타나면서,

음모를 꾸미는 사람들의 의식은 깨어있지만, 그렇지 않은 사람들은 잠들고 있음을 제시한다. 아리엘이 노래에 의한 표현, "눈을 뜬 음모는 기회를 노리고 있다" (II, i, 55) 역시 이런 상황을 적절히 지적해주고 있다.

그리고 또 다른 음모는 다른 계층에서도 일어난다. 카리반의 사주에 의해 술에 취해 있는 집사이자 요리장인 스테파노와 나폴리왕의 어릿 광대인 트린큐로의 음모 역시 프로스페로의 권력에 대한 음모로 제시된다. 이들의 음모는 안소니오와 세바스티안의 정치적 음모와 그 정도를 달리한다. 그들의 음모는 사실상 실현 가능성이 희박함을 관객은 뻔히 알고 있기 때문에, 그들이 음모하는 행동은 오히려 관객에게 희극적 효과를 일으키게 된다. 그렇지만 이들의 행동을 통해 어떤 종류이든지 간에 권력을 잡기 위한 노력은 다양한 계층에서도 여전히 일어나고 있음을 알 수 있다. 그렇지만 프로스페로는 아리엘의 보고를 받고 이런 음모들을 훤히 꿰뚫어 보고 있다.

프로스페로와 카리반의 관계에서 볼 때, 권력이동은 프로스페로 위주로 생각할 수 있는 것은 아니다. 프로스페로의 입장에서는 새로운 권력을 획득하여 다른 존재들을 지배하는 것을 정당화시키고 있다. 그러나 카리반의 입장에서 보면 자기 자신의 영토인 섬에 대한 침입이고, 자기 자신의 영토에 대해 그의 어머니대부터 갖고 있었던 기득권을 빼앗긴 것이다. 따라서 프로스페로의 위협과 경멸에 대해 카리반의 불만과 저항은 쉽사리 꺾이지 않는다.

> **프로스페로**: 그따위 욕을 하면, 이놈, 오늘 밤 네 수족에다 쥐
> 를 내려 놓구, 옆구리를 쑤시게 해서 숨도 못 쉬게
> 해 줄테다.
> 잡귀들이 한밤중 활개치고 다니는 동안
> 모두 네놈한테 덤벼서 전신을 벌집같이 꼬집구

벌한테 쏘인 것보다 더 아프게 해 줄테다.

카리반: 밥을 먹어야죠.
　　　　이 섬은 우리 엄마가 나에게 주었는데,
　　　　당신이 빼앗아 갔어. 당신이 처음 와서
　　　　날 쓰다듬구 소중히 하구. 딸기를 넣은 물도 줬어…
　　　　지금은 당신의 유일한 부하지만, 나도 원래는 독립한
　　　　임금이었어.
　　　　그런데 당신은 날, 단단한 바위 속에 넣어버리고, 이
　　　　섬을 약탈해 갔어.

프로스페로: 이놈, 거짓말쟁이 같으니, 친절은 소용이 없군.
　　　　매라야만 움직이는 놈 같으니,
　　　　더러운 네놈이지만, 인정을 갖고 대해,
　　　　굴속에 우리와 같이 자게 했더니,
　　　　마침내 딸애를 침범하려구까지 한 놈 같으니. (I, I
　　　　i, 37~38.)

　　카리반의 입장에서 보면 프로스페로가 침입자이고 강탈자인 것이
다. 힘이 더 센 자가 힘이 약한 자를 억누르고, 그것을 정당화시키기 위
해 교육이라는 명분으로 힘센 자의 행위를 정당화하려는 의도가 여기
에도 숨어 있다. 기본적으로 힘이 센 자와 힘이 약한 자가 균형을 유지
하면서 공존해야 함에도 불구하고, 힘의 관계에 의해 상대방을 지배하
려는 속성을 갖고 있다. 따라서 카리반의 입장에서 보면 프로스페로의
섬의 지배 명분이 그에게 반드시 정당화될 수 없다. 역사는 권력을 가
진 강자의 편에 서서 기술되기 때문에, 이 극도 프로스페로의 지배를
당연시 하고 있다. 그 이유는 프로스페로의 폭정은 기본적으로 "필요한
것으로 제시되면서 카리반의 추함, 폭력의 가능성과 인종 차별을 구실
로 정당화"[17) 되는 무의식적인 계산이 그의 마음속에 잠재되어 들어있

기 때문이다. 이럴 경우 그의 카리반에 대한 용서도, 아리엘에 대한 자유 제공도, 자신의 속셈을 감춘 일종의 포장지의 역할을 수행한다고 볼 수 있다. 아리엘이 자유로워지고 싶은 욕망은 그의 자유로운 삶, 정치활동과 권력보장을 인정받기 위한 목적이다.

극의 시작과 끝나는 부분을 보면, 이 극의 비중은 프로스페로와 카리반에게 주어진다고 볼 수 있다. 그래야만 인류공존의 사회가 실현될 수 있을 것이다. 현실적으로 프로스페로가 끊임없이 권력을 행사함으로써 다른 사람들을 지배하긴 하지만, 그가 떠나게 되면서 카리반이 섬을 다시 지배하게 됨으로써 공존의 의미를 더해준다. 이것은 프로스페로가 교육이나 기술을 통해 다른 사람들을 교화하려고 하지만, 그가 의도한대로 제대로 실현되지 않음을 알 수 있다. 그는 특별히 언어를 통해 카리반을 교육시켜 변모시키려고 하지만 제대로 실현시키지 못한다. 사실 언어의 역사란, "힘의 관계의 역사를 반영하고 기록하고 강화시켜준다"[18]고 볼 수 있다. 그래서 카리반은 언어를 배운다는 것을 문명화되어가는 과정으로 생각하지 않고, 오히려 힘의 지배를 정당화 시켜주는 수단으로 사용되어진다고 보기 때문에, 그는 무의식적으로 거부하게 된다. 어쩌면 프로스페로가 카리반을 일시적으로 지배하여 변화시키려고 했지만, 결국 그에게 섬을 되돌려 줌으로써 카리반으로 대변되는 자연을 인정하게 되는 것이다.

극의 결말에 가까워질수록 권력을 연장하려는 면이 은연중에 제시된다. 프로스페로는 모든 권력을 자기 밑에 두고자 하는 의도를 갖고 있다. 그의 딸인 미란다와 나폴리의 왕 알론소의 아들인 퍼디난드의 결

---

17) Derek Cohen, *The Politics of Shakespeare* (New York: St. Martin's Press, 1993), p.43.

18) Simon Palfrey, *Late Shakespeare: A New World of Words* (Oxford: Clarendon Press, 1997), p.165.

합을 통해, 프로스페로는 "파멸에서 벗어나 전개될 새로운 질서를 대변할 뿐만 아니라, 그 지속성을 보장"[19]해 주려는 의도를 엿볼 수 있다. 이제 알론소나 프로스페로는 나이가 지긋이 든 사람이기 때문에, 이런 주장에 대해 수긍할 수 있는 점도 있다. 그러나 프로스페로는 그들의 결혼을 통해 권력을 연장하려고 한다. 그의 책략은 "지금까지 나뉘어져 온 각 국가를 두 후계자의 통합 통치를 통해 단일 국가로 합침으로써"[20] 합법적인 통치계통을 회복하기 위한 것이다. 이것은 미래에 그의 정치적 입지를 넓힘과 동시에 그의 권력을 다음 세대로 안전하게 이어주기 위한 장치가 된다. 우선 과거에 저지른 잘못된 정치적 행위에 대한 용서를 통해, 권력의 확보가 쉬운 공작 딸과 왕의 아들의 약혼을 통해 동시에 화해를 모색하고 있다. 특히 미란다는 12년 동안 섬에 그와 함께 살면서 "프로스페로의 정서적, 정신적 그리고 정치적 목표를 이어주는 연결고리 역할을 하면서 통치자가 될 인물"[21]이기 때문이다. 프로스페로는 퍼디난드와 미란다에게 혼전 순결을 강조함으로써, 정상적인 상황이 왔을 때 권력을 행사하는데 있어서 어떤 부작용도 줄여보려는 의지를 갖고 있다. 그 이유는 그들의 순수성은 "미래의 유산과 권력을 보증해주는 것"[22]이 되기 때문이다. 이것은 그가 차세대에게 권력을 넘겨주기 위한 예비 작업을 함으로써, 권력을 안전하고 확고하게 하기 위한 장치가 된다.

　　권력 추구가 지향하는 바는 무엇일까? 의견이 대립되는 이해집단을

---

19) E. M. W. Tillyard, *Shakespeare's Last Plays* (London: Chatto and Windus, 1958), p.58.

20) Holderness, "*The Tempest*: Spectacles of Disenchantment," in *Shakespeare: Out of Court*, p.142.

21) David L. Hirst, *The Tempest: Text and Performance* (Basingstoke: MaCmillan Publishers, 1984), p.27.

22) Robert S. Miola, *Shakespeare and Classical Comedy: The Influence of Plautus and Terence* (Oxford: Clarendon Press, 1994), p.162.

조정할 수 있는 능력이 정치가에게 필요하듯이, 프로스페로도 두루 두루 잘 살 수 있는 공국을 만들 의무가 있다. 그가 권력을 되찾으면서 용서와 화해를 추구하지만, 그것은 개인이 권력을 회복하는데 더 큰 의미를 두고 있다. 그렇지만 정당한 권력 행사를 통한 그의 통치에 대한 권력의 혜택에 대한 언급은 전혀 없다. 물론 이것은 셰익스피어 그 당시의 이데올로기를 반영한 것이긴 하겠지만, 권력 추구의 목표는 구성원 최대 다수의 최선의 삶을 추구할 수 있도록 해야 한다. 이것은 개인의 차원에 머무르는 것이 아니라, 권력의 지배를 받고 있는 대다수 국민들의 삶의 질을 향상시키는 것을 목표로 해야 한다. 그런 목표로 나아갈 때, 비로소 그들의 생활이 풍요롭게 되는 것이다. 이런 측면을 고려해 볼 때 곤잘로가 그려보는 이상국가는 그 대안이 될 수 있을 것이다.

> **곤잘로**: 만인이 필요한 물건들은
> 　　　모두 땀도 노력도 없이 자연히 생산해 줄 것이며,
> 　　　반역이나 살인강도도 없을 것이며,
> 　　　칼, 창, 단도, 총, 또는 이 밖의 전쟁 무기 같은 것도 필
> 　　　요 없을 것이며,
> 　　　자연은 풍요한 오곡을 생산하여
> 　　　순박한 백성들을 양육해 줄 것입니다.
> 　　　　　…
> **곤잘로**: 그리고 황금 시대 보다도 훌륭하게 완전무결한 정치를
> 　　　행할 것이며. (II, i, 49∼50)

　　언제나 충신으로서의 곤잘로는 권력 다툼이 없는 이상적인 국가를 나름대로 그려본다. 밀라노의 공작인 프로스페로의 공국(公國)에서도 그리고 지금 난파된 상황에서 나폴리 왕인 알론소의 일행과 함께 있는데

도, 곤잘로는 충신으로서의 역할을 다하고 있다. 그는 프로스페로가 추방되기 전이나 추방될 때나 추방된 후에도 여전히 변함없는 모습을 보인다. 이것은 그가 정치적 음모와 배반 등이 일어나는 현실상황이 아닌 권력 다툼이 없는 세계를 그가 꿈꾸고 있음을 대조적으로 보여준다. 한편 그의 이런 완전무결한 정치 상황을 이야기 하면서 역설적으로 현실은 그렇지 않음을 꼬집고 있는 것이라 볼 수 있다.

그런데 여기에 셰익스피어가 극적 형상화 하는데 있어서 한계를 갖고 있었음을 알 수 있다. 그는 제임스 1세(James I)의 딸 엘리자베스(Elizabeth)와 파래타인(Elector Palatine)의 결혼을 축하하기 위해 이 극을 공연하였다. 이것은 그가 결국 자코비안(Jacobean) 시대의 든든한 후원자들의 이데올로기를 상당한 부분 반영하려고 했음을 알 수 있다. 그렇기 때문에 그가 극에서 대다수 국민들의 삶의 질을 향상시키기 위한 대안을 제시하는데는 힘이 모자랐을 수 있다.

또한 왕이든 귀족이든 모두 죽을 수밖에 없는 운명의 소유자들이다. 그들에게 있어서 테러나 권력을 위한 투쟁도 그들만의 전유물이 아니다. 콧의 견해에 따르면, 그것은 "이 세상의 법칙"[23]이다. 셰익스피어도 『폭풍우』에서 특별한 권력 정치학을 제시한 것은 아니다. 어쩌면 인류에게 계속되어 반복되는 역사의 또 다른 한 면을 이 극에 반영한 것이다.

Ⅲ

『폭풍우』는 외견상 정치적인 측면이 가볍게 다루어진 인상을 풍기

---

23) Kott, *our Contemporary*, p.267.

지만, 권력 정치학의 일상적인 패턴을 밟고 있다. 그리고 본론에서 살펴본 바와 같이 권력과 관련된 여러 가지 요소를 골고루 갖추고 있음을 알 수 있었다. 단지 권력과 관련된 언급이 치열한 과정을 거치지 않는다는 점이다. 이 극에 등장하는 권력이 기득권층의 입장을 대변해 주고, 그 권한을 보호하는 측면이 있는 것은 사실이다. 그리고 이 극의 경우 결국 왕과 왕의 귀족들만의 잔치로 시작되어 끝나버린다. 권력의 추구, 찬탈 및 회복은 역사를 통해 볼 때, 일상세계에서 일어나는 일이면서 동시에 셰익스피어의 경우 그의 극에서 자주 등장하는 주제가 된다. 한편으로, 이것은 권력을 가진 자들의 파티이자 아수라장이 되는 것이기 때문에, 일종의 광기의 역사와 관련이 있다. 그런 광기의 역사는 현실세계에서도 일어나고, 무대인 섬에서도 일어난다.

이 극은 권력의 상실과 회복이라는 액션과정을 밟고 있다. 이 과정은 동시에 정치적 질서의 회복을 의미한다. 질서의 회복은 프로스페로의 입장, 카리반의 입장 및 아리엘의 입장에서 각각 설명이 가능하다. 프로스페로가 귀족으로서 권력에 대한 이기적인 야심과 불만은 대중의 희생과 불만을 동시에 증대시키고 있다. 그렇지만, 그가 마술을 버리고 인간성을 되찾는 방향으로 나아감으로써, 안소니오로부터 잃었던 권력을 되찾게 되었다는 의미를 갖게 된다.

카리반은 프로스페로부터 섬을 되찾게 된다. 그의 자발적인 의사에 의해 이루어진 것은 아니지만, 그의 입장에서 보면, 그가 어머니대로부터 이어져 온 섬에 대한 지배권을 되찾게 되는 계기가 된다.

정령(精靈)인 아리엘은 결국 프로스페로로부터 자유로워진다. 이것은 권력에 예속되어 있거나 지배되고 있는 관계를 청산하는 것이다. 그에게 기본적으로 필요한 것은 자유로운 생활이다. 이것은 그가 외부의 어떤 힘으로부터도 영향을 별로 받지 않는 자유로움을 되찾게 되는 것을 의미한다.

프로스페로의 입장, 카리반의 입장 및 아리엘의 입장에서 되찾게 되는 질서는 차원을 달리 하는 것이긴 하지만, 전체적인 질서의 회복을 의미한다고 볼 수 있다. 크게 보아 두 개의 차원으로 나누어지는데, 이 두 차원은 서로 인간과 관련을 맺고 있지만, 좀더 엄밀히 따져보면 인간세계와 자연세계의 질서, 보이는 세계와 보이지 않는 세계의 질서가 지배하는 것으로 볼 수 있다.

그런데 정치적 질서의 회복은 국민들의 삶의 질 향상이 궁극적인 목표가 되어야 하지만, 이 극에서 국가적 차원 보다 개인과 가족에 한정되어 나타나서 아쉬움이 남는다. 그리고 셰익스피어가 이 극을 통해 정치적 권력이 현실에서 중요하다는 것을 실감했음에도 불구하고, 그 권력의 결과가 어쩌면 꿈과 같이 사라져버리는 허망한 것이라는 사실을 은연중에 제시하고자 하려고 했다. 어쩌면 권력이 사회, 문화 및 경제 등의 국민의 모든 생활영역에 영향을 미치게 되기 때문에, 권력의 사용은 보다 더 신중해야 될 필요가 있다.

참고문헌

Brown, Paul. "'This thing of darkness I acknowledge mine': *The Tempest* and the discourse of colonialism." In *Political Shakespeare: New essays in cultural materialism*. Ed. Dollimore, Jonathan. and Sinfield, Alan. Manchester: Manchester University Press, 1985. pp.48~71.

Cantor, Paul A. "Prospero's Republic: The Politics of Shakespeare's *The Tempest*." In *Shakespeare as Political Thinker*. Ed. Alvis, John. and West, Thomas G. Durham, N.C.: Carolina Academic Press, 1981. pp.239~55.

Cohen, Derek. *The Politics of Shakespeare*. New York: St. Martin's Press, 1993.

Garber, Marjorie B. *Dream in Shakespeare: From Metaphor to Metamorphosis*. New Haven and London: Yale University Press, 1974.

Hague, Rod. & Harrop, Martin. *Comparative Government and Politics: An Introduction*. Basingstoke: Palgrave, 2001.

Hirst, David L. *The Tempest: Text and Performance*. Basingstoke: MaCmillan Publishers, 1984.

Holderness, Graham. Potter, Nick. and Turner, John. *Shakespeare: Out of Court; Dramatization of Court Society*. Basingstoke: The MaCmillan Press, 1990.

Kott, Jan. *Shakespeare our Contemporary*. Tr. Taborski, Boleslasw. London: Methuen & Co, 1965.

Miola, Robert S. *Shakespeare and Classical Comedy: The Influence of Plautus and Terence*.

Oxford: Clarendon Press, 1994.

Palfrey, Simon. *Late Shakespeare: A New World of Words*. Oxford: Clarendon Press, 1997.

Powell, Raymond. *Shakespeare and the Critics Debate: A Guide for Students*. London and Basingstoke: The MaCmillan Press, 1980.

Robertson, David. *The Penguin Dictionary of Politics*. London: Penguin Books, 1985.

Scragg, Leah. *Discovering Shakespeare's Meaning: An Introduction to the Study of Shakespeare's Dramatic Structures*. London and New York: Longman, 1994.

Shanker, Sidney. *Shakespeare and the Uses of Ideology*. The Hague: Mouton & Co, 1975.

Spencer, Theodore. "Shakespeare and the Nature of Man: *The Tempest*." In *Shakespeare: Modern Essays in Criticism*. Ed. Dean, Leonard F. Oxford: Oxford University Press, 1967. pp. 456~61.

Tillyard, E. M. W. *Shakespeare's Last Plays*. London: Chatto and Windus, 1958.

Wells, Robin Headlam. *Shakespeare, Politics and the State*. Basingstoke: MaCmillan Education, 1986.

Yates, Frances A. *Shakespeare's Last Plays: A New Approach*. London: Routledge & Kegan Paul, 1975.

Young Cho Lee. "The Theatrical Representation of Politics in *The Tempest*." In 『영어영문학』 Vol. 49 No 4. (Winter 2003): 935~54.

ABSTRACT

Power Politics in *The Tempest*

Suh, Yong-deuk

The Tempest was one of Shakespeare's last plays. *The Tempest* is a play with so many layers of meaning that no single interpretation can do it justice. One of the interpretations of *The Tempest* is the power politics. Because *The Tempest* is a play about power relation. It has a large vocabulary of power relation such as conspiracy, treachery, betrayal, rebellion, deposition, authority and usurpation. Especially Prospero exercises his absolute power on the island. All of the characters except Miranda and Ferdinand are preoccupied with the will to power. Shakespeare was concerned with problems of government, with the tensions between power and virtue. It is striking that all the characters are involved in this problem in one way or another.

Prospero has absolute power. So he can control the destinies of all the people on the island and he seems to be using his power for benigh ends. But there are Anthonio and Sebastian's treachery to depose Alonso and make

Sebastian king of Naples. Stepano and Trinculo's conspiracy with Caliban to depose Prospero and make Stepano king of the island. But Prospero handles the end like a master playwright, suddenly weaving together all the plotlines to bring about the denouement he desires.

Shakespeare suggests that power must never operate out of fear, out of terrible vengeance which is destructive of all justice. Power must be used to liberate man from hate. Acting so power becomes pure justice and society ethical and human.

The Tempest deals with sinfulness past and present, and that the conclusion is characterized by repentance, forgiveness and reconciliation. It seems to be a kind of struggle for power remains the same. Miranda and Ferdinand will be rulers in the future by marriage. Especially Ferdinand is conscious of his political position.

주제어 : 권력 정치학, 절대 권력, 욕망, 음모, 배반.
Key Words : power politics, absolute power, desire, conspiracy, treachery

버나드 쇼의 작품에 나타난 각성자로서의 여성
-『웨렌 부인의 직업』과『바바라 소령』을 중심으로

장 은 영*

I. 서론

　버나드 쇼(Bernard Shaw, 1856~1950)가 희곡을 쓰기 시작했던 당시의 영국 연극은 전통적이고 인습적인 형식에 인위적인 구성과 진부한 등장인물들과 멜로드라마가 주를 이루고 있었다(Nightingale, 24). 반면 유럽 대륙은 입센(Henrik Ibsen)의 주도 하에 현실 속의 여러 가지 문제들을 다루는 사실주의 극이 본격적으로 전개되고 있었다. 쇼는 이런 사실주의 극을 영국에 도입하여 현대극을 등장시켰다. 에릭 벤틀리(Eric Bentley)는 이런 쇼에 대해 셰익스피어(Shakespeare) 극의 잔재와 스크라이브(Scribe) 류의 감상극이 지배적이었던 극 무대에 입센과 바그너의 뒤를 이은 예술가가 등장했다고 칭찬했다(1996: 109-10).

　이렇듯 쇼는 극을 통해서 현실을 직시하고 바로잡아 이상세계로의

---

* 경상대학교

가능성을 추구하여 사회를 개선해야 한다고 생각했다. 자신의 견해를 반영할만한 연극이 영국에는 없다고 생각한 쇼는 인간과 사회 문제를 제기하고 개선하고자 하는 자신의 사상을 극을 통해 표현했다. 그래서 그의 극은 사상 희극(Comedy of Ideas)이라고 불린다.『불쾌한 희곡들』 (*Plays Unpleasant*)에서 쇼는 자신의 사상극에 대한 입장을 다음과 같이 밝히고 있다.

1

> 순수한 감정을 다룬 극은 더 이상 극작가의 손에 달려 있지 않다. … 이제는 확실히 사상극을 제외한 어떠한 극에도 미래는 없다.
>
> The drama of pure feeling is no longer in the hands of the playwright. ⋯ no future now for any drama without music except the drama of thought.(196~97)

쇼는 사회개혁에 관한 자신의 사상을 전달하기 위해서는 극의 형태상의 변화가 절실하다고 보았다. 그리하여 그 자신이 제시한 문제를 등장인물들로 하여금 토론하게 만들고, 잘 짜여진 극(well-made play)의 구조인 제시(exposition), 상황(situation), 해결(unravelling) 대신 제시, 상황, 토론(discussion)이라는 극 구조를 개발하여 표현했다. 이렇듯 그는 사상 희극을 통해 사회에 만연된 문제들을 비판하며 각성시키고자 했던 것이다.

쇼에 대한 연구는 1950년대 그의 사회주의 사상과 관련된 논문연구가 주를 이루었으나 공산주의의 쇠퇴와 더불어 연구의 가치가 하락하기 시작하였다. 이후 그의 작품을 사실주의 극이라는 관점에서 바라보며 다른 여타 작가들과 비교하는 연구가 뒤를 잇기 시작했다. 80년대에 이르러 여성주의 시각으로 그의 극이 새로이 조명 받고 있다. 이러한 경향은 국내 연구 논문들에서도 여실히 드러나고 있다.

위와 같은 비평적 추세는 여성에 대한 그의 관심과 극에 등장하는 여성들에게 엿보이는 그의 여성관을 볼 때 당연한 현상이라 볼 수 있다. 쇼는 그의 작품 속에서 빅토리아 시대의 이상적인 여인상인 여성다운 여성(womanly woman)과 대치되는 실제 여성보다 과장되고 지나치게 자신만만하거나 당당하고 거칠면서도 아름답고 지적인 여성답지 않은 여성(unwomanly woman)[1]을 내세우고 있다. 그는 기존 사회가 요구하는 순종하는 여성에서 탈피한 신여성(New woman)으로서의 면모를 보여주고 있는 것이다.

또한 그는 극에서 이상주의자(idealist)와 현실주의자(realist)와의 갈등을 다루고 있는데, 그에게 있어 이상이라는 것은 진실한 얼굴을 숨기는 가면이며 이상주의자라는 것은 가면을 쓰고 현실을 제대로 보지 못하고 이상만 쫓으려는 사람이다. 반면 현실주의자는 이러한 가면을 찢어 없애고 그 밑에 숨겨진 리얼리티를 드러내려는 사람이다. 그는『입센주의의 진수』(*The Quintessence of Ibsenism*, 1994)에서 다음과 같이 이상주의를 비난하고 있다.

> 이상주의자는 죽음이란 화해되고 회피되고 폐지될 수 있다고 스스로를 설득해야 한다. 그가 어떻게 이 목적으로 죽음의 얼굴에 개인적 불멸의 가면을 고정시켰는지 우리는 안다. … 가면이 그의 이상이었다. 그리고 그는 이상이 없다면 인생이 무엇이겠는가 하고 물을 것이다. 그래서 그는 이상주의자가 되고, 그가 용감히 그 가면을 벗고 직면하여 그 유령을 들여다 볼 때, 즉 현실주의자가 될 때까지는 이상주의자로 남아있다.

---

1) 쇼는『입센주의의 진수』(*The Quintessence of Ibsenism*, 1994)에서 'unwomanly woman' 이란 "her womanliness, her duty to her husband, to her children, to society, to the law, and to everyone but herself"를 거부해야만 한다(22)고 명시하고 있다.

> He [idealist] must persuade himself that Death can be propitiated, circumvented, abolished. How he fixed the mask of personal immortality on the face of Death for this purpose we all know. ··· The mask were his ideals, as he called them; and what, he would ask, would life be without ideals? Thus he became an idealist and remained so until he dared to begin pulling the masks off and looking the spectres in the face-dared, that is, to be more and more a realist.(118)

아서 네더코트(Arthur Nethercot)는 쇼의 극에 등장하는 인물들을 이러한 관점에서 속물주의자(philistine), 이상주의자(idealist)와 현실주의자(realist)로 분류하고 있다(56). 현실주의자란 쇼가 가장 상위에 놓는 인간 유형이다. 이행수는 현실주의자의 특징을 다음과 같이 요약하고 있다. 첫째, 삶과 현실을 낭만주의적 환상 없이 있는 그대로 받아들이고 통찰함으로써 자신의 삶과 현실에 더욱 충실하고자 한다. 둘째, 지성과 이성을 바탕으로 불굴의 의지를 지님으로써 자기 안에 있는 생명력의 목적을 실현하고자 하는 자이다. 셋째, 인습이나 일반화된 도덕과는 구별되는 도덕적 정열을 지니고 있어 오히려 그것들을 타파하면서 개인적인 것이 아닌 사회주의적 이상을 지향하는 자라고 말하고 있다(22).

본론에서는 신여성으로서의 여성인물들이 어떠한 모습으로 나타나는지 살펴보고, 어떻게 전통적인 인습에 맞서서 현실주의자로 각성되어 나아가는지 『웨렌부인의 직업』(*Mrs. Warren's Profession*)과 『바바라 소령』(*Major Barbara*)을 중심으로 그들이 변화하는 모습을 연구해 보고자 한다.

Ⅱ. 본론

1. 사회와 경제 문제에 맞서 각성자로 변화하는 비비

쇼의 초기 대표작인 『웨렌부인의 직업』은 『불쾌한 희곡들』에 실려 있는 세 번째 작품으로, 1894년에 쓰여졌으나 부도덕하다는 이유로 8년이 지난 1902년에 처음 공연되고, 1924년에 이르러서야 공개적으로 공연되어졌다. 매춘이라는 소재를 다룬 이 극은 당시 빅토리아조 사회에 충격을 주어 급기야 공연이 금지 당했던 것이다. 그러나 쇼는 이 극을 통해 당시의 사회문제를 고발하고자 했다. 그는 서문에서 여성들의 매춘이 그들의 도덕적 타락에 의해서가 아니라 낮은 임금, 여성들의 가치 하락과 과다한 업무에 기인한 사회에 책임이 있다고 언급하고 있다 (181).

매춘이라는 문제는 당시의 결혼 제도와도 일맥상통하는데, 쇼는 '결혼 역시 직업적인 매춘'이라고 보았다. 여성, 특히 하류층의 여성들이 공장에서의 힘든 노동과 낮은 임금 대신 누추한 집에서의 가사 노동을 선택한 것이 결혼이라는 것이다. 이렇듯 매춘과 결혼을 사회 문제로 바라본 쇼는 여주인공 비비(Vivie)를 통해서 매춘을 직업으로 삼고 있는 그녀의 어머니 웨렌 부인(Mrs. Warren)을 어떤 시각으로 바라보는지, 그리고 자신의 결혼문제에 대해 어떤 신념을 가지고 있는지를 보여주고 있다.

쇼는 "여성이란 페티코트를 입은 남성이며 남성은 페티코트를 입지 않은 여성"("Shaw's life: a feminist in spite of himself" 20)이라고 말하며, 비비의 겉모습을 통해 신여성으로서의 면모를 드러낸다.

> 수수한 사무적인 옷이지만 초라하지는 않다. 벨트에 쇠사슬 장
> 식을 하고 있고 그 늘어뜨린 장식에는 만년필과 종이 자르는 칼
> 이 달려 있다.
>
> Plain business-like dress, but not dowdy. She wears a chatelaine at her
> belt, with a fountain pen and a paper knife among its pendants.(214)

또한 그녀의 태도에 있어서도 신여성으로서의 면모가 드러나는데, 먼저 악수를 청한다거나, 남자들이 아파할 정도로 힘주어 손을 꽉 쥔다든가, 담배와 술을 좋아하고, 야외용 의자를 거뜬히 들어올리는 모습에서 나약한 여성의 모습이 아니라 강인하고 남성적인 모습이 엿보인다. 그리고 50파운드를 벌기 위해 수학시험에서 3등을 하거나, 보험이나 주식에 관한 일을 하기 위해 공부를 하며, 휴가를 싫어한다고 말하는 모습에서 당시의 여성들과는 거리가 멀다. 이전의 무지하고 남성에게 맹목적인 여성들과는 달리 그녀는 고등교육을 받아 지성을 갖춘 지성미 넘치고 활력에 찬 신여성으로의 모습을 가진 쇼의 최초의 여주인공인 것이다. 그러나 이러한 지성은 현실 세계에 대한 경험이 부족한 상태이다. ·

겉으로 드러나는 이러한 모습에서뿐만 아니라, 그녀 주위에 등장하는 남성인물들과의 갈등을 통해서도 신여성으로서의 면모가 드러난다. 먼저 크로포트경(Sir George Crofts)과의 관계에 대해서 살펴보면, 그는 워렌 부인의 옛날 애인이며 현재도 어머니와 매춘업 동업자이며 자본주의 사회의 대표적 속물로 부도덕하고 탐욕스럽고 위선적인 인물이다. 그는 비비에게 돈으로 얻은 사회적 지위와 자신이 죽고 나면 돈 많은 미망인이 될 수 있을 것이라며 결혼을 하자고 유혹한다. 이는 빅토리아 시대에 널리 퍼져있던 일종의 거래결혼으로 자신의 사회적 지위와 재

산을 미끼로 여성을 사려고 하는 것(Berst 8)이다. 그러나 비비는 이런 제의를 거부한다. 이는 기존의 인습에 맞서는 행동이며 당시의 여성과는 확실히 구별되는 신여성으로서의 모습이다. 그리고 그녀의 행동은 크로포트로 대변되는 남성의 이기주의적 사고방식에 반항하는 것이기도 하다.

아름다움과 낭만성을 추구하는 프래드(Mr. Praed)와의 갈등에서도 신여성으로서의 면모가 드러나는데, 이는 크로포트가 부와 특권으로 비비를 유혹한 것과 비교된다. 프래드는 신사적이고 예절바르고 통찰력 있는 사람이다. 그러나 영원한 젊음과 예술의 창조성을 믿으며, 현실의 문제에 대해 낭만적 이상주의로 자신을 감추는 인물이기도 하다. 이러한 프래드와 비비의 갈등은 그가 비비에게 아름다운 유럽의 도시로 여행을 떠나자고 하는 장면에서 절정에 달한다. 그가 언급한 도시는 다름 아닌 웨렌 부인이 매춘업을 하고 있는 베니스와 브뤼셀과 같은 도시였던 것이다. 프래드에게는 미학적인 것이 참된 현실이지만, 비비에게는 미학적인 것이란 이러한 도시에서 일어나고 있는 매춘을 감추는 기만으로 보인 것이다(Berst 9). 이상주의자인 프래드에 비해 그녀는 아름다운 도시 이면의 가난과 타락과 부패를 보았으며, 이러한 현실을 직시했던 것이다.

이복동생인 프랭크(Frank) 또한 그녀와 상반되는 모습을 보여준다. 그는 직업도 없고 무능력한 감상주의자이며, 비비에게 낭만적인 사랑의 유혹을 한다. 그는 제멋대로 행동하는 떠돌이 기질을 갖고 있으며, 사회적 정도에서 벗어난 일에 몰두하는 무가치한 사람이다. 자신과 비비를 '숲 속의 갓난아이들(259)'이라고 비유하거나, '낙엽 더미 속에 묻힙시다(259)'라고 하는 제안은 현실에 대한 도피로서 낭만적인 이상만을 추구하는 사람임을 여실히 드러낸다. 그러나 이와는 반대로 4막에서 그녀는 자신을 "직업여성으로서 영원히 독신이고, 영원히 낭만적인 아닌 인물(I must be treated a a woman of business, permanently single and permanently unromantic)(274)"로 묘사하며 어떠한 낭만이나 환상으로부터 벗어나 있음을 보여준다.

비비가 거치는 여러 사람과의 갈등 중, 가장 극명하게 드러나는 것은 웨렌 부인과의 갈등이다. 웨렌 부인은 활력이 넘치고 검소하고 냉정하며 솔직하고 모성애가 있는 여성이며, 자수성가한 사람으로서 독립적이고 흥미 넘치는 삶을 사는 여성이다. 그녀는 자신을 환경에 적응시켜 자신이 가진 유일한 무기인 매춘행위로써 가난의 어려움을 딛고 경제적인 독립을 이룩했다. 이를 바탕으로 딸 비비의 대학 교육을 시키고, 그녀의 확고한 미래를 보장해주기 위해 자신의 일에 매진한다. 그녀는 인습적인 도덕관을 위해 과로로 혹은 납중독으로 비참하게 죽음을 감수하기보다는 매춘업을 통해 가난을 탈피하는 것이 더 옳은 일이었다고 주장한다.

매춘이라는 직업을 통해 비비와의 갈등이 심해지는데, 비비는 이를 알고 어머니를 비난한다. 그러나 어머니의 매춘 선택의 이유를 듣고, 이 매춘으로 돈을 벌어 자신을 키웠다는 사실에, 비비는 이제껏 자신이 온실 속의 화초처럼 현실을 직시하지 못한 채 살아왔다는 것을 깨닫는다. 이처럼 비비가 현실주의자로 각성해가는 과정을 휘트먼(Whitman)은 "인생은 끊임없이 이루어져 가는 과정"(194)임을 깨닫게 한다고 지적했다. 어머니가 도덕적으로 옳지 못한 매춘이라는 직업을 선택할 수밖에 없었던 것 즉, 비참한 현실에서부터 벗어나기 위해 매춘을 선택할 수밖에 없었던 그녀에게 비비는 연민과 찬사를 던진다.

(*매료되어 그녀를 쳐다보며*) 어머니, 당신은 훌륭한 분이예요.

당신은 모든 영국인보다 더 강해요. 그리고 당신은 정말, 진실로
조금도 의심스럽거나-혹은-혹은 부끄럽지 않으세요?
　　(*fascinated, gazing at her*) My dear mother: you are a wonderful
woman: You are stronger than all England. And are you really and truly
not a bit doubtful-or-or-ashamed?(251)

　　그러나 곧 크로포트 경으로부터 어머니가 경제적인 독립을 이룬 후
에도 여전히 사창가를 경영하고 있다는 것을 알게 되자 어머니에 대한
찬탄과 애정은 사라져버린다. 그녀는 분노하며 "더 이상 어머니의 딸이
아니며, 어머니도 원하지 않고 남편도 원하지 않는다"(284)고 외친다.
이는 부모에 대한 복종과 결혼을 강요하는 당시의 관습을 벗어나려는
것이며, 경제적으로 부유함을 얻었음에도 불구하고 가난한 여성들을
착취하여 많은 이익을 얻고 있음을 비난하는 것이다. 급기야 사치와 허
영을 가진 인습적인 어머니와의 결별을 선언한다.

　　　　그러세요. 어머니의 길을 선택하여 끝까지 해내는 것이 더 좋
　　은 일이죠. 어머니, 제가 어머니였다면, 저도 어머니가 했던 것처
　　럼 했을 거예요. 하지만 영위하는 것과 신뢰하는 것이 다른 인생
　　을 살지는 않았을 겁니다. 어머니는 인습적인 내심을 소유한 여자
　　예요. 그것이 제가 지금 어머니에게 작별을 고하는 이유죠. 제 말
　　이 맞죠, 그렇지 않나요?
　　Yes: It's better to choose your line and go through with it. If I had
been you, mother. I might have done as you did: but I should not have
lived one life and believed in another. You are a conventional woman at
heart. That is why I am bidding you goodbye now. I am right, am I
not?(286)

　　또한 어머니가 가난한 소녀들을 착취하여 얻은 매춘업의 이익으로

자신이 최고의 교육을 누리고 편안한 생활을 했다는 사실에 수치심을 느끼고 더 이상 어머니가 주는 용돈을 받지 않는다. 그녀의 관점에서 어머니 웨렌 부인의 현실주의는 가난을 탈피하고 더 나은 미래를 위한 진보적 발전이 아니라, 사회악을 조장하며 현실에 안주하기 위한 수단에 불과해 보였기 때문이다. 남은 여생을 어머니가 주는 돈으로 소비한다면 자신은 "어리석은 여자처럼 무가치하고 악덕한 사람"(as worthless and vicious as the silliest woman)(283)이 될 것이라고 말한다. 결국 비비는 어머니가 마련해놓은 경제적인 안정의 세계를 거부한 것이다.

격렬한 논쟁으로 어머니와 결별을 한 후, 비비는 곧 기운을 회복하고 테이블로 돌아가 일에 몰두하는 장면으로 이 극이 끝맺는다. 감정의 동요를 보이지 않고 차분히 중심을 잡고 자신의 일을 계속하는 것이다. 이것은 냉정할 만큼 강인한 태도로 어머니의 한계성을 탈피하여 보다 나은 자신의 삶을 지향하려는 비비의 강한 의지를 표현한 것이다.

이렇듯 비비는 돈과 지위를 보장하는 결혼이나 낭만과 아름다움의 세계로의 유혹, 그리고 여생을 편안하게 살 수 있는 어머니의 재산으로 대표되는 기존의 사회인습에 대항하며, 경제적으로 독립적인 여성으로서의 모습을 보인다. 즉, 속물주의자나 이상주의자가 아닌 자신이 처해 있는 현실을 직시하는 현실주의자로 각성된 것이다.

2. 종교와 경제 문제에 맞서 각성자로 변화하는 바바라

쇼 극작의 전성기라 할 수 있는 1905년에 쓰여진 『바바라 소령』은 그의 사상극의 대표작이라 할 수 있다. 이 극은 종교와 경제 문제를 다루고 있는데, 전통적인 종교관의 기만적인 특성을 폭로함과 동시에 돈은 힘이며 가난은 범죄라는 경제논리를 펴나가고 있다. 이러한 그의 사상은 극의 서문에 다음과 같이 나타나 있다.

> 백만장자인 언더샤프트를 통해 나는 우리 모두가 혐오하고 거부하지만 거부할 수 없는 진실을 실질적이면서 지적이고 정신적으로 의식하고 있는 사람을 나타내려 했다. 그 진실이라는 것은 우리의 죄악 중 가장 크고 최악인 것은 가난이고 이는 범죄라는 것이다
>
> In the millionaire Undershaft I have represented a man who has become intellectually and spiritually as well as practically conscious of the irresistible natural truth which we all abhor and repudiate: to wit, that the greatest of our evils, and the worst of our crimes is poverty(15)

무기공장을 운영한 수익금으로 세상을 구원하고자 하는 언더샤프트(Andrew Undershaft)와 영혼을 구원하고자 하는 그의 딸이자 구세군 소령인 바바라(Barbara)와의 갈등을 통해서 나타난다. 이 둘의 대립을 통해서 어떻게 바바라가 기존 종교가 갖고 있는 모순을 무너뜨리는지, 그리고 자신이 처한 경제적 현실을 각성하는지 살펴보고자 한다.

이 극은 브리토마트 부인(Lady Britomart)과 별거하고 있던 언더샤프트가 오랜만에 윌튼 크레슨트(Wilton Crescent)를 방문함으로써 시작된다. 언더샤프트를 맞이하는 가족들은 그에게 약점을 잡히지 않으려고 체면과 예절을 지키려 한다. 이는 이들이 형식적이며 관습에 사로잡힌 사람들임을 나타내며, 윌튼 크레슨트는 속물의 세계임을 나타낸다. 언더샤프트는 기존의 피상적인 가치체계와 허구적인 도덕율을 타파하려는 현실주의자이다. 그는 자본가이면서 가난이 없어지고 모두가 잘 먹고, 좋은 집에 살며, 제대로 된 임금을 지급받는 계급없는 사회를 꿈꾸는 사람이다. 또한 그가 사생아라는 사실이 극의 전반부에 나타나 있는데, 이는 그의 특징을 암시하고 있다. 즉, 정통적 혈통을 무시한 반도덕

적인 인물인 사생아에 담긴 의미는 자유롭고 자발적인 생명력에 의해 태어난 인물이라는 것이다. 그는 살상용 탄약을 제조하여 수백만 파운드를 벌면서 양심의 가책을 전혀 느끼지 않는 메피스토펠리안(Mephisthophelian)적인 인물이다.

언더샤프트에게는 유일한 참된 윤리가 있다고 믿는 아들 스테판(Stephen), 대포를 만드는 것은 옳은 일이 아니라고 믿는 딸 사라(Sarah)의 약혼자 로맥스(Lomax), 바바라 때문에 신앙 없이 구세군에 들어간 쿠신즈(Adolphus Cusins)는 현실을 직시하지 못하는 이상주의에 불과하다. 한편 바바라는 쇼가 창조한 신여성중 가장 강력한 여성인물로 독립정신이 강하고 실천적이며 사회를 구원하기에 필요한 힘을 갖기를 원하는 여성이다. 그녀는 인간과 사회를 구원하기 위한 영적인 힘을 원하며, 구세군 신앙이 인간의 영혼을 구원하고 사회를 구원할 수 있다는 강한 믿음을 갖고 있다. 그래서 그녀는 빌(Bill)과 같은 악한의 경멸이나 조롱에 전혀 영향을 받지 않는다. 바바라는 "나도 세계를 위해 힘을 이루기를 바래요. 그러나 내가 원하는 힘은 정신적인 힘이에요"(I want to make power for the world too: but it must be spiritual power)(149)라고 말하며 사회를 구제하는데 있어 정신적인 힘을 강조한다. 여기서 바바라의 이상에 현실감각이 결여되어 있음을 알 수 있다. 그녀의 구세군에 대한 관념이 단지 종교적 이상만을 추구하는 비현실적이라는 것을 여실히 보여준다. 버스트(Berst)는 "그녀가 종교와 사회 구조를 근시안적인 시각으로 바라보고 있다"(171)고 말한다.

이렇듯 바바라와 언더샤프트는 제각기 다른 방식으로 가난을 퇴치하기 위해 전력을 다하고 있다. 언더샤프트는 구세군에 관심을 보이긴 하지만 바바라의 종교적 이상과 자신의 물질적 이상의 차이로 계속적인 대립과 충돌이 이어지자, 서로의 세계를 교대로 방문한 후에 자신의 신념을 주장할 것을 약속한다.

이는 열정에 차있는 젊은 이상주의자와 경험이 풍부하고 냉소적이고 나이든 현실주의자 사이의 사상적 대결을 보여주게 된다. 이 둘의 관계는 이 극의 가장 흥미로운 부분이다. 먼저 언더샤프트가 구세군을 방문하게 되는데, 때마침 구세군은 운영자금이 바닥나 신문에 호소문을 발표하고 연설을 통해 모금을 벌이고 있는 중이다. 게다가 셔얼리(Shirley)는 구세군 보호소에서 끼니를 때우고 직업을 얻기 위해 거짓으로 죄를 지은 것처럼 고백하고, 프라이스(Price)는 사람들을 감동시키기 위해 거짓 증언을 한다. 이는 구세군의 열악한 상황을 보여줌과 동시에 종교적 기만성과 선을 내세우는 이면에 악의 요소가 숨겨져 있음을 나타낸다. 필요한 돈을 위해 눈물로 기도하고, 사회에 호소하지만 아무런 성과가 없던 중 언더샤프트는 거액의 돈을 기부하겠다고 제안하지만 바바라는 피 묻은 돈이라며 거절한다.

이 와중에 베인즈 여사(Mrs Baines)가 등장하여 위스키 양조회사 사장이며 돈으로 남작의 직위를 산 봇져(Bodger)가 구세군에 기부하기로 했다고 말함으로써, 바바라는 자신의 종교적 이상주의와 현실세계 사이에서 갈등하게 된다. 그러나 곧 봇져와 언더샤프트의 기부금으로 구세군이 계속 운영되어 배고픈 사람들을 구제할 수 있고 영혼을 구제할 수 있다는 베인즈 여사의 말에 결국 굴복하고 만다.

자신의 가치관에 좌절을 경험한 바바라는 "신이여 왜 나를 버리시나이까? 이제 기도할 수도 없고 다시는 기도하지도 않겠습니다"(My God, why thou forsake me? I can't pray now I'll never pray again.)(111)라고 절규하면서 구세군 뺏지를 떼어버리고 구세군 모자마저 템즈강에 던져버림으로써, 종교적 낭만주의의 이상에서 벗어나 현실을 직시하는 각성된 현실주의자의 모습으로 전환된다. 현실과 유리된 이상만을 갖고 세상을 구원하고자 했던 바바라는 지금까지 자기가 갖고 있던 생에 대한 태도를 한꺼번에 거부하고 완전히 다른 개념을 받아들이며 변화하는 것이다. 버스트는 이런 그녀를 실질적인 근거가 없는 정신적 로맨스로부터 현실을 실현시킬 수 있는 확고한 근거로의 전환으로 성숙해 졌다(171)고 말하고 있다.

바바라는 기도와 내세의 행복에 대한 약속으로 영혼을 구제하는 기쁨 때문에 구세군 소령으로 행복하였다. 그러나 봇져와 언더샤프트가 준 죄악으로 가득 찬 돈으로 구세군이 꾸려나가게 되는 것을 알고 충격을 받는다. 언더샤프트의 무기공장을 돌아보면서 바바라의 현실주의자로의 변화는 더욱 확고해진다. 차갑고 낡은 창고같은 구세군 보호소와 비교되는 먼지하나 없고 깨끗한 이곳은 넉넉한 급료와 남녀 평등, 그리고 문화시설을 갖추고 있어 더럽고 추악할 것이라 생각했던 바바라를 놀라게 한다. 결국 그녀는 "봇져와 언더샤프트에게 등을 돌리는 것은 인생에 등을 돌리는 것과 같다"(Turning our backs on Bodger and Undershart is turning our backs on life)(151)고 말하며 확고한 현실주의자로의 모습을 보인다. 이처럼 영혼 구원과 자선 사업에 대한 보람이 재정적 문제로 인해 환상에 지나지 않았음을 깨달은 바바라는 환멸과 절망의 과정을 거쳐 희망과 새로운 이상을 갖게 된다.

마지막 장에서 쇼는 현실주의자로 전환한 바바라를 한층 더 격상시킨다. 바바라가 갖고 있는 정신적인 힘이 이상주의와 현실주의의 화합으로 인해 융화되어 나타나는 것이다. 그리하여 구세군 소령으로서의 자리를 내던진 바바라로 하여금 인류 구원을 위한 전도자로서의 삶을 택하게 한다.

오, 당신은 내 용기가 다시는 되돌아오지 않으리라 생각했나

요? 나를 도피자처럼 생각했어요? 거리에 서서 전도를 했고, 진심
으로 불쌍한 사람들을 돌보아 주려고 했고, 그들에게 가장 성스럽
고 위대한 이야기를 해 준 내가 완전히 돌아서서 응접실에서 상
류사람들하고 아무 짝에도 쓸데없는 말이나 어리석게 할 줄 알았
나요? 천만에요. 절대, 절대로 그렇지 않아요. 바바라 소령은 죽을
때까지 구세군 제복을 버리지 않을 거예요.

　　Oh, did you think my courage would never come back? did you
believe that I was a deserter? that I, who have stood in the streets, and
taken my people to my heart, and talked of the holiest and greatest
things with them, could ever turn back and chatter foolishly to
fashionable people about nothing in a drawing room? Never, never,
never: Major Barbara will die with colors, Oh!(153)

　　더 나아가 쇼는 경제적 현실주의자인 언더샤프트를 통해 경제적
인 힘뿐만 아니라 정신적인 힘의 중요성을 지적한다. 막연한 이상만
을 꿈꾸거나 생각만 갖고 있는 사람들이 아니라, 경제적인 부와 실
제적인 힘을 행사 할 수 있는 사람들만이 이 세상을 구원할 수 있다
는 쇼의 사상을 나타내는 것이다. 즉, 종교적 이상이나 낭만적 이상
으로써 세상을 구원하는 것이 아니라 현실을 직시하고 현실을 지배
하는 자만이 구원을 가능하게 하는 것임을 보여주는 것이다. 그리하
여 언더샤프트는 무기공장으로 대표되는 경제적 능력과 바바라의
진리, 사랑과 정의로 대표되는 정신적이고 종교적인 열정과 쿠신즈
의 철학 사상을 담고 있는 지성을 결합시켜 인류구원이라는 이상세
계를 건설하고자 한다. 즉, 종교적 열정이나 지성에만 의존해서는 인
류를 구원할 수 없고, 현실적인 능력도 종교적 뒷받침이나 철학적
뒷받침이 없이는 사회악을 치료할 수 없다는 것이 쇼의 관점인 것이
다.

벤틀리는 이 극의 결론을 "이상주의자들의 최고의 목표는 반드시 현실주의자들의 현실감과 힘과 능력과 연관되어져야 한다"(the high purpose of the idealist should be linked to the realist's sense of fact, power, and possibility)(214)고 말한다. 결국 바바라는 처음에는 종교적 이상주의에 빠져 경제적 현실을 직시하지 못했지만 언더샤프트가 대표하는 현실과 갈등을 겪고 난 후 이상주의자에서 현실주의자로 각성되어 나아가는 모습을 보인다.

Ⅲ. 결론

이상으로 두 작품 『웨렌부인의 직업』과 『바바라 소령』에 등장하는 신여성인 비비와 바바라를 통해 필자는 사회문제와 종교문제, 아울러 경제문제가 어떻게 나타나는지 살펴보았고, 여성들이 이런 문제에 직면하여 경험하는 과정 속에서 진정한 현실주의자로 변화되는 모습을 살펴보았다. 쇼는 두 극을 통해서 삶의 진실을 추구하는 것만이 환상과 이상으로 가득 찬 인생에서 자유와 구원을 획득할 수 있다는 그의 사상을 나타내고 있다.

이들은 전통적인 여인상과는 다른 강하고 역동적인 신여성으로서의 면모를 보여주었다. 『웨렌부인의 직업』에서의 비비는 고등교육을 받고 사회적으로나 경제적으로 독립하려는 의지를 가진 여성의 모습을 통해, 『바바라 소령』에서의 바바라는 구세군에서 인간영혼의 구제를 최고의 이상으로 삼고 있는 전통적인 여인상과는 다른 신여성으로의 모습을 보여주었다. 쇼는 그의 극에서 기존 인습에 맞서는 여주인공들을 보여줌으로써, 그들을 통해 인습적이고 물질적인 빅토리아 사회에 비판을 가하고 부조리한 현실을 지적하며 사회 현실 속에서의 여성의 위치와 역할에 관한 문제를 다루고 있다. 이 주인공들은 처음에는 주변의 모순을 깨닫지 못하다가 어떤 계기에 의해 현실을 인식하는 갈등을 거치게 되고 환상에서 벗어나 진정한 현실주의자로의 모습을 추구하게 된다.

비비의 경우 돈과 지위가 보장된 결혼, 낭만과 미의 세계, 사랑의 인습적인 유혹을 모두 물리친다. 다른 인간을 착취해서 얻은 어머니의 돈에 의해 자신이 생활하고 교육을 받았다는 사실을 알게 되는 순간 비비는 수치와 분노를 금치 못한다. 그리고 그녀는 사치와 혈육의 정을 끊는 냉정한 면을 보여준다. 이렇듯 교육으로 분별력을 갖춘 비비는 주변 인물들과 갈등을 거친 후 기존 제도에서 탈피해 독자적인 삶을 추구한다. 즉, 자신의 힘으로 독립적인 삶을 선택함으로써 현실주의자로 각성되어가는 모습을 보여주는 것이다.

바바라는 구세군 활동으로 자신의 이상을 실천하고자 하지만, 아버지 언더샤프트의 출현으로 물질적 현실과 영혼 구제의 이상향 사이에 갈등을 겪은 후 현실을 인식하게 되는 계기를 갖게 된다. 현실을 외면하는 단순한 이상주의에 의해서는 세상이 변화될 수 없다는 언더샤프트의 주장에 설득되고 마는 것이다. 이렇듯 바바라는 아버지와의 갈등이 중요한 계기가 되어 현실을 각성하게 된다. 그러나 쇼는 여기에서 더 나아가 언더샤프트의 현실주의만으로는 인류를 구원할 수 없다고 보고, 바바라의 정신적이고 종교적인 힘과 쿠신즈의 지성과 물질적인 힘의 상징인 언더샤프트와의 결합이야말로 가장 이상적인 것으로 제시하고 있다.

이렇듯 쇼는 두 작품의 여주인공들 비비와 바바라가 현실을 각성해가는 모습을 통해 발전적인 현실에 접근하여 밝은 미래를 암시하고자 했다. 다시 말해 당시의 보편적이지 못한 제도나 환상에서 완전히 독립하여 더 나은 미래를 위해 인류를 구원하는 것이다. 그러므로 비비와 바바라가 현실을 인식하는 과정에서 겪는 갈등과 투쟁은 정체된 인간 사회를 극복하고 진정한 이상향에 도달하기 위한 필수 불가결한 과정인 것이다.

쇼는 자신이 말하고자 하는 이념을 대변자로서의 여성들의 목소리를 내세워 주장하고 있다. 그러나 이런 과정에서 여성인물들은 인간성 결여와 같이 기계적으로 정형화된 인물로, 그리고 작위적으로 만들어진 듯한 인물로 나타남은 그 한계점으로 지적될 수 있을 것이다.

참고문헌

Barnet, Sylvan. Ed. *Types of Drama Plays and Contexts*. New York: Longman, 1997.

Bently, Eric. *Bernard Shaw*. New York: Applause Theatre & Cinema Books, 2002.

__________, *The Playwright as Thinker*. New York: Harcourt Brace Jovanovich, 1987.

Berst, Charles A. *Bernard Shaw and the Art of Drama*. Urbana: University of Illinois Press, 1973.

Eagleton, Mary. *Working with Feminist Criticism*. Oxford: Blackwell Publishers Ltd, 1996.

Innes, Christopher. Ed. *The Cambridge Companion to George Bernard Shaw*. Cambridge: Cambridge University Press, 1998.

Jackson, Stevi. and Jackie Jones. Ed. *Contemporary Feminist Theories*. New York: New York University Press, 1998.

Nethercot, Athur H. *Men and Superman: The Shavian Portrait Gallery*. New York: Benjamin Bloom, 1966.

Nightingale, Benedict. *An Introduction to Fifty Modern British Plays*. London: Heinemann Educational Books, 1982.

Peters, Sally. "Shaw's life: a feminist in spite of himself". In *The Cambridge Companion to George Bernard Shaw*. Ed. Christopher Innes. Cambridge: Cambridge University Press, 1998.

Rosenblood, Norman. Ed. *Shaw: Seven Critical Essays*. Toronto: University of Toronto

Press, 1971.

Shaw, Bernard. *Major Barbara*. London: Penguin Books, 2000.

__________, "*Mrs Warren's Profession*." in Plays Unpleasant. London: Penguin Books, 2000.

__________, *The Quintessence of Ibsenism*. New York: Dover Publications, 1994.

Whitman, R. F. *Shaw and the Play of Ideas*. Ithaca: Cornell University Press, 1977.

Wilson, Colin. *Bernard Shaw: A Reassessment*. London: Hutchinson & Co, 1969.

이행수. 『조지 버나드 쇼오의 희곡 연구: 역설과 아이러니의 이상세계』, 서울: 동인, 1999.

ABSTRACT

Enlightened Women in G. B. Shaw's Plays
— Centering on *Mrs. Warren's Profession* and *Major Barbaa*

Jang, Eun-young

George Bernard Shaw introduced realistic plays in England. He believed that people need to help develop the society by looking at reality and recognizing it, as well as pursue the possibility of living in an ideal world through the comedy of Ideas. To a realist like Shaw, the movement for the emancipation of women, which emerged during his time, was unavoidably an interesting event. Thus, he created women characters who were unconventional during his time.

Characters in Shaw's plays can be classified into Philistines, idealists, and realists, but Shaw regarded realists to be in the best position to effect change. With this premise, I choose the women in *Mrs. Warren's Profession* and *Major Barbara* to serve as case studies by probing into the process of enlightenment they underwent from being idealists to becoming realists.

The character of Vivie in *Mrs. Warren's Profession* represents an image of a 'new woman' who realizes the social and economic contradictions around her through her mother, Mrs. Warren and the other characters. She is enlightened and turns from an idealist to a realist. She eventually becomes an economically independent individual. Barbara in *Major Barbara* goes through the same process of realization largely through her father and at last begins to discard her romantic illusions regarding religion and recognizes reality. Her realization endows her with a stronger spirit and a higher purpose in life to build a better world.

In conclusion, Shaw's plays depict ideal women who break tradition and disregard conventions. Through these women, Shaw reflects the absurd and materialistic society. These women would be able to build a more advanced society, if only they recognize their reality. In a way, Shaw expresses his ideals through the women in his plays.

주제어 : 사상극, 신여성, 각성자, 현실주의자, 이상주의자
Key Words : comedy of ideas, new woman, enlightened woman, realist, idealist

2부　　공연학 분야

클래식 내러티브 시네마의 도식주의(圖式主義)에 대한 고찰(考察)

고 호 빈 *

1. 서론

　고전 서사 영화(Classic Narrative Cinema)는 1910년대부터 1960년대까지 미국 할리우드에서 생산되던 영화들의 양식(樣式)을 개념화하는 영화사적 용어이다. 이를 고전 할리우드 영화(Classic Hollywood Cinema)라고 칭하기도 한다.

　1960년대에 정점에 이르기는 했지만, 그렇다고 이 영화 양식이 영화사에서 소멸해버렸거나 용도 폐기해야 할 처지에 이른 것은 아니다. 아직도 이 영화 양식의 위력과 영향력은 막강하다. 오히려 미국이라는 지역적 한정을 넘어 파급되었으며, 100년에 남짓한 영화사를 관통하며 현재까지 헤게모니를 잃지 않고 있다. 그래서 이 영화 양식을 아예 주류 영화(mainstream cinema)라고 개념짓기도 한다. 이때 이외의 다른 모든 영화 양식들은 대안 영화(counter cinema)라는 상대적 개념 아래 포섭

되는데, 이는 지배 양식으로서 고전 서사 영화와의 대립 관계 속에서 타자적(他者的) 영화 양식들이 형성된 것으로 이해되기 때문이다.

고전적 서사 영화 양식이 이와 같은 헤게모니를 장악하게 된 것은 거대 자본을 투입하고 효율적인 생산방식을 채택한 할리우드 영화 산업이 배후에 있다는 것은 두 말할 필요가 없다. 그러나 양식 그 자체의 효과를 뒤로 돌리는 것은 온당치 못하다. 고전 서사 영화는 관객들이 가장 이해하기 쉬운 영화이다. 영화학자인 데이비드 보드웰은 '지나치게 분명한 영화'[1]라고 고전 서사 영화를 정의하고 있을 정도이다. 영화가 대중예술의 총아로 각광받게 된 것을 보드웰은 할리우드 영화 양식의 덕택이라고 보고 있는 것이다.

본 고찰은 고전 할리우드 영화가 왜 관객에게 가장 이해되기 쉬운 영화인지, 이 영화 양식 자체가 이해하기 쉽고 의미가 분명한 영화를 만드는 데 어떻게 기능해 왔는지를 주제로 삼는다. 그 과정에서 논자(論者)는 가설적으로 도식주의(圖式主義, schematism)라는 개념을 내세우고자 한다. 주지하다시피 도식 (圖式, schema) 개념은 칸트의 인식론에서 차용한 것이다. 이후, 도식 개념에 대해서는 충분히 고찰될 것이므로 여기서는 도식을 인식 과정에서 기능하는 단일화, 동질화 장치라고 간단히 정의하고 넘어가기로 한다. 본 고찰은 고전 할리우드 영화의 형식과 내용, 모든 층위에서 도식이 작동하고 있음을 논증하는 걸을 목표로 하고 있다. 논자는 할리우드 영화가 이해하기 쉬운 영화가 되는 것이 도식의 작용에 기인한 것이라고 보기 때문이다. 아울러 고전 서사 영화의 도식을 파열시키면서 등장하는 대안적 영화들의 의의에 대해서도 고찰하고자 한다. 도식(圖式)이 마치 시대 의식(時代 意識)처럼 전면적으로 작동하

---

1) David Bordwell, Kristin Tompson & Janet Staiger, *The Classical Hollywood Cinema: Film Style and Mode of Production to 1960*, (New York: Colombia Univ. Press, 1985), p1.

는 현 상황에서 대안적 영화들의 등장은 단지 영화사조나 양식(樣式)상의 변화를 의미하는 것이 아니라, 시대의 무의식적 인식구조를 허물고 존재(存在)와 인식(認識)에 대한 새로운 사유를 요청하는 문제적 국면을 조성하는 것으로 보이기 때문이다.

2. 고전 서사 영화에 투영된 합리주의적 사유(思惟)

고전 헐리우드 영화의 특징은 무엇보다 구조화된 내러티브에 있다. 할리우드 고전 영화의 내러티브 전개 과정은 '질서−무질서−질서의 회복'이라는 삼각 구조가 지배적이다. 할리우드 영화 내러티브의 전형적 삼각구조를 'S-A-S"의 공식으로 표현하기도 한다.[2] 이때 S는 상황(situation) 말하고, A는 행위(action) 혹은 행동을 말한다. 이 공식은 결국 플롯의 3요소인 배경, 인물, 사건을 관계식으로 묶은 것이다. 배경을 상황이라는 확장된 개념으로 대체해 본다면, 인물은 주어진 상황에의 반응으로서 행위 즉, 사건을 일으킨다. 이때, 인물의 행위는 주어진 원래의 상황에 대한 변형을 초래한다. 인물의 행위로 인하여 새로운 상황, 새로운 질서로서의 S'가 도래하는 것이다.

할리우드 고전 영화에서 상황에서 반응으로서의 행위 사이는 인과율로 매개되어 있다. 동기 부여 혹은 동기화(動機化, motivation)가 그것이다. 동기 부여로 인해 인물의 행동은 자연스럽고 당연한 것이 된다. 동기 부여 뿐만 아니라 할리우드 고전 영화의 내러티브는 인물과 사건, 사건과 사건 사이가 분명한 인과관계(因果 關係, cause-effect relationship)로 맺어져 있다. 최초의 사건 혹은 상황으로부터 결말까지의 사건들의 진

---

2) 그래엄 터너, 임재철 외 역, 『대중 영화의 이해』, (서울:한나래,1999), p.114

행이 인과적(因果的)임으로 해서 고전 할리우드 영화의 결말은 의문을 남기지 않기지 않는다. 할리우드 영화 서사가 의거하는 인과율(因果律, causality)은 보편타당하고 필연적 진리(眞理)로 관객들에게 받아들여지고 승인되는 것이기 때문이다. 따라서 관객들이 내러티브를 이해하는 데는 어떤 장애도 있을 수 없다. 영화가 끝나면 관객들에게는 아무런 의문도 남겨져 있지 않다. 보드웰이 말한 바대로 지나치게 분명한 영화가 되는 것이다.

형식(形式)과 내용(內容)이라는 전통적인 이원론적 구분에 따르면 영화의 내러티브는 내용적 측면이라고 할 수밖에 없다. 형식적 측면 혹은 매체적 측면에서의 분석은 영화 이미지와 그 배치 즉, 편집(editing, montage)에 관한 것이 된다. 고전 서사 영화는 내러티브 측면에서의 인과율적 전개뿐만 아니라, 형식으로서의 이미지의 배치에 있어서도 인과율적이고 합리적(合理的), 유리수적(有理數的) 연결(rational linkage)에 의거한다. 영화 이미지의 분절 단위를 쇼트(shot)라고 하는데, 필름의 단편(斷片)으로서의 쇼트들을 여하히 연결시키느냐하는 것이 편집의 문제이다. 고전 헐리우드 영화의 전형적 편집 스타일을 가리켜 연속 편집(連續編輯, continuity editing) 혹은 불가시 편집(不可視 編輯, invisible cutting)이라고 한다. 편집이란 물리적으로 잘라진 필름들을 다시 이어 붙이는 일이다. 편집이 끝나더라도 쇼트와 쇼트 사이에는 단절의 흔적이 남는다. 헐리우드 영화의 편집의 목표는 쇼트 사이의 단절을 최대한으로 감추는 것, 눈에 띄지 않도록 하는 것이며, 이것이 불가시 편집이다. 불가시 편집의 원칙은 기본적으로 앞 쇼트의 마지막과 뒤 쇼트의 맨 처음이 일치되도록 연결하는 것이다. 그래야만 연속체(連續體, continuum)로서의 영화적 시간과 공간, 그리고 행위의 연속성(連續性, continuity)이 보장(action match)된다.

　　고전 할리우드 영화에서는 이러한 연속 편집을 위하여 수많은 실험을 거친 끝에, 그 외에도 30도 규칙과 180도 규칙등의 테크닉을 개발해 낸다. 30도 규칙이란 전후(前後) 쇼트의 연결에 있어 카메라 앵글이 최소한 30도 이상은 차이가 나고, 쇼트의 사이즈에 있어서도 되도록 크게 차이를 두어야 오히려 전후 쇼트 사이에 단절감이 감소한다는 발견에 의거한다. 180도 규칙이란 내러티브의 분절단위인 씬(scene)의 시공간적 연속성을 보장하기 위해서 개발된 편집 테크닉이다. 이미지적 측면보다도 서사적 측면에서의 단위라고 할 수 있는 씬은 시공간적인 연속성을 기준으로 해서 분절된다. 즉, 내러티브 상의 한 씬은 어느 한 장소에서 연속적으로 일어나는 사건이 된다. 180도 규칙이란 어느 한 씬을 나누어 여러 쇼트로 분할해서 촬영하고 편집할 때, 이 쇼트들이 사이의 카메라 앵글이 최대 180도를 넘어가서는 안 된다는 것이다. 관객들은 배경과 인물의 공간적 관계, 인물들의 상호 위치 관계, 움직임의 방향 등 공간적 관계를 기준으로 연속성을 판단한다. 그런데 만일 어느 한 쇼트가 상호 180도 관계를 넘는 카메라 앵글에서 촬영된 것이면 이 쇼트의 공간적 관계는 다른 쇼트들과 상반(相反)된다. 인물들과의 위치관계, 움직임의 방향, 시선(視線)의 방향 등이 뒤집어져버리는 것이다. 이는 프로시니엄 무대의 연극에서 관객의 위치가 무대 뒤로 가게 되는 것과 같다. 따라서 공간적 관계가 상반된 쇼트는 한 씬으로 편집될 수 없으며, 한 씬으로 편집되는 쇼트들은 상호 최대 180도 카메라 앵글의 차이 안에서 촬영된 쇼트들이다. 연속 편집의 180도 규칙에 의해 서사적(敍事的) 단위로서의 한 씬이 통일성이 보장된다. 고대 그리스 연극의 3일치 법칙이 극의 통일성을 보장하기 위한 필요조건이었다면, 고전 서사 영화의 연속편집은 플롯화를 통해 유기적 전체(有機的 全體)를 추구하는 영화 서사를 형식적인 측면에서 보장하는 것이다. 다시 말해서 연속

편집은 매체적 질료인 영화 이미지에 내러티브의 인과율적 질서에 부합하는 합리적 형식(合理的 形式)을 부과하는 것이라고 할 수 있다.

이와 같이 고전 서사 영화는 이미지의 배치(配置)를 합리적 연결, 인과율적 질서에 따라 구조화한다. 이는 내용의 형식으로서의 플롯 즉, 이야기의 인과율적 질서에 이미지를 동기화 시키기 위한 것이다 더불어, 고전 서사 영화는 내용의 내용이라고 할 수 있는 층위에서도 질서의 메시지를 함의(含意)하고 있다. 할리우드 영화 내러티브의 궁극적인 의미는 질서라는 것이다. 할리우드적 내러티브의 전형적 결말은 질서의 회복 내지 새로운 상황(S')과 새로운 질서의 도래이다. 또한, 질서를 파괴하는 인물은 반드시 처벌을 받는다. 예를 들어 서부극에서 마을의 평화를 깨뜨린 무법자는 보안관이나 황야에서 그 마을로 들어온 주인공과의 결투를 통해 죽음이라는 처벌을 받는다. 갱스터(gangster) 영화의 예에서도 마피아와 같은 갱들이 주인공이지만 그들은 마지막에 죽음을 맞게됨으로써 스스로를 처벌한다. 갱스터 영화라는 예외적인 경우를 제외하고 고전 할리우드 영화는 반동인물은 처벌하는 주인공의 행위에 의해 새로운 질서가 수립되는 것으로 귀결된다. 즉, 할리우드적 내러티브의 '질서−무질서−질서의 회복'의 삼각 구조는 세계는 질서로운 것이며, 이성적인 존재인 우리는 그 질서와의 일치를 이뤄낼 수 있고, 질서는 지켜내야 한다는 메시지를 담고 있다.

할리우드적 내러티브가 함의하는 궁극적 의의에 대해서는 여러 가지 관점에서 고찰된다. 할리우드 영화가 인과응보(因果應報), 악인은 처벌되고 정의로운 사람은 보상을 받는다는 도덕적 인과율(道德的 因果律)을 재생산한다는 관점에서 이데올로기적 해석을 하는 경우도 있고, 멜로 드라마와 로드 무비인 경우 할리우드 영화의 내러티브는 궁극적으로 인물의 성숙, 사회적 질서로의 편입을 의미하기 때문에 오이디푸스

궤적(軌跡)의 완수라는 정의를 내리기도 한다. 그러나 논자는 내용의 형식으로서의 인과율적 플롯, 그리고 형식의 형식으로서의 연속 편집의 합리적 연결, 고전 할리우드 영화의 궁극적 메세지인 질서로운 세계를 아울러서 이를 합리주의(合理主義)적 인식론의 투영으로 해석하고자 한다.

고전 서사 영화가 반영하고 있는 합리주의적 가지적(可知的, intelligible)인 세계관은 가시적(可視的)인 것과 감각(感覺)에 대한 폄하와 부정을 또한 초래한다. 영화는 가시적인 것으로서의 이미지에 기반한다. 따라서 합리주의 인식론에 기반한 고전 서사 영화는 영화적 이미지의 순수성과 가능성을 제약하게 된다. 논자가 고전적 서사 영화에 투영된 합리주의적 인식론을 고찰하고자 하는 것은 이러한 사유(思惟)와 이미지의 관계를 천착해보기 위해서이다.

합리주의 시조는 플라톤이다. 그는 인간은 로고스(logos) 즉, 영원한 것, 항상 같은 것, 필연적인 것 누구에게나 한결 같음으로 보편적인 것을 지향한다고 했다. 인간이 진리를 추구하고 지향한다는 것은 감각(感覺)과는 다른, 선천적 능력을 갖고 있다는 증거가 된다. 이 선천적 인식 능력이 이성(理性)이다. 인간은 감각 기관을 갖고 있어서 외부로부터 무엇인가를 지각(知覺, perception)한다. 외부의 무엇인가가 감각기관을 통하여 주관 속에 표상된 것, 이것이 넓은 의미에서의 이미지(image)다. 그런데 이미지는 감각하는 순간 순간마다 다르게 표상된다. 즉, 우연적이며 자기 동일성이 결여되어 있다. 그리고 감각하는 주체가 달라지면 주관마다의 감각적 표상이 다르다. 이미지는 보편성(普遍性)을 결여(缺如)한다. 그래서 이성(理性)은 감각을 통해 표상되는 외부의 구체적 대상이 참된 존재가 아니라는 것을 알려준다. 이것이 플라톤의 이미지와 구체적 사물의 세계인 현상계(現象界)에 대한 평가이다.

우리의 이성은 선천적으로 로고스, 진리를 지향하고 있다. 즉, 진리가 무엇인지에 대해서 알고 있다. 플라톤은 이성적 앎의 원인으로서의 진리적 존재가 우리의 외부에 있다는 논리를 펼친다. 왜냐하면 우리의 앎은 무엇에 대해 아는 것, 즉 외부적 대상에 대한 인식이기 때문이다. 그런데 감각적 경험의 원인으로서의 구체적 대상들은 거짓된 존재임이 이성에 의해 판명되었다. 그렇다면 이성이 지향하고 추구해야하는 외부의 진리적 존재는 무엇인가, 플라톤은 그것을 이데아, 즉 형상(形相)이라고 했다. 지금 눈 앞에 있는 한 마리의 개를 개이게 하는 '개임(dogness)', 즉 구체적 대상의 불변적 본질(本質, essence)이 이데아이다. 플라톤에게는 이데아만이 참된 존재이다. 구체적 대상들은 이데아의 그림자 즉, 모사물(模寫物)이기 때문에 다양한 모습으로 있는 것이며, 시공간적인 제약을 받는 것이다. 이데아 즉, 원본(原本)은 단 하나로서 유일한 것이며, 언제나 그렇고, 누구에게나 그러하기 때문에 영원한 것이다. 그래서 인식주체는 구체적 사물이 아니라 그 사물의 이데아와의 일치를 이뤄야 하며, 감각 경험으로서 이미지에 기만당하지 말고 이데아를 직관해야 한다고 플라톤은 주장한다. 그것이 참된 인식이다라는 것이다. 그런데 이데아는 진리적 존재, 즉 영원하며 동일하며 필연적이며 보편적인 것이기 때문에 이것이 오히려 더 있는 것이며 실재(實在)한다는 데까지 플라톤은 나아간다. 플라톤의 이데아 실재론은 차후 철학사의 제1의 논쟁거리가 되면서, 이를 계승하거나 아니면 대립각(對立角)을 세우는 학설들이 뒤를 잇게 된다.

합리주의 사유의 시발의 되는 플라톤의 학설로부터 첫째 세계가 무질서하지 않으며 질서를 내포한다는 것, 그래서 세계는 가지적(可知的)이라는 관념이 형성된다. 즉, 구체적인 사물들의 세계인 현상계(現象界) 너머에 이데아의 세계가 있다. 인간은 이 세계를 파악할 수 있는 능력으로서의 이성을 선천적으로 구비하고 있다. 그래서 이성적 존재인 인간은 이데아와 질서를 발견(發見)하고 그것과의 일치를 이뤄낼 수 있다는 것이다. 반면, 가시적(可視的)인 세계, 즉 우리의 눈앞에 있는 생생한 현실과 인간의 감각, 이미지는 거짓된 것이며 이성을 기만하는 것으로 폄하되거나 부정된다. 그래서 플라톤 이후 인간의 정신적 활동으로서의 학문과 예술(藝術)은 진리, 즉 본질과 개념, 규칙과 형식을 추구하는 것을 이념으로 삼게 된다.

아리스토텔레스는 플라톤적 사유의 적자(嫡子)이지만 형식(形式)이라고 번역되기도 하는 형상(形相, form)이 구체적 사물에 대해 초월적인 것이 아니라 사물에 내재하는 것으로 보는 점이 플라톤의 이데아론과 다르다. 즉, 구체적 사물은 질료(質料)＋형식(形式)＝실체(實體)라는 것이다. 여기 실체로서의 (도자기) 컵이 있다면, 흙은 질료일 것이고, 거기에 부과되어 컵이라는 실체가 되게 하는 것, 그것이 아리스토텔레스의 형식이다. 질료는 형식이 구현되는 터의 역할이며, 형식에 의해 사물이 실체로서 규정된다는 것이다. 우리가 보통 예술 작품을 분석할 때 내용과 형식으로 나누어 보는 것은 바로 아리스토텔레스의 사물의 존재방식으로부터 나온 것이라고 할 수 있겠다. 그리고 예술사의 가장 지배적인 이념으로서 모방(模倣, 즉 예술 모방설이 아리스토텔레스에서 비롯한다. 플라톤에 따르면 예술은 이데아의 그림자인 현상(現象)을 모사(模寫)한 것으로 이중의 기만이다. 그래서 플라톤은 자신의 저서 〈공화국〉에서 예술가들을 추방해야한다고 주장했다. 반면, 아리스토텔레스에게 있어 예술은 기만된 것이나 폄하되어야 할 정신적 활동이 아니었다. 예술은 실체의 모방이며 이는 결국 실체의 형식(形式)을 모방하는 것이기 때문이다.

그런데 여기서 문제는 아리스토텔레스의 현실(現實) 개념을 오해하는 경우가 허다하다는 것이다. 아리스토텔레스의 현실은 현상(現象)과 다르다. 또한 실체(實體)와 현실(現實)은 동일한 차원의 개념이 아니다. 오해는 위와 같은 이중의 혼동에서 비롯되는 것으로 보여지므로 구별을 엄격히 할 필요가 있다. 우선 지적해야할 것은 아리스토텔레스의 실체 개념은 존재론적 개념인 반면, 현실은 인식론적 개념이라는 것이다. 위에서와 마찬가지로 컵의 예를 든다면, 구체적 사물로서의 컵은 우리가 그것을 보거나 말거나, 인식하거나 말거나 이미 실체로서 존재하는 컵이다. 실체는 존재론적 개념인 것이다. 아리스토텔레스에게 있어 실체는 원래 존재의 양태(樣態, mode)를 말하는 것이다. 즉, 잠재태(潛在態, dynamis)가 형식을 부여받으면서 완성태(完成態, entelecheia)가 된 것을 말한다.3) 컵도 될 수 있고, 접시도 될 수 있고, 대접도 될 수 있는 잠재태로서의 흙이라는 질료가 컵의 형식을 부여받으면서 실체로서의 컵으로 드러난다는 것이다. 아리스토텔레스는 이와 같은 방식으로 구체적인 사물이 우리의 외부에 실체(實體)로서 존재한다고 인정했다. 이에 반해 플라톤은 구체적 사물은 형상의 그림자로 보았기 때문에 그 실체성을 인정하지 않았다는 것이 차이이다.

이제 아리스토텔레스에게 있어 감각(感覺)이나 인식(認識)은 외부에 실체로서 존재하는 컵을 감각하고 인식하는 것이 된다. 그런데 인식의 대상이 실체일지라도, 감각기관을 통하여 우리의 주관에 표상되는 것은 이미지로서의 현상(現象)인 것은 변함이 없다. 외부의 실체(實體)를 이미지로 표상하는 감각적 경험이 참된 인식이 못되는 것은 아리스토텔레스에게도 마찬가지이다. 인식 대상은 형식(形式)을 갖춘, 질서를 내재한 실체인데 현상은 그와 상응하는 표상이 아니다. 감각으로서는 존재와 인식의 일치를 이루지 못하는 것이다. 결국 참된 인식은 이성적 직

---

3) 이택광, 『들뢰즈의 극장』, (서울:갈무리, 2002), p.16.

관에 의거할 수밖에 없다. 이 대목에서 아리스토텔레스와 플라톤의 인식론에 차이가 생긴다. 플라톤의 경우에는 구체적 사물에 대해 초월적인 이데아를 이성적으로 직관하는 것이었다. 감각적 경험으로서의 현상은 이성적 직관을 기만하려고 하는 것으로 배제되어야만 하는 것이었다. 그러나 아리스토텔레스는 감각되는 구체적 사물 자체를 실체로 설정함으로써 이에 대응하는 감각적 경험도 참된 인식에서 그 역할이 있음을 인정한다. 즉, 감각적 경험도 인식의 질료이며 내용이다. 아리스토텔레스의 존재론(存在論)에서 잠재태인 질료에 형식이 부과되어 완성태로서의 실체(實體)가 된 것과 작용이 인식(認識)에서도 이루어지면 된다. 즉, 감각적 경험으로서의 인식론적 질료에도 이성적으로 직관된 형식이 부여되면 참된 인식이 성립된다는 것이다. 아리스토텔레스의 존재론과 인식론 양자에서 질료와 형식은 상호의존적이라는 것을 주목할 필요가 있다. 형식은 질료를 규정(規定)함으로써 실체를 성립시키지만 규정될 질료. 즉 내용을 필요로 한다. 실체는 질료와 형식의 상호작용에 의해서 성립하는 것이다. 이러한 형식 내재적 실체(形式 內在的 實體)의 개념은 아리스토텔레스에서 비롯된 것인데, 이후 경험론자(經驗論者)과 칸트의 인식론에도 많은 아이디어를 제공하게 된다.

아리스토텔레스의 인식론에서 대상으로서의 실체의 형식을 직관하고 이를 다시 인식론적 질료에 부여하는 종합작용은 이성의 몫이다. 이성의 작용에 의해 감각적 경험에 형식이 부여되고 통일됨으로서 주관 속에는 인식론적 실체가 완성된다. 존재의 양태적 변화를 공식화한다면 질료(質料)＋형식(形式)＝실체(實體)가 되는 것처럼, 인식론적 양태의 변화는 현상(現象)＋형식(形式)＝현실(現實, 현상의 실체)가 된다 하겠다. 따라서 현상(現象)은 현실(現實)과 등가(等價)가 아니다. 현실은 감각적 현상이 형식에 의해 규정된 것이며, 감각적 질료에 이성에 의한 실체적 형식이 부여됨으로써 완성된 인식론적 실체(認識論的 實體)이다.

아리스토텔레스의 예술론의 집대성인 『시학』은 그의 존재론과 인식론적 주장이 그대로 예술론으로 이행되었음을 보여준다. 극(劇)의 인과율적 전개와 유기적 전체로서의 극의 통일성을 요구하는 플롯 개념은 그의 존재론과 인식론에서의 형식(形式, form)의 개념과 다를 바 없다. 아리스토텔레스의 예술 모방론은 결국 합리주의자들이 주장하는 진리(眞理)의 요건이 예술에서도 성취되어야 함을 주장하는 것이다. 역으로 리얼리즘을 주장하는 예술 양식들에는 아리스토텔레스를 비롯한 합리론자들의 진리관이 투영되고 구조화되어 있다고 할 것이다.

3. 경험주의적 사유

합리론자들이 있다면 경험론자(經驗論者)들이 있다. 경험론자들은 합리주의자들의 진리관에 대해 심각한 의문을 제기한다. 이성적 직관(直觀)에 의한 형상(形相)과의 일치라는 합리주의적 진리관은 관념(觀念)과 또 다른 관념의 일치를 말하고 있을 뿐이라는 것이다. 합리론자들의 형상은 본유관념(本有觀念)으로서의 이성의 투사물(投射物)이라는 것이 경험론자들의 주장이다. 결국 합리론의 진리는 가리키는 것이 없고 따라서 의미(意味)가 없는 공허한 논리이며, 입증하거나 검증해 보일 수 없는 독단(獨斷)이라는 것이다. 플라톤의 동굴의 그림자의 비유에 빗대어 경험론자 베이컨은 보편자와 동일자를 지향하는 합리주의적 사유를 우상(偶像)의 숭배라고 논박한다.4)

---

4) 이정호, 『철학 개론』, (서울:신흥출판사,1986), p.35.

경험론자들은 자연과학의 방법론과 같은 인식론을 세우고자 한다. 즉 과학자들처럼 현상을 관찰하고, 경험된 것들로서의 사실(事實)들을 수집, 축적해서 사실들의 원인과 현상에 내재한 법칙을 발견하고자하는 귀납법적 인식론을 추구한다. 경험론자들이 합리론자들과 다른 점은 첫째, 경험론자들은 합리주의자들이 배제하고자 했던 감각적 경험들을 인식의 근거로 삼고자 한다. 인식이란 대상에 대한 앎이다. 외부의 대상으로부터 우리 인식주체에 주어지는 것에 충실하는 것만이 객관적(客觀的)이며 참된 인식을 성립시킬 수 있다는 것이다. 외부의 대상(對象)으로부터 인식 주체에게 주어지는 것이 감각, 즉 이미지 밖에 없다면 인식은 거기서부터 출발해야 한다는 입장이다. 둘째 이성의 기능을 최대한 한정하려고 한다는 것이다. 감각은 수동적 인식 능력이어서 대상으로부터 주어지는 것을 그대로 수용할 뿐이다. 그러나 인식에서 이성의 능동적 기능은 선입견의 투사(投射)를 초래해서 인식의 객관성을 해칠 수 있으므로 최대한 한정되어야 한다는 주장이다. 그래서 경험론자들은 이성적(理性的 直觀)이나, 인식 주체라는 용어 대신 반성적(反省的 主觀)이라는 표현을 쓴다. 반성적 주관의 기능을 관찰을 통해 주관 속에 축적된 경험적 사실들을 유사(類似, resemblance)와 인접(隣接, contiguity), 인과(因果, cause and effect)라는 관념 연합 법칙(觀念 聯合 法則)에 따라 분류하고 정리하는 정도로 한정하고자 한다.[5]

그러나, 경험론자들은 회의론(懷疑論)에 빠지고 만다. 감각적 경험에 충실한 인식 방법으로는 대상에 대한 보편타당하고 필연적인 인식에 도달할 수가 없다는 사실에 직면하는 것이다. 경험론자들은 객관적 지식도 추구했지만 진리가 보편타당하고 필연적이며 영원해야 한다는 것에 동의하지 않는 것은 아니다. 오히려 합리주의자들이 주장하는 진리

---

5) *Ibid.*, p.38.

에 객관성(客觀性)까지 보장된 인식을 추구했던 것이다. 적절한 비유일지 모르겠지만 감각적 경험에 충실히 의거해서 '설탕은 달다'라는 판단에 이를 수는 없다. 어제 먹은 설탕 맛과 오늘 먹는 설탕 맛은 같다고 할 수 없다. 차이가 있기 때문이다. 그리고 내가 맛 본 설탕 맛과 다른 사람이 맛 본 설탕 맛에는 차이가 있을 것이다. 또 세상의 모든 설탕을 다 맛본 것도 아니다. 그건 불가능하다. 그래서 '(모든) 설탕은 (언제 어디서나 필연적으로) 달다'라는 인식에는 도달할 수 없다. '설탕은 달다'라는 명제를 감각적 경험에 의거해서 참인지 거짓인지 판단 할 수는 없다는 것이다. 이렇게 되면 매 순간마다 다른 미각적 자극을 주는 설탕의 실체까지 모호해진다. 경험론자들은 심지어 물리적인 인과법칙(因果法則)마저도 필연적(必然的) 법칙이 아니라 개연적(蓋然的) 법칙이라는 회의에 빠진다. '비가 오면 땅이 젖는다'라는 것은 자연의 인과법칙이다. 그러나 경험론자들은 '비가 온다'라는 현상과 '땅이 젖는다'와 같은 두 가지 별개의 사건이 계기적(繼起的)으로 반복되어 관찰된 끝에, 반성적 주관이 단지 시공간적 인접(隣接)법칙에 따라 관념화시킨 것이 '비가 오면 땅이 젖는다.'와 같은 자연적 인과법칙이 아닐까 하는 의심을 품게 되는 것이다. 이러한 자연의 인과법칙은 세상에 오는 모든 비를 다 관찰한해서 얻은 법칙도 아니고, 관찰의 지속시간 또한 한정된 것이다. 만일 관찰의 지속 시간을 길게 잡는다면 '땅이 젖어서 비가 온다'라는 인과법칙이 성립할 수도 있다. 땅의 수분의 증발해서 구름이 되고 비로 내린다는 것도 타당한 논리이다. 결국 인과법칙도 변화(變化)로서의 현상을 어느 순간에 한정하고 인접시키느냐에 달려 있다. 그래서 경험론자들은 세상에 진리가 있어도 인간은 알 수가 없다는 결론, 필연적이고 보편타당한 지식은 없고 있다면 개연적(蓋然的)인 지식일 뿐이다 라는 극단적 회의론에 이르게 된다. 대상적 실체와 정신적 실체마저 모두 부인하는 지경에 이르게 되는 것이다.

　경험론자들의 실패(失敗)는 어떻게 보면 필연적인 귀결이다. 그들의 인식론적 목표가 결코 합치할 수 없는 대극점(對極點)을 향해 모순되게 설정되어 있기 때문이다. 그들은 인식론 상의 두 갈래 길을 동시에 가겠다는 목표를 세웠던 것이라고 할 수 있다. 대상에 대한 가장 객관적인 인식, 감각적 경험에 충실한 인식을 추구한다면 그들은 이미 자신들이 목표하는 인식에 도달한 것이다. 감각적 경험은 대상에 대한 인식 주관(認識 主觀)의 개입이 전무하기 때문에 이보다도 더 객관적 인식이 있을 수 없다. 감각적 경험은 대상에 대한 모사(模寫) 그 자체이며, 사물 =지각이 성립되는, 존재와 인식이 서로 구분될 수 없는 즉물적(卽物的) 인식이기 때문이다. 그러나 경험론자들은 감각적 경험 너머의 보편타당하고 필연적인 인식 또한 추구했다. 불변적 본질로서의 개념(概念)과 인과법칙을 발견하고자 하는 것이다. 이는 감각적 경험 너머까지 인식을 진행시켜야 한다는 것을 뜻한다. 감각 이외의 또 다른 인식능력은 이성 밖에 없다. 그런데 이성의 독단적인 성격 때문에 자신들은 감각적 경험에 충실하고자 한다는 경험론자들의 주장에 비추어 보면, 이성의 적극적인 개입은 자기 모순을 초래할 수밖에 없다. 경험론자들은 제한적 이성의 사용이라는 방법으로 모순을 회피해보려고 했다. 그러나 그런 방식으로는 결코 보편타당하고 필연적인 진리로서의 개념과 법칙에 도달할 수 없다는 것이 드러났다. 또한, 반대로 보편타당하고 필연적인 진리를 경험적 사실에 비추어 검증하려 할 때도 그들 상호간의 지시관계가 확인할 수 없고 자꾸만 딜레마 속으로 말려들게 된다. 예를 들어 우리는 옆집 강아지 복실이를 보고 '이것은 개다' 라는 판단을 했다고 하자. 그런데 '개'와 옆집 강아지 복실이와 무엇이 일치하는가, 복실이 모습과 '개' 라는 단어의 모습이 비슷한가, 복실이가 짓는 소리와 '개'

라는 단어의 발음이 비슷한가, '개'는 플라톤이 말한 바대로 개를 개이게 하는 불편적 본질을 의미한다. 즉, 개는 '개임(dogness)'을 지시하고 의미하는 것이지 결코 옆집 복실이를 지시하거나 의미하지 않는다.

그렇다고 해서 경험론자들의 회의적(懷疑的) 결론에 대해 인식론적 실패라고 정의해버리는 것은 존재론과 인식론상의 근원적인 딜레마가 시사하는 바를 놓치는 마는 것이다. '이미지-질료(質料, 內容)-감각(感覺)-경험(經驗)-현상(現象)-무질서(無秩序)-변화(變化)-특수(特殊)-'라는 존재론적, 인식론적 계열과, '이데아-형식(形式)-이성(理性)-개념(概念)-법칙(法則)-질서(秩序)-동일(同一)-보편(普遍)-'의 계열은 서로 간에 이종(異種的)이다. 따라서 두 계열 사이에는 일치할 수 없는 괴리(乖離)가 존재한다. 이 평행하는 계열들은 존재(存在)와 인식(認識)의 문제가 선택(選擇)과 가치(價値)의 문제가 아닌가, 역으로 가치판단의 문제에 불과한 것을 인식의 진위(眞僞)와 존재(存在)의 문제에까지 투사하는 것이 아닌가 하는 근본적인 의문이 경험론자들의 회의 (懷疑)를 통해 드러나고 있기 때문이다.

4. 칸트의 인식론과 도식(圖式) 개념

임마누엘 칸트(Immanuel Kant)는 합리론이 검증할 수 없는 진리를 주장함으로써 공허하고 독단에 빠졌고, 경험론은 진리를 지향하는 이성의 인도 없이 맹목적으로 경험적 사실을 수집하고 분류하다가 회의에 빠지고 말았다고 비판한다.[6] 그는 자신의 인식론이 경험론과 합리

---

6) 랄프 루드비히, 박중목 역, 『쉽게 읽는 철학1 순수이성비판』, (서울:이학사, 2004), p.71.

론의 문제점을 제거하고 종합했다고 주장한다. 칸트의 인식론은 첫째 인식의 한계를 설정하고 둘째, 진리의 요건으로서 인식 대상과 인식주체의 일치의 문제에 있어 그 방향성을 역전시킴으로써 성립한다.

칸트는 경험론자들과 같이 실질적 인식은 감각적 경험에서 비롯되어야 한다는 것을 인정하지만, 이런 인식에는 한계가 있다고 한다. 즉, 감각적 경험과 현상계의 원인으로서의 물자체(物自體, thing in itself)의 세계는 초감성적(超感性的)인 것이다. 감각적 경험에서 시작하는 인식이 물자체에 도달할 수는 없는 것이다. 칸트는 이에 대응하는 인식 능력을 구별한다. 오성(悟性)과 이성(理性)이 그것인데, 이성은 초감성적인 물자체에 관계하는 인식능력이다.[7] 칸트가 이처럼 인식의 한계를 분명히 하는 것은 감각할 수 없고 검증할 수도 없는 물자체 즉, 이데아와 이성의 일치를 추구했던 합리론의 독단을 피하기 위한 것이다. 칸트가 현상계(現象界)를 인식하는 인간의 능력으로 상정하는 것은 오성(悟性)이다. 그런데 문제는 경험론이 입증했듯이 현상계의 감각적 경험만을 통해서는 필연적이며 보편타당한 진리에 도달할 수 없다는 것이다. 이 딜레마를 어떻게 해결할 것인가, 칸트는 관점을 역전시킨다. 진리는 발견(發見)되는 것이 아니고 구성(構成)된다는 것이다.[8]

합리론과 경험론, 공히 참된 존재가 외부(外部)에 있는 것으로 상정하고 인식주관은 그것을 발견하는 것으로 생각했다. 그러나 칸트의 오성(悟性)은 수동적인 능력이 아니라 현상을 규정(規定)하는 능동적(能動的) 능력이다. 무엇을 보고 듣고 느껴서 '이것이 A이다'라고 판단하는 개념(槪念)이나 규정(規定)이 우리로부터 나온다는 것이다. 따라서 인식주체가 인간인 한, 누구에게나 그것은 A이기 때문에 '이것이 A이다'라는 판단

---

7) 이정호, *op.cit.*, p.53.
8) *Ibid.*, p.55.

은 필연적이고 보편타당한 진리라는 것이다. 심지어 경험론적인 귀납법에 의존하는 자연 과학자들마저 예외는 아니라는 게 칸트의 생각이다.

> 이성은 자연(自然)에 대해 단지 이성 자신이 이전에 자연 속에
> 집어넣어 생각한 것만을 인식할 수 있을 뿐이다.[9]

  과학자들이 가설이라는 것을 미리 세우지 않고 관찰만 한다면 우연적인 관찰만 나타나고 이러한 관찰은 아무리 끌어 모아 놓아도 필연적 법칙이 되지 않는다는 것이다. 그리고 미리 세워놓은 계획만큼만 통찰되는 것이지 우연한 발견이란 없는 것이다.[10] 칸트는 자신의 이러한 인식론이 인식에 관한 관점을 뒤바꾸어놓았다는 뜻에서 인식론상의 코페르니쿠스적 전회(轉回)를 이루었다고 스스로 평가한다.[11] 이는 인간이 현실과 세계와 사물을 필연적으로 질서와 규칙과 개념으로 '보기' 때문에, 세계와 현실과 사물은 그렇게 '있다'라고 할 수밖에 없지 않느냐는 주장이라고 할 수 있다. 우리가 파란색 색안경을 쓰고 태어났으니까 세상은 파랗다고 할 수밖에 없다라는 것과 다를 바 없다. 칸트는 존재와 인식의 관계에서 인식의 우위를 선언한 것이다. 비록 감각적 경험에서 인식이 비롯되어야 한다고는 했지만 칸트에게 있어 세계와 현실이 혼돈된 인식 질료일 뿐이다. 결국 인간이 여기에 형식을 부여하고 질서를 부여하는 것이다. 인식이 존재에 일치를 추구하는 것이 아니라, 존재는 인식에 의해 구성되고 종속된다는 것이 칸트의 진리관이다. 이로서 인간은 말 그대로 만물의 척도(尺度)[12]가 된다.

---

9) 랄프 루드비히, *op.cit.*, p.40.
10) *Ibid.*, p.41.
11) 이정호, *op.cit.*, p.55.

칸트는 경험론자들처럼 인식이 감각적 경험에서 비롯되어야 실질적인 지식이 된다는 것을 인정한다. 그러나 감각(感覺), 즉 신체를 통해서 이루어지는 경험은 엄밀한 의미에서 경험이 아니다. 생리적 운동일 뿐이다. 감각을 통해서 주관에 주어진 것 즉 이미지는 인식 질료(認識 質料) 내지는 소여(所與, data)일 뿐 아무런 의미도 없다. 칸트는 이러한 이미지를 감각적 잡다(感覺的 雜多)로 표현하기도 했다. 감각적 질료가 하나의 의미로서 변환되려면 의식 구조에 입각해 이 잡다가 정리되고 동질화되어야 한다. 칸트는 이를 종합(綜合)이라고 한다. 이런 종합은 두 단계에 걸쳐 이루어지는데 이런 두 단계의 정리 과정이 가능한 것은 인간이 선천적 능력을 갖고 있기 때문이다. 즉 외부로부터 실질적인 내용을 받아들이는 수동적 인식 능력으로서의 감성(感性)과 능동적 사유 능력으로서의 오성(悟性)이 그것이다. 따라서 칸트의 인식론적 종합은 감성 쪽에서 오성 쪽으로 향하는 방향과 그 반대로 규정하는 능력으로서의 오성이 인식론적 질료를 향하는 방향이 서로 만나면서 이뤄진다고 할 수 있다. 이 때 상대방을 향하는 감성과 오성 사이를 매개하는 하는 것이 바로 도식(圖式, schema)이다.13)

감성(感性)이 수동적 능력인 것은 무에서 유를 창조하는 창조적 능력이 아니라 외부로부터 자극을 수동적으로 받아들이기 때문이다. 그러나 감성도 인식능력 중의 하나이다. 육체적 기능만 하는 것이 아니고 감각적 잡다를 정리하는 기능을 또한 지니기 때문이다. 칸트는 이를 형식(形式, form)이라고 하였다. 형식은 인간이 공통적으로 지니고 있기 때

---

12) 인간이 만물의 척도라는 말은 고대 그리스의 프로타고라스가 한 것이다. 프로타고라스는 진리의 상대성 주장하기 위하여 그런 표현을 썼다. 개별자로서의 인간, 감각을 통해 세계와 관계할 수밖에 없는 인간적 한계와 인식의 상대성을 인정한 것이다.

13) 랄프 루드비히, *op.cit.*, p.118.

문에 선천적(先天的, a priori)인 것이며, 경험적으로 주어지는 것이 아니기 때문에 선험적(先驗的, transcendental)이다.[14] 감성의 선천적 능력으로서의 형식은 시간과 공간이다. 감각적 잡다로서의 질료에 시간과 공간이라는 감성의 선험적 형식이 부여되어 비로소 감성적 지식, 지각(知覺, perception)이 성립한다. 이때 능동적 인식능력인 오성(悟性)은 감성으로부터 회부되는 지각에 다시 한번 오성의 선험적 형식으로서의 범주(範疇)를 부여한다. 칸트는 논리학에서의 판단(判斷)[15] 즉, 언어적 문장(文章)의 논리 구조를 분석해서 후천적 경험에 의해서는 생길 수 없는 선험적 근본 개념들을 도출하고 이를 범부(範疇, Kategorien, categories)로 개념화한다. 인간이 인식을 하려면 언어(言語)를 도구로 쓸 수밖에 없다. 그리고 인식은 대상에 대한 인식, 즉 세계에 대한 인식이다. 따라서 언어적 판단의 구조를 분석해 보면 인간의 사고 구조 및 세계에 대한 인식 방식들이 드러나게 된다. 이러한 칸트의 접근법은 이후의 언어철학이나, 기호학, 구조주의적 방법론을 예고하는 것이기도 하다. 칸트가 언어적 판단들의 논리 구조를 분석해서 연역(演繹)해낸 범주는 분량(分量), 성질(性質), 관계(關係), 양상(樣相)의 4개의 상위 범주가 각각 3개의 하위범주를 가져서 도합 12개이다.[16]

그런데 여기에서 문제가 생긴다. 감성에서 오성으로 회부되는 것은 말 그대로 감각적(感覺的) 이미지(image)이다. 그러나 오성은 선험적 형식은 범주, 즉 개념(概念, concept)이다. 칸트에 의해 구별된 인식 능력은 감

---

14) 이정호, *op.cit.*, pp.52~53.
15) 분석 판단은 동어 반복적인 판단으로 논리적으로 참이다. 종합 판단은 경험적 사실과 일치할 때 참인데, 칸트는 종합판단이면서도 경험적 사실과 관계없이 보편적이고 필연적으로 참인 선천적 종합판단이 있다고 한다. 칸트는 이러한 선천적 종합판단에서 범주를 연역한다.
16) 랄프 루드비히, *op.cit.*, p.97.

성-이미지-질료의 계열과 오성-개념-형식의 계열 사이의 종적(種的)인 차이(差異)와 간격(間隔)에 직면하게 된다. 사실 경험론자들은 이 간격 사이에서 회의론으로 빠져들었던 것이라고 할 수 있다. 네 발이 달리고 컹컹 짓고 하얀 털이 나고 주둥이는 튀어나오고 이빨은 날카롭고 꼬리가 달리고… 우리가 감각하는 개를 '개'라는 개념으로 인식한다는 것이 과연 옳은가 하는 것이다. 존재론과 인식론 상의 최고의 난제(難題)이며 평행선적 논쟁의 소지인 두 계열 사이의 이종적(異種的) 차이를 칸트는 도식(圖式) 개념을 내세워 봉합하고 있다. 도식을 통하여 합리론과 경험론이 종합되고, 진리의 절대성은 굳건해지며, 인간은 세상을 구성하는 제1의 존재가 되는 것이다.

> 그러므로 이제 한쪽으로는 범주와 다른 쪽으로는 현상과 동종적이면서 전자를 후자에 적용할 수 있도록 하는 제3자가 있어야 한다는 것은 명백해졌다. 이 매개적 표상은 (어떤 경험적인 것도 포함하지 않고) 순수해야만 하고, 더욱이 한쪽으로는 오성적이면서 다른 쪽으로는 감각적이어야 한다. 이러한 표상이 선험적 도식(圖式, das transzendentale schema)이다.[17]

칸트는 감성과 오성 사이, 개념와 현상 사이를 매개하는 도식(圖式)은 구상력(構想力, Einbildungkraft)이라는 제3의 인식능력의 약도(略圖)라고 명명한다.[18] 도식이 일종의 그림, 이미지이므로 감각과 동종적(同種的)이다. 그렇지만 도식은 지금 탁자 위에 놓여 있는 어떤 컵의 모양과는 다르다. 칸트는 도식이 사유 외에는 결코 다른 곳에 존재할 수 없는, 공간에서의 순수한 형태라고 한다. 즉, 도식은 감각적이면서 동시에 범

---

17) *Ibid.*, p.121.
18) *Ibid.*, p.123.

주와 동종적(同種的)이기도 한 이중성을 갖고 있다는 것이다. 도식의 이러한 이중성으로 인해 감성과 오성 사이, 감각적 질료와 형식사이, 현상과 개념 사이를 매개하고 바꿔놓을 수 있게 된다. 도식(圖式)의 기능을 칸트는 삼각형의 예를 들어 설명한다. 삼각형의 기하학적 규정 즉, 삼각형의 개념은 말 그대로 관념으로서 어떠한 형태의 삼각형도 아니다. 반면, 감각되는 구체적인 삼각형들이 있다. 이 삼각형들은 무수하며 모양이 각각이다. 감각적 이미지와 개념(槪念) 사이에는 간격이 가로놓여 있는 것이다. 이때 구상력의 작용으로 의식 속에 생겨나는 순수한 삼각형, 그것이 도식이다. 도식으로서의 삼각형은 의식 속의 유일하고 순수한 삼각형이기 때문에 삼각형의 개념과 동종적(同種的)이다. 그리고 구상력이 작용하여 도식으로서의 삼각형의 세 변의 길이를 바꾸어가며 구체적 삼각형의 모양들과 일치시켜본다고 하더라도 도식으로서의 삼각형은 두 개가 되거나 세 개가 되거나 하지 않는다. 그것은 의식 속에 있는 것이기 때문에 변형을 가하더라도 여전히 하나이다. 결국 도식(圖式)의 기능을 통하여 현상(現象)으로서의 삼각형은 삼각형의 개념(槪念)에 포섭(包攝)된다. 현상에 대한 개념적 포섭과 규정(規定)이 도식을 통해 비로소 가능해지는 것이다.[19]

세계(世界)가 있고, 인간(人間)이 있다. 인간에게는 전혀 이질적인 두 가지 인식능력, 감성(感性)과 오성(悟性) 혹은 이성(理性)이 있다. 감성이 표상하는 세계와 이성이 표상하는 세계가 다르다. 어느 쪽 세계를 실재(實在)로 보느냐에 따라 진리의 개념이 달라진다. 즉, 실재와의 일치가 진리의 조건이다. 그러나 칸트는 실재와의 일치를 추구하지 않는다. 오히려 인간의 이질적인 인식능력인 감성과 오성을 도식 개념을 내세워 일치(一致)시켜버린다. 감성과 오성을 매개하는 도식은 양자를 동등한

---

19) *Ibid.*, pp.120~21.

관계로 매개하지 않는다. 감성은 도식을 통해 이성에 포섭되고 종속된다. 따라서 감성을 통해 수용된 현상은 오성적 범주에 의해 규정되고 개념화된다. 오성은 현상과 이미지를 개념과 규칙, 질서로 구성(構成)해낸다. 칸트는 이처럼 도식 개념을 내세워 경험론을 합리주의에 종속시키면서 합리주의적 세계관(世界觀)과 진리관(眞理觀)을 지켜내는 것이다.

　칸트에 따르면 도식은 제 3의 인식 능력의 선천적(先天的) 기능이다. 칸트의 주장대로라면 우리들이 생각하고, 이야기하고 생활할 때 도식이 반드시 작동한다. 이는 모든 차원의 정신활동(精神活動)과 이 사회와 문화, 어디에서도 도식이 작동하고 있다는 말이 되며, 그 속에서 도식은 스스로를 끊임없이 증식하고 확대 재생산한다는 말과 같다. 도식(圖式)은 생생한 현실로서의 세계를 단순화(單純化)시키고 이질적 차이를 동질화(同質化)시키는 인식적 기능이다. 눈앞의 생생한 사건들과 현실은 도식의 기능에 의해 마침내 개념(槪念)으로, 몇 글자의 단어로 변화되고 만다. 도식이 스스로를 확대 재생산한다면, 이 세계는 개념과 규칙, 기호와 상투구(常套句, cliche)로 가득 찰 것이고, 마치 우리가 버린 쓰레기가 그렇듯이 그것들을 생산해낸 인간마저 질식시키려 들것이다. 칸트의 학설을 믿지 않거나 부인해버리면 될 것이지만, 문제는 그렇게 간단하지 않다. 징후는 농후하다. 칸트의 코페르니쿠스적 인식론은 진리의 절대성을 지켜낸 학문적 성취나 자연의 입법자로서 인간 존재의 신격화가 아니라, 도식적인간(圖式的 人間)으로서의 우리 자신에 대한 경고로 해석되어야 될 지도 모른다.

5. 클래식 내러티브 시네마의 도식주의(圖式主義)

클래식 할리우드 시네마의 고찰을 통해서, 형식과 내용, 이미지와 내러티브의 모든 층위에서 합리주의적 진리인 인과율적 질서가 지배하고 있음을 살펴보았다. 그런데 합리주의적 진리관을 구해낸 칸트에 의하면 이러한 인과율적 질서란 인식주체에 의해 구성되는 것이며, 그것은 도식 기능과 작용에 의한 것이라는 것이다. 여기에서 논자는 칸트에 의거하여 클래식 내러티브 시네마의 양식적 특징을 도식(圖式) 개념을 차용하여 정의하고자 보고자 한다.

고전 서사 영화는 할리우드에 한정된 영화 양식이 아니다. 이 시대의 주류영화(主流映畵, mainstream cinema)이며, 지배적 영화 양식이다. 국내 영화관에서 상영되는 영화의 90퍼센트 이상을 동류(同類)의 영화로 보아도 무리가 없을 것이다. 그리고 이 러한 영화는 바로 이야기를 담고 있는 영화, 즉 서사(敍事) 영화이고 내러티브 시네마이다. 이야기, 서사의 보편성을 부인할 수 없다. 어느 시대, 어느 문화에도 어떤 부문에도 서사는 편재(遍在)한다. 대부분의 예술장르 역시 서사와 관계된다. 영화도 고전 서사 영화 양식의 성립되면서 이미지로서의 영화가 아니라 서사로서의 영화가 되었다. 서사에 대한 연구는 기호학적 접근법과 구조주의 방법론에 의해 커다란 성과를 이뤄내었다. 그들이 찾아낸 것은 구조(構造)였다. 구조를 인간의 정신 구조로 보던지 의미체계로 보든지 각각의 입장에 따라 다르겠지만, 논자는 내러티브를 칸트의 도식(圖式) 개념을 통하여 접근해볼 수도 있다고 생각한다.

내러티브를 가장 간단히 정의하면 사건(事件)에 대한 서술(敍述)이다. 사건과 서술의 두 개념이 서사를 정의하고 있는 것이다. 사건(事件) 개념의 외연을 확장하면 그것은 다름 아닌 세계(世界), 우리 앞에 변화하는 현상(現象)으로 현전하는 세계라고 할 수 있다. 그리고, 서술에 대한 가장 고전적인 정의는 플롯이다. 플롯이 구성(構成)으로 번역된다면, 내러티브는 플롯화된 세계, 구성(構成)된 현상(現象)이다. 여기까지 이르면 내러티브와 칸트가 말한 인간 인식의 구성설(構成說)이 그대로 부합한다는 사실을 알 수 있다. 바꿔말해서 내러티브를 현상과 세계에 대한 도식적(圖式的) 인식이라고 정의해 볼 수 있다는 것이다. 도식은 다양과 역동성으로서의 세계를 단순화하고, 이질적 차이(差異)의 반복이자 변화로서의 현상(現象)을 동질화시켜서 이를 절단(切斷)하고 규정(規定)하고 간격과 틈을 인과율(因果律)로써 봉합시키는 데 기능한다. 내러티브가 이러한 도식적 기능 위에 구성되는 것이라고 할 때, 이미지를 기반으로 하는 영화에서 특히 문제가 되는 것은 그것이 이미지의 순수성(純粹性)과 잠재성(潛在性)을 제한한다는 데 있다.

영화를 탄생시킨 인류의 욕망과 의지가 있었다면, 그것은 가시적(可視的)인 세계를 그대로 재현하는 기계장치의 발명이었을 것이다. 내러티브적인, 가지적(可知的)인 세계를 표상하고자하는 것과는 전혀 다른 욕망과 의지가 의지가 표출된 것이 애초의 영화였다. 그러나, 영화를 탄생시킨 욕망과 이미지의 순수성은 내러티브적 의지(意志)에 의해 규제되고 만다. 영화사가 그것을 증언한다. 영화사의 주된 흐름은 이미지로서의 영화로부터 서사 매체(敍事 媒體)로의 이행이었고, 할리우드에서의 고전 서사 영화 양식의 성립은 그 정점이다. 이러한 영화사의 흐름을 놓고 보았을 때, 합리주의자이나 구조주의자들의 주장을 다시금 되돌아볼 수밖에 없다. 그것은 참된 존재가 무엇이고 진리(眞理)가 무엇이냐 하는 문제가 아니라, 인간(人間)이라는 존재의 본질에 관한 물음일 수도 있다. 플라톤이 인간이 이성적 존재임 주장하고, 칸트가 인간을 규정적(規定的)이고 개념적(槪念的) 존재임을 주장했던 것이 후에 구조주의자들에 의해서 다시금 입증되었다는 것이 논자의 생각이다. 구조주의자와 서사학자들이 구조 분석을 통해 입증해 보인 것은 다름 아닌 인류의 보편적인 내러티브적 의지(意志)였다. 또한, 기호학자들은 언어 즉, 기호(記號)가 지시(指示)하는 것은 기호 밖의 구체적사물(事物)이나 세계(世界)가 아니라 관념(觀念)이나 개념(槪念)이며, 그러한 의미(意味)마저도 기호 체계(記號 體系) 자체에서 발생하는 것이라는 결론에 이르게 된다. 언어(言語)는 우리가 대하는 구체적인 사물, 우리를 둘러싸고 있는 세계와 직접적인 관련이 없다는 것이다. 언어는 언어 자체의 세계를 그릴뿐이라는 것이다. 인간이 언어에 의해 사고하고, 인간 사고의 축적물이 또한 언어라면, 언어적 존재로서의 인간의 정신은 언어처럼 구조화(構造化)된 것일 것이고, 인간의 세계에 대한 인식은 개념적일 수밖에 없을 것이다. 언어적 판단에서 의해서 인식의 선천적 형식인 범주를 연역해낸 칸트의 인식론의 타당성을 기호학이 입증해주는 셈이다. 인간 자체가 이처럼 도식적(圖式的)이며 규정적(規定的)이고 기호적(記號的) 인간이라면, 인간은 생생한 사물(事物)과 무궁무진한 현상(現象)을 앞에 두고도 도식적으로 개념화하고, 필연적으로 단어에 결부시키게 된다. 구체적이고 생생한 현상이 인간이라는 도식을 통과하고 나면, 단어와 언어적 문장, 그리고 그것들의 인과율적 연쇄로서의 내러티브가 되고 말 것이라는 것은 불문가지이다.

영화가 인류사에 등장했을 때, 영화는 언어도 아니고 내러티브도 아니었다. 변화하는 만물을 그대로 모사하는 인류 제 7의 매체일 뿐이었다. 그러나 영화도 인간의 도식적 기능과 내러티브적 의지를 피해갈 수는 없었다. 이미지는 제2의 언어(言語)가 되고, 할리우드에서 마침내 고전 서사 영화로서 고착된다. 할리우드 영화 산업의 상업적 목적에 부합한 영화 양식의 형성이라고 할 수 있겠지만, 관객에게 호응받지 못하는 영화가 상업적 목적을 충족시킬 수는 없다. 그들은 관객 즉, 보편적 인간에게 가장 쉽고 이해되고, 동일시할 수 있는 영화 양식을 개발하려고 했던 것이다. 그 도달점이 내러티브였고, 이미지의 도식화였다.

　어떻게 보면 이해 할 수 없는 변화(變化)와 우연(偶然)으로서의 이 세계는 고단한 인간 조건(人間 條件)일 뿐이다. 인간은 이해할 수 있는 세계를 원하고, 이미지보다는 내러티브를 원하고, 다양과 변화와 복잡보다는 단순과 동일과 개념을 원하는 것이다. 합리주의자들이 정의하는 인간, 지혜를 사랑하고 진리(眞理)를 추구하는 인간은 칸트로부터 다시 해석될 수 있다. 우리를 둘러싸고 있는 객관적 세계에 대한 앎으로서의 진리를 원하는 인간 개념은 칸트로부터 본능적으로 단순과 개념과 법칙을 원하는 도식적 인간으로 재해석 될 수 있다는 것이다. 그렇다면 변화로서의 이미지와 현상계로의 이 세계는 우리 인간에게 아무런 의미도 없는 것인가, 우리는 현실 속의 인간인가 아니면 기호 속의 삶, 내러티브적인 삶을 사는 또 다른 하나의 기호(記號)일 뿐인가, 내러티브에 종속되지 않은 이미지로서의 영화의 순수성과 잠재성을 개발해낼 수는 없는 것인가? 우리는 마치 경험론자들이 그랬던 것처럼 이러한 질문을 또한 피해 나갈 수 없다. 논자(論者)는 고전 서사 영화의 도식주의에 대한 비판적 대안으로 등장한 새로운 영화 양식에 대한 고찰을 결론(結論)으로 제시하면서 이러한 물음에 대답을 또한 찾아보고자 한다.

6. 결론

　영화사에서 대안 영화(counter cinema)라고 분류하는 영화 양식들이 있다. 아이러니컬하게도 전부 '새로운'이라는 접두사를 붙여 정의되는 영화양식들이 그것이다. 이러한 새로운 영화적 실천들은 2차 세계대전을 기점으로 대두되기 시작한다. 이탈리아의 네오 리얼리즘 (Neo-Realism) 영화, 프랑스의 누벨 바그 (Nouvelle Vague), 독일의 뉴 저먼 시네마 (New German Cinema), 영국의 프리 시네마 (Free Cinema), 미국의 뉴 어메리컨 시네마(New American Cinema) 등이 새로운 영화적 실천의 족적들이다.

위와 같은 영화 양식들이 고전 서사 영화 양식과 다른, '새로운' 특징이 무엇인가 하는 것을 지적해야 한다면, 무엇보다 서사 인물이 행동(行動)을 하지 못하고 단지 보는 자(者), 방황하는 자, 기다리는 자가 되고 있다는 것이다. 인물이 상황에 대한 반응으로서 행위를 외화(外化)시키지 못한다면 사건이 일어나지 않는다는 것이고, 새로운 상황을 도래시키지 못하고 새로운 질서를 수립하지 못한다. 예를 들어 네오 이탈리안 시네마의 〈자전거 도둑〉에서 자전거를 잃은 주인공은 하염없이 자전거를 찾아 헤맬 뿐이다. 새로운 상황은 끝내 도래하지 않는다. 시초에 잃어버린 자전거를 찾지 못한 주인공은 결말에서도 자전거를 찾아 비 내리는 거리를 헤맨다. 이제 내러티브 속의 인물들은 내러티브적 궤적을 완수하지 못하는 것이다. 이는 할리우드적 내러티브 구조가 와해시키는 것이며, 인류의 보편적인 서사(敍事) 자체를 무효화시키는 것이라고 할 수밖에 없다.[20]

사건(事件)들 사이의 인과율적 관계 또한 와해된다. 사건은 시공간(時空間) 상에 외화됨으로써 성립한다. 따라서 사건의 인과율적 질서의 와해는 영화적 서사의 시간과 공간적 질서가 와해된다는 것을 의미한다. 이는 역으로 고전 서사 영화뿐만 아니라, 플롯화된 모든 내러티브의 보

---

20) 拙稿, "들뢰즈의 시간-이미지에 대한 연구," (드라마논총, **XXI**, 2003.12.), p187.

편적 시공간적 질서가 인과적이라는 말이기도 하다. 상식적이며 진리
(眞理)로서의 시간 개념은 인과적이다. 과거-현재-미래의 선형적 시간
이 인과율적 시간이며 상식적 시간관이다. 영화에서 사건은 이미지에
담긴다. 따라서 영화적 서사에서의 사건의 인과율적 연결은 전, 후 쇼
트의 인과적 관계에 의존한다. 고전적 서사 영화에서 앞의 쇼트는 뒤의
쇼트에 비해 시간적으로 앞서 일어난 것으로서의 원인(原因)이며, 뒤의
쇼트는 앞의 쇼트로 인해 일어난 결과(結果)이고 시간적으로 뒤에 일어
난 것이 된다. 만일 이러한 전, 후 쇼트가 인과적으로 연결되지 않을 때
는 페이드 인 아웃(fade in, out), 디졸브(dissolve) 등의 이미지 연결의 관
습적 지표를 사용하여 관객들에게 고지한다. 그러나, 새로운 영화양식
들에서는 이러한 관습적 지표의 개입 없이 상식적 시간관계가 역전된
전후 쇼트를 직접적으로 연결한다. 즉, 고전적 내러티브의 인과율적 질
서가 와해되는 것이다. 새로운 영화 양식에서는 앞선 쇼트가 시간적으
로 뒤에 오는 쇼트보다 먼저 일어났으며, 뒤의 사건과 인과적 관계에
있다고 장담하기 어렵다. 쇼트들의 비인과적(非因果的) 연결에 의해 내러
티브의 연대기적(年代記的) 시간 구조는 해체되고 과거-현재-미래의
선형적 시간은 파편화된다. 새로운 영화 내러티브에서 진리로서의 선
형적 시간은 이제 과거의 현재, 현재의 현재, 미래의 현재라는 시간의
낱장로 파편화되어 가로질러 오가며 단층적(斷層的)으로 쌓여 갈 뿐이다.
심지어 한 쇼트 내에서도 과거의 나와 현재의 나, 현재의 나와 미래의
나가 서로 대면하고, 현재의 나와 과거의 타자가 서로 대면한다.[21]

또한, 쇼트의 연결이 인과율과 선형적 시간 구조에 의거하지 않음
으로써 새로운 영화 양식에서는 전형적 내러티브의 공간적 질서 역시
파괴된다. 고전 서사 영화에서의 180도 규칙과 30도 규칙이 지켜지지

---

21) 拙稿, "시간의 이미지로서의 영화," (드라마논총 **XX**, 2003.6.), p.16 이하 참조

않는 것이다. 이로서 전, 후 쇼트에서 내가 나를 보고 있는 쇼트적 맥락이 생겨나고, 한 씬(scene)의 인식적 준거(準據)인 인물들의 위치와 시선(視線) 방향 등의 일관성이 파괴된다. 즉, 씬(scene)이라는 서사적 단위의 통일성이 와해되는 것이다. 누벨 바그의 기수 장 뤽 고다르가 구사하던 점프 컷(jump cut)적 쇼트 연결이 그러한 예이다. 결국 대안적 영화 양식에서의 이미지의 배치, 즉 쇼트 연결은 고전 서사 영화의 합리적 연결, 인과적 연결(rational linkage)로서의 연속 편집(continuity editing)을 위배한다. 새로운 영화 양식에서의 쇼트의 연결은 무리수적, 비합리적(irrational linkage)이며, 고전적 서사 영화에서의 불가시적 편집(invisible cutting)이 아니라 이접적(離接的) 틈과 간격(interval)의 노정이다.[22] 대안적 영화 양식이 노정하는 쇼트 사이의 이접적 틈은 고전적 서사 영화에서 이미지와 내러티브를 매개하던, 그리고 이미지와 이미지, 쇼트와 쇼트를 연결하던 칸트적 의미의 도식(圖式)이 파열(破裂)되어 버린 것으로 개념화할 수 있다. 대안 영화의 쇼트 사이의 이접적인 틈은 이미지와 내러티브 사이의 도식을 풀어헤쳐 버린다. 이를 논자는 인과율적 내러티브에 종속되어 있던 이미지를 해방시켜 이미지의 순수성과 잠재성을 회복하고자 하는 시도로 보고자한다. 왜냐하면, 쇼트 사이의 이러한 이접적 간격은 한 쇼트로서의 이미지를 개념화(槪念化)하고 의미화(意味化)하는 시도를 무력화시키기 때문이다.

개념(槪念)이란 현상(現象)과 사건(事件)의 현재적 순간을 절단해낸 것이라고 할 수 있다. 즉, 이미지로서의 현상(現象)의 현재적 순간(現在的 瞬間)에 대한 규정(規定)인 것이다. 그런데, 현상과 이미지는 본질적으로 흐름과 변화와 시간(時間) 그 자체이기 때문에 절단되거나 규정되지 않는다. 예를 들어 '비가 오면 땅이 젖는다'는 인과율적 질서는 '비가 온다'

---

22) 박성수, 들뢰즈 (서울:이룸, 2004), pp.41ff.

라는 현상과 '땅이 젖는다'는 자연적 현상만을 절단하여 인과율화 한 것이다. 비가 오기 전, 비가 오는 중, 땅이 젖는 중, 땅이 젖은 후, 비가 증발하는 중, 땅위의 비가 증발한 후와 같이 계속 변화하는 자연현상의 일정한 순간만을 절단하여 개념화한 것이다. 우리는 현재라는 것을 선형적 시간 위의 A라는 한 점으로 환원(還元)하기 때문에 절단된다고 생각한다. 그러나 시간(時間)을 공간적인 선(線)으로서 그리고 절단해낼 수 있는 동질적인 점(点)과 순간(瞬間)의 계기(繼起)로 생각한다면, 날아가는 화살을 어느 순간, 어느 공간 위에 정지된 점으로 환원하는 것과 같다. 그렇게 되면 화살은 날아가지 않는다는 역설이 성립하게 된다. 따라서 현재라는 순간은 절단해낼 수 있는 공간적 점이 결코 아니다. 시간 자체는 끊임없는 흐름이고 변화하는 것이기 때문에, 현재라는 순간은 실수체계에서의 무리수(無理數)와 같다, 무리수의 값은 결코 결정되지 않는다. 무리수의 값은 양 유리수 사이라는 간격과 또 그 간격 사이로 무한히 수렴되어 갈 뿐 고정된 값으로 결정될 수 없다.

지금 우리 눈앞에 사건과 자연적 현상이 있다면, 우리는 현재의 순간의 사건과 현상을 절단하여 '저것은 A이다'라고 개념화하고 있다. 재현(再現, re-present-ation)이 의미가 그것이다. 인간의 인식의 도구는 언어이므로 재현적 개념으로서 A는 동시적으로 기호와 단어로 전환되었을 것이다. 그러나 개념화하고 단어화한 그 순간, A의 시간은 이미 흘러갔을 것이고, A는 변화했을 것이다. 결코 A라는 개념은 순수한 A라는 현상을 지시할 수 없다. 기호학자들은 그러한 사실을 직시했다. 기호가 지시하는 것으로서의 의미(意味)는 감각적으로 경험되는 현상과는 직접적 관계가 없다는 것이다. 그들은 또한 의미가 언어라는 의미체계 내의 위치에 의해서 결정되는데, 언어체계는 차이(差異)의 체계라고 한다. 언어의 의미가 차이의 체계에서 생성된다는 것은 바로 의미로서의 개념이 고정되어 있지 않다는 것을 뜻한다. 이것은 주목할 만한 논리이다. A라는 단어의 의미가 고정되어 있지 않다면, 이것은 변화와 흐름으로서의 현상과 이미지의 본질을 지적하는 것이기 때문이다. 그러나, 기호학자들이 내세우는 체계는 결과적으로 닫힌 체계이다. 그들은 언어의 계열체(系列体)와 통합체(統合体)적 구조에 의해 의미가 불안정하나마 고정되고 결정되는 것이라고 본다.

70년대와 80년대에 걸쳐 세계 영화학을 주도했고 현재까지 국내 영화학계의 주류적 방법론인 기호학적 접근론은 영화가 완벽한 언어 체계는 아니지만 유사 언어(類似 言語, quasi-language)라는 가설 위에 성립한다. 영화가 완전한 언어 체계가 아닌 것은 이미지의 단위인 쇼트가 의미소(意味素)와 음소(音素)로의 이중분절(二重分節)이 되지 않아서 한 쇼트의 의미를 계열체(paradigm)적으로는 결정할 수 없기 때문이다. 그러나, 영화는 쇼트의 연결이기 때문에 한 쇼트의 의미가 통합체(統合體, syntagm)적으로는 결정될 수 있다고 본다. 그런 가설 위에 쇼트 분석에 집중했고, 한 쇼트의 의미는 쇼트와 쇼트의 관계에서 발생한다는 통설을 확립시켰다. 그러나, 대안 영화의 비합리적 쇼트 연결과 그 사이의 이접적인 틈은 기호학적 영화학의 가설을 완전히 와해시켜버린다. A라는 쇼트와 B라는 쇼트의 이접적인 틈은 고정된 경계로서 A를 규정하고 동시에 B를 규정하는 합리적인 경계가 아니기 때문이다. 즉 A라는 쇼트가 필름 상의 물리적으로 잘려진 경계에 한정되는 것이 아니고, B라는 쇼트도 역시 그렇다. 절단된 필름 조각으로서의 쇼트들이 이렇게 비합리적이고 무리수적으로 연결되면, 그 연결점은 간격(間隔)이 되고 A 쇼트의 의미론적 경계는 그 간격 사이로 무한히 변화하는 것이며, B라는 쇼트의 경계도 또한 그렇다. 쇼트가 계열체적인 단위로 규정될 수 없거니와 또한 통합체 단위로 규정될 수도 없게 되는 것이다. 기호학적 영화학은 이 대안적 영화 양식을 외면했다. 2차 대전 후 와해된 세계관과 진리관의 반영하는 새로운 영화양식과 사조의 대두라는 간단한 설명과 함께 '새로운'이라는 접두사를 붙여 괄호 속으로 밀어넣고 말았을 뿐이다.

고전적 서사 양식을 도식주의(圖式主義)로 정의하면서, 논자는 대안적 영화 양식을 도식이 파괴되어 버린 이미지의 영화로 개념화하고자 한다. 이미지 영화는 서사(敍事)가 아니며, 순수한 사건(事件)과 현상(現象)으로서의 이미지 그 자체를 의미한다. 눈앞의 생생한 현실로서의 순수한 이미지는 개념화되거나 의미화 되지 않는다. 순수 이미지는 완성태(完成態)가 아니고 현실화된 잠재태(潛在態)일 뿐이기 때문이다.23) 예를 들어 우리가 '컵'이라고 개념화하는 것은 꽃병으로 쓸 수도 있으며 연필꽂이도 될 수 있고 끝내는 깨어져 다시 흙으로 돌아갈 수도 있으며 다시 접시로 현실화 될 수 있는, 무한히 변화하는 이미지의 현재적 순간의 절단과 고정에 불과하다. 순수 이미지는 지속(持續)으로서의 시간 안에서의 무한한 변화이며 지속 그 자체이다. 대안적 영화 양식은 이미지의 비합리적 연결과 이접적 간격을 통해 개념화될 수 없고 절단되지 않는 변화와 지속으로서의 세계를 직접적으로 제시함으로써 우리를 반성(反省)시키고자 한다. 고전 서사 영화 양식 그 자체가 도식(圖式)이 되어서 상투적인 내러티브를 끊임없이 확대 재생산하고 있음을 이미지의 영화는 폭로하고 있는 것이다. 그것은 또한 도식(圖式)이 시대의 무의식적인 의식구조로서 작동하여 상투적인 사고를 재생산하고, 현실을 고정관념으로 재인(再認, re-cognition)시키는 상황에서 영화뿐만 아니라 존재와 인식 자체를 새로이 사유할 것을 요청하고 있다고 하겠다.

---

23) 이택광, *op.cit.*, p.21.

참고문헌

질 들뢰즈, 『칸트의 비판철학』, 서동욱 역, 민음사, 2000.

________, 『베르그송주의』, 김재인 역, 문학과 지성사, 1996.

________, 『대담』, 김종호 역, 솔, 2000.

________, 『의미의 논리』, 이정우 역, 한길사, 2003.

________, 『차이와 반복』, 김상환 역, 민음사, 2004.

________, 『시간과 이야기 3』, 김한식 역, 문학과 지성사2004.

서정남, 『영화 서사학』, 생각의 나무, 2004.

박성수, 『들뢰즈와 영화』, 문화과학사, 1992.

소광희, 『철학의 제문제』, 지학사, 1980.

로저 스크런턴, 『칸트』, 김성호 역, 1999.

랄프 루드비히, 『쉽게 읽는 철학1, 순수이성비판』, 박중복 역, 이학사, 2004.

임마뉴엘 칸트, 『순수이성비판』, 정명오 역, 동서문화사, 1975.

David Bordwell, Kristin Tompson & Janet Staiger, *The Classical Hollywood Cinema: Film Style and Mode of Production to 1960*, New York: Colombia Univ. Press, 1985.

David Bordwell, *On the history of film style*, Cambridge: Harvard University Press, 1997.

Henri Bergson, *Matter and Memory*, trans. Nancy M. Paul & Scott Palmer, Cambridge: The MIT Press, 1988.

David N. Rodwick, *Gilles Deleuze's Time Machine*, Durham: Duke University Press, 1997.

Gilles Deleuze, *Cinema 1: The Movement-Image*, trans. Hugh Tomlinson, Minneapolis: University of Minnesota Press, 1989.

__________, *Cinema 2: The Time-Image*, trans. Hugh Tomlinson, Minneapolis: University of Minnesota Press, 1989.

ABSTRACT

Schematism in Classic Narrative Cinema

Ko, Ho-bin

This paper aims to analyze the relationship between cinematic images and narrative especially focused on Classic Narrative Cinema.

Classic narrative Cinema refers to a cinema tradition that dominated Hollywood production from the 1930s to the 1960s but which is still present in mainstream or dominant cinema.

The narrative of this cinema reposes upon the triad 'order/disorder/order-restored'. The beginning of the film puts in place an event that disrupts an harmonious order which in turn sets in motion a chain of events that are causally linked. Cause and effect serve to move the narrative along. At the end the disorder is resolved and order once again in place. The plot is character-led, which means that the narrative is psychologically and individually motivated. When the narrative come to completion, any ambiguity within the plot must be resolved. Therefore David Bordwell calls Classic Narrative Cinema an 'excessively obvious cinema.'

In this cinema, the cinematic style serves to explain, and not obscure, the narrative. It means that cinematic images are subordinate to the narrative. Editing must function to move the narrative on logically and to manufacture realism. However, editing must not call attention to itself, so continuity in time and space is essential. To ensure a seamless continuity, continuity editing technique is developed such as the 30-degree and 180-degree rules. And so the spectator easily come to know where she or he in time and space and relation to the logic and chronology of the narrative. What predominate among images in Classic Narrative Cinema is the links between them are rational.

After World War Ⅱ, a new type of cinema so called 'counter cinema' has established itself. At its simplest, it is a cinema that is very discontinuous. That is, spatial and temporal contiguity is deconstructed and all other elements of seamlessness and compositional continuity is exposed. This is then a cinema draws attention to itself. There is no safe narrative, no beginning, middle, and end, no closure or resolution.

This cinema establishes a new logic among images, that is, new kind of montage. The relation between cinematographic images becomes noncommensurable; between one image and another a gap opens. Needless to say, spectators are not stitched into the cinema but are intentionally distanced by these practices so they can see what is really there, and reflect upon it rather than be seduced into the narrative.

All in all, it just goes to show you that images are one thing, narrative is another. And It is the heart of the issue. Narrative involves the 'recounting' of real events. It's function is a stroytelling not description of the real world. In Classic Narrative Cinema, cinematic images as real events are cut into the shots and jointed each other in cause-effect relationship. Then, narration is a kind of formation from real events into the True.

In this regard, I explain Classic Narrative Cinema by Kantian notlion of 'schema.' Kant had it that the schema is the 'a priori and transcendental' instrument in our reason, and the mediator between experience and concepts. On the one hand, then, it is by the function of the schema that we can reduce our experience for the real world to the concepts in the end. On the other hand, our experience for the real events must be reduced to the concepts or the narrative. This is the reason why I define Classic Narrative Cinema as the notion of 'schematism'.

주제어 : 클래식 내러티브 시네마
Key Words : narrative, schema

영화 〈꽃파는 처녀〉 연구

김 성 진

1. 머리말

이 글은 영화 〈꽃파는 처녀〉[1]의 서술양상을 분석하는 데에 그 목적
이 있다. 서술양상을 분석하기 위해서는 우선 영화가 관객을 대상으로
한 서술[2]이라는 점이 우선 전제되어야 한다.

서사물의 구조를 규명하려는 수많은 시도, 이른바 러시아 형식주의
자들로부터 S. 채트먼, F. K 슈탄젤, G. 주네트, A. 고드로, F. 조스트 등

---

* 나주대학교 방송연예과 교수
1) 이 글에서는 '조선예술영화촬영소' 산하 '백두산영화창작단'이 130分으로 제작
   한 필름영화를 텔레시네(telecine)한 작품을 학술적 연구분석만을 위한 텍스트
   로 삼았다.
2) 앙드레 고드로·프랑수아 조스트, 송지연 옮김, 『영화서술학』, 동문선, 2001.
   pp.20~21 참조.
   이 때의 서술이란 서술된 이야기, 인물의 행위와 역할, '행위자'들 사이의 관
   계 등에 관심을 갖는 주제의 서술학 차원과 함께 이야기의 수단이 되는 표현
   형태에 관심을 두는 양태의 서술학 차원을 폭넓게 의미한다.

은 서사물 일반의 구조와 특성을 밝혀내고자 했다. 용어의 다름에도 불구하고 이들의 논의에서 서술이란, 인물이 행위를 통해 사건을 벌이는 세계인 '이야기(story)'와 서술자가 서술행위를 하는 세계인 '담론(discours)'으로 구성3)될 수 있는 것처럼 보인다. 물론 최근의 논의들은 담론 부분을 세분하고 있어4) 한층 더 복잡한 양상으로 전개되어 있는 것도 사실이다. 그러나 이런 논의들의 주된 목표는 결국 텍스트를 구조적으로 분석하기 위한 방법의 하나라 할 수 있다.

이런 의미로부터 나아가, 영화 텍스트를 분석하기 위해서는 적절한 독해가 필요하다. 영화의 독해는 텍스트 속의 문자, 말, 몸짓의 기호, 영상, 음향 등과 같은 요소들과 이런 요소들 사이의 관계 그리고 이 요소들과 서술의 구성과의 관계를 지각하는 것5)이라 할 수 있다. 다시 말해 사건의 전개 양상, 인물의 행위와 관계, 극적 공간 활용, 음향의 활용, 영상구성의 특징 등과 같은 요소를 텍스트에서 실제적으로 분석하는 작업이다. 또한 이런 요소들을 관객에서 전달하는 서술자는 누구6)이며, 인물과 어떤 거리를 유지7)하고 있는가에 대한 분석 또한 필요하

---

3) 시모어 채트먼, 한용환 역, 『이야기와 談論』, 고려원, 1991. p.24. 참조.
　　S. 채트먼이 설정하는 스토리(story)와 담론(discourse) 사이의 구분은 러시아 형식주의자들의 파불라(fabula)와 슈제뜨(syuzhet), T. 토도로프가 나누는 이스뚜아르(histoire)와 디스꾸르(discours), E.M. 포스터가 논의하는 영어의 스토리(story)와 플롯(plot)의 구분에 대응할 수 있다.
4) 대표적으로 G. 쥬네트의 경우는 담론 범주를 다시 세분하였다. 내러티브의 구조는 스토리(histoire), 내러티브 텍스트 또는 내러티브 담론(recit), 내레이션(narration)의 세 부분으로 이루어진다고 설명한다.(제라르 쥬네트, 권택영 역, 『서사담론』, 교보문고, 1982. pp.15~17. 참조)
5) 프랑시스 바누아, 송지연 역, 『영화와 문학의 서술학』, 동문선, 2003. p.39.
6) 영화배우들은 신호를 발하는 유일한 존재가 아니다. 카메라를 매개로 하는 다른 신호들은 아마도 배우의 심급이라는 일차적 층위 너머의 어딘가에 위치하는 만큼, 다른 심급에 의해 발신되는 것 같다.(앙드레 고드로·프랑수아 조스트, 앞의 책, p.43)
7) 앙드레 고드로·프랑수아 조스트(위의 책, pp.216~226. 참조)는 T. 토도로프와

다.

 역시 이 글의 실제적인 목적은, 북한에 대해 흔히 갖기 쉬운 막연한 연역적 사고와 결정을 유보해 두고 실제 텍스트를 분석함으로써 북한의 예술영화 제작기법과 의미의 단면이나마 귀납적으로 파악하자는 것이다.

2. 사건의 전개 양상과 영상서술의 특성

 영화텍스트가 드러내는 사건의 전개 양상, 인물의 행위와 관계, 극적 공간 활용, 영상구성의 특징 등을 분석하기 위해서는 재구성된 시나리오가 필요하다. 영화텍스트로부터 재구성된 시나리오는 이야기와 서술의 양상을 관극의 시점에서 특징과 의미를 파악할 수 있기 때문이다. 따라서 일정한 극적 공간에서 사건을 재현하는 쇼트들의 집합인 씬(scene)의 개념으로 시나리오를 재구성하면 다음과 같다.[8]

 (꽃분이, 병든 어머니의 약을 사기 위해 꽃을 판다. 세 모녀는

 G. 쥬네트의 시선으로 서술자와 인물 사이의 관계를 분석하고 있다. 서술자와 인물 사이는 '지식'의 관계로 구분된다. T. 토도로프는 ①서술자 > 인물(서술자는 인물보다 더 많이 알고 말한다), ②서술자 = 인물(서술자는 인물이 아는 것만을 말한다), ③서술자 < 인물(서술자는 인물이 아는 것보다 더 적게 말한다) 등으로 구분했다. G. 쥬네트는 ①무초점화(서술자가 전지적인 경우), ②내적 초점화(사건들이 인물의 의식에 의해 여과된 것처럼 보이는 경우로 다시 고정된 내적초점화, 가변적 내적초점화, 복수적 내적초점화 등으로 구분됨), ③외적 초점화(독자나 관객에게 인물의 생각이나 감정을 아는 것이 허용되지 않는 경우)로 구분한 바 있다.
8) 이 시나리오와 3장에서 제시한 방창의 가사 채록 부분은 졸고(이명재 편, 「영화 <꽃파는 처녀>의 기법과 그 의도」, 『북한문학의 이념과 실체』, 국학자료원, 1998.)를 수정 보완한 것임.

감옥에 갇힌 철용이 돌아오면 종살이하는 빚을 갚고 함께 살 수 있다는 희망으로 궁핍한 현재를 견디며 생활한다.)

1) 들/ 꽃분이, 바구니 들고 걸어간다.
2) 저자거리 전경/ 꽃분이, 꽃을 팔러 다닌다.
3) 저자거리 점장이 앞/ 꽃분이, 점괘를 본다.
4) 언덕/ 순희, 꽃분이를 기다린다.
5) 들/ 꽃분이, 집으로 돌아온다.
6) 배지주의 집 대문 앞/ 배지주의 처(장씨), 교회에 다녀오며 인력거에서 내린다.
7) 배지주의 집 부엌/ 꽃분이 어머니, 빨래를 삶으며 힘들어한다. 장씨, 꽃분이를 종으로 대신 보내라 한다.
8) 배지주의 집 우물가/ 어머니, 자식들 걱정에 죽지도 못하는 자신의 신세를 한탄하다 잠이 든다. 식모, 누룽지 몇 조각을 건넨다. 어머니, 배고픈 자식들을 위해 간수해 둔다.
9) 꽃분이 집 마루/ 자매, 어머니를 기다린다.
10) 꽃분이 집 방안/ 어머니, 앓아 누워 있다. 꽃분이, 오빠 철용이 돌아올 거라는 점괘를 이야기한다.

(꽃분이네 과거의 가족사가 회상씬으로 서술된다.)

11) 꽃분이 집 마당/ 세 남매가 단란하게 앞마당에 꽃을 심는다. 백만(배지주의 마름), 지주집의 잔치 준비를 위해 병든 어머니를 불러 간다.
12) 배지주 집 마당/ 장씨, 탕약에 넣을 대추를 고르다 들어간다. 순희, 대추를 무심결에 집어먹는다. 장씨, 이를 보고 순희를 때린다. 끓는 약탕기가 순희의 얼굴에 쏟아진다.
13) 꽃분이 집 안방/ 순희, 실명한다. 철용, 분노하며 집을 뛰쳐나간다.
14) 배지주의 집 창고/ 철용, 불을 지르고 도망간다.
15) 배지주의 집 대문 앞/ 다음날 아침 철용, 일본 순사에게 잡혀간다.

16) 언덕/ 잡혀가는 철용을 뒤따라가며 걱정하는 꽃분이네 가족과 동리사람들.

(자매, 약방주인과 고학생, 어물전장수의 도움으로 어머니의 약을 구한다. 그러나 어머니는 죽는다.)

17) 꽃분이 집 안방/ 꽃분이, 비참한 현실에 눈물짓는다.

18) 꽃분이 집 밖/ 간난네(옆집아주머니), 배지주가 장리쌀을 놓는다는 소식을 전한다.

19) 배지주의 집 마당/ 높은 이자를 감수하며 쌀을 빌리는 사람들. 장씨, 꽃분이를 구박한다. 꽃분이, 장리쌀을 포기하고 뛰어 나간다.

20) 저자거리/ 고학생(거리악사), 바이올린을 켠다. 꽃분이, 꽃을 판다.

21) 배지주의 집 부엌/ 어머니, 힘들게 맷돌질을 한다. 백만이, 꽃분이를 종으로 보내라고 재촉한다.

22) 저자거리 유곽 앞/ 꽃분이, 밤늦도록 꽃을 판다. 일본여자, 꽃분이의 행색을 보고 더럽다며 사려던 꽃을 버린다.

23) 꽃분이 집 안방/ 꽃분이, 병이 악화되는 어머니에게 배지주의 집에 가지 말라 한다.

24) 배지주의 집 부엌/ 어머니, 새벽부터 힘들게 맷돌질을 한다.

25) 꽃분이 집/ 꽃분이, 종살이하러 간 어머니를 걱정한다.

26) 배지주의 집 부엌/ 어머니와 간난네, 힘들게 맷돌질을 한다.

27) 배지주의 집 부엌 밖/ 꽃분이, 자신을 종살이 보내지 않기 위해 애쓰는 어머니의 말을 우연히 듣는다.

28) 배지주의 집 마당/ 어머니, 맷돌질한 쌀분을 힘에 겨워 엎지른다. 배지주, 어머니를 심하게 때린다.

29) 꽃분이 집 안방/ 어머니, 앓아 눕는다

30) 들/ 꽃분이, 어머니의 약값을 벌기 위해 더욱 열심히 나물을 캔다.

31) 시냇가/ 순희, 친구 영란에게 꽃을 팔러 가자고 한다.

32) 들/ 꽃분이, 나물을 캔다.

33) 강가 오솔길/ 영란, 저자거리로 눈먼 순희를 데리고 꽃을 팔러

간다.

34) 저자거리/ 순희, 영란 꽃을 팔려하나 사는 사람이 없다.

35) 강가 오솔길/ 꽃분이, 나물을 팔기 위해 저자거리로 나온다.

36) 저자거리/ 순희, 꽃을 팔기 위해 노래 부른다. 거리악사, 순희를 애처롭게 여기며 함께 꽃을 판다.

37) 저자거리 생선가게 앞/ 꽃분이, 나물 바구니를 생선장사 아주머니에게 넘기고 약간의 돈을 받는다.

38) 저자거리 한복판/ 순희, 거리악사와 함께 꽃을 팔기 위해 노래한다. 구경꾼들, 동전을 던져준다. 꽃분이, 동전을 주우려 더듬거리는 순희를 끌고 나온다.

39) 저자거리 뒷골목/ 꽃분이, 순희를 나무란다. 자매, 부둥켜안고 운다.

40) 저자거리 약방 앞/ 자매, 약값을 겨우 마련해 약방으로 향한다.

41) 저자거리 약방 안/ 약방주인, 꽃분이의 정성에 감동하여 한약을 지어준다.

42) 들/ 자매, 기뻐하며 집으로 돌아온다.

43) 배지주의 집/ 백만, 어머니에게 빚을 갚지 않으면 꽃분이를 술집에 넘겨버리겠다고 협박한다. 어머니, 쓰러진다. 간난네, 이를 본다.

44) 연속편집화면/ 천둥치는 하늘, 비바람에 떠는 나무, 아름답게 핀 꽃무더기 화면.

45) 들/ 동네사람이 업고 오던 중 어머니, 죽는다.

46) 연속편집화면/ 자매의 희망찬 모습과 죽은 어머니의 화면 연속 편집.

47) 들/ 순희, 죽은 어머니에게 기어가다 약봉지를 놓친다. 약봉지를 더듬어 찾는 눈먼 순희.

(꽃분이, 오빠 철용을 면회하기 위해 길을 고향을 떠난다.)
48) 연속편집화면 / 계절의 흐름을 암시하는 화면을 연속 편집

49) 꽃분이 집 안방/ 꽃분이, 오빠를 면회하기 위해 간난네집에 순희를 맡기고 떠난다.

50) 언덕/ 꽃분이, 길을 떠난다.

51) 연속편집화면/ 꽃분이, 지나가는 강가, 들, 산 화면(짚신의 숫자
를 줄어들게 하여 시간의 경과 표시)

52) 철도공사장/ 죄수들, 힘들게 노동하고 이를 감시하는 일본군인.

53) 감옥소 근처거리/ 어린 소녀, 눈먼 할머니를 손을 잡고 걷는다.
죄수들, 쇠사슬에 묶인 채 걷는다.

54) 감옥소 밖/ 꽃분이, 지정된 면회 날까지 기다려야 한다는 사실
을 확인한다.

55) 여인숙 방안/ 면회를 기다리며 사람들은 기대에 부풀어 있다.

56) 면회대기실 밖/ 간수, 철용이 옥사했다고 말한다.

57) 연속편집화면/ 심하게 파도치는 바다 화면.

58) 감옥소 밖/ 꽃분이, 절망한다.

59) 연속편집화면/ 파도치는 바다 화면, 순희 눈이 멀게 된 화면
연속 편집

60) 여인숙 방안/ 절망하던 꽃분이, 숙박비마저 없어 뛰쳐나간다.

61) 들/ 꽃분이, 쓰러진다.

(배지주는 백만을 시켜 순희를 산 속에 버린다. 황서방이 이를 목격한다.)

62) 언덕/ 순희, 눈바람 속에서도 언니를 기다린다.

63) 간난네 집 안방/ 간난네 식구들, 떠난 지 석 달이나 지난 꽃분
이를 걱정한다.

64) 동네/ 동네사람들, 장씨가 정신병이 들었다며 수런거린다.

65) 배지주의 집 안방/ 장씨, 병들어 누워 있다. 무당, 동남간에서
오는 살을 풀어야 한다고 말한다.

66) 배지주의 집 곳곳/ 부적을 붙인다.

67) 언덕/ 순희, 언니를 기다리며 서럽게 운다.

68) 배지주의 집 안방/ 장씨, 순희의 울음을 환청으로 듣는다. (사
이) 지주 부부의 악랄한 행동들 인서트.

69) 배지주의 집/ 배지주, 동남간에 있는 꽃분이네 집과 순희의 울
음 때문에 부인이 병들었다고 생각한다.

70) 언덕/ 순희, 울음소리 높아간다.

71) 배지주의 집/ 배지주, 백만에게 순희를 없애버리라고 지시한다.

72) 언덕/ 백만, 순희 속여 깊은 산 속으로 데리고 간다. 황서방,
이를 목격한다.

73) 깊은 산 속/ 백만, 순희를 버린다.

**(고향에 돌아 온 꽃분이는 순희가 없어진 사실을 알고 배지주에게 복수하다
창고에 갇힌다.)**

74) 언덕/ 꽃분이, 고향으로 돌아온다.

75) 동리어구/ 꽃분이, 까치를 본다.

76) 간난네 집/ 동네사람들, 꽃분이를 반긴다.

77) 간난네 집 안방/ 꽃분이, 순희가 사라졌다는 사실을 듣는다.

78) 간난네 집 밖/ 꽃분이, 절망하며 운다.

79) 연속편집화면/ 거친 들판과 우울한 하늘 화면.

80) 언덕/ 황서방, 꽃분이에게 백만이 순희를 데려갔다는 사실을
말한다.

81) 과거사건서술/ 약탕기가 엎어지고 순희의 고통에 일으러진 모
습이 인서트 편집.

82) 배지주의 집/ 꽃분이, 약탕기와 화로를 지주 부부에게 엎는다.
백만, 꽃분이를 몽둥이로 쓰러뜨린다.

83) 배지주의 집 창고/ 백만, 꽃분이를 가둔다.

**(3년 전 감옥에서 탈출한 철용은 혁명군이 되어 고향으로 돌아와 동네사람
들과 함께 악덕지주를 처벌한다.)**

84) 들/ 철용, 동지와 함께 고향으로 돌아온다.

85) 산전막 안/ 철용, 박노인이 산 속에서 발견한 소녀의 이야기를
듣는다.

86) 과거사건서술/ 박노인, 소녀를 발견한다.

87) 산전막 안/ 철용, 소녀가 순희라는 것을 알고 안는다.

88) 연속편집화면/ 과거 꽃분이네 가족의 화면, 현재 창고에 갇힌
꽃분이 연속 편집.

89) 간난네 집 방안/ 동네사람, 철용과 함께 배지주를 처벌하자고
나선다.

90) 동리/ 동네 사람들, 배지주 집으로 뛰어 간다.

91) 배지주의 집 안방/ 동네사람들, 일본순사와 지주 부부, 백만에
게 뭇매를 가한다.

92) 배지주의 집 창고/ 철용, 갇혀 있던 꽃분이를 안는다.

93) 배지주의 집 마당/ 세 남매, 재회한다.

94) 들/ 세 남매, 꽃이 만발한 길을 함께 걸어간다.

95) 연속편집화면/ 철용, 동네사람들을 혁명교육하는 화면, 저자거
리에서 꽃분이의 꽃을 파는 화면

96) 연속편집화면/ 기쁨에 찬 꽃분이의 모습과 붉은 꽃으로 가득
찬 화면

이처럼 영화 〈꽃 파는 처녀〉는 1920년대 말에서 30년대 초까지의 시대적 현실을 배경으로 하여 인민대중이 계급적 각성으로 혁명에 성공한다는 내용을 기본으로 하고 있다. 〈꽃파는 처녀〉는 대략 100여 개 이내의 씬으로 사건을 구성한다. 이상의 지각 요소를 바탕으로 몇 가지 서술방식을 분석하면 다음과 같다.

첫째, 사건은 교차하며 서술된다.

영화는 스토리의 전개를 위해 문자, 말, 몸짓의 기호, 영상, 음향 등과 같은 요소들을 조합하고 배열한다. 이 영화의 서술의 순서[9]는 현재(씬 1~10) → 과거(씬 11~16) → 현재(씬 17~96) 흐름을 보인다. 몇 개의 회상 씬(81, 86)은 과거의 사건을 서술[10]하기도 한다.

---

9) 서술에는 두 가지 시간성이 있다. 하나는 서술된 사건의 시간성이고, 또 하나는 서술하는 행위 자체에 관계하는 시간성이다. 서술의 시간성과 스토리의 시간성이라는 두 축이 겹쳐지기 힘들다. 따라서 순서, 지속, 빈도의 세 차원이 존재할 수 있다. (앞의 책. pp.162~194 참조)

10) 김정일은 "연출대본에서 회상처리를 잘하여야 하겠습니다. 예술영화 〈꽃파는 처녀〉는 양상적특성으로 보아 심리영화라고 말할수 있습니다"(『문학예술사전』 (하), 과학백과사전종합출판사, p.561 재인용.)라고 지적하며, 이 회상장면은 내용을 설명하기 위해서가 아니라 주인공 꽃분이의 심리세계를 표출하기 위해

4) 언덕/ 순희, 꽃분이를 기다린다.

5) 들/ 꽃분이, 집으로 돌아온다.

6) 배지주의 집 대문 앞/ 배지주의 처(장씨), 교회에 다녀오며 인력
   거에서 내린다.

씬4, 5를 하나의 쇼트에 담지 않는 한, 씬4는 씬5보다 앞선 인물의 행위를 서술하는 것처럼 보인다. 그러나 씬5, 6에서 꽃분이가 집으로 돌아오는 시간과 장씨가 집에 돌아온 시간의 전후는 그 구별이 어렵다. 각 씬의 어느 인물도 이어진 앞뒤의 사건을 정확하게 인식하지 못한다. 이는 인물들이 동일한 공간에 존재하지 않다는 점을 의미한다. 대신 관객은 다른 공간에 위치한 인물들의 행위를 서술의 순서에 따라 인지하게 될 뿐이다. 이런 의미에서 보자면 이 영화의 사건은 순차적인 흐름만을 따라 단선적으로만 진행되지 않고, 시·공간을 달리해 교차되며 서술된다.

둘째, 대조적인 극적 공간의 운용이 특징적이다.

영화 서술의 기본 단위인 영상은 본질적으로 공간적인 기표[11]이다. 이런 영상의 극적 공간은 반복되는 빈도가 높다. 이 영화에서 주요하게 그려진 극적 공간은 꽃분이의 집과 배지주의 집이다. 그 외 저자거리, 마을언덕, 감옥, 산전막, 들 등에서 사건이 진행된다.[12]

독특하게 처리되어야 하며 복종되어야 한다는 점을 강조하고 있다.
또한 백병팔은 "작가는 필요에 따라 이야기가 전개되는 일부 대목들에 단편적인 회상적인 회상장면들을 삽입할 수 있다. 이러한 경우에 작가는 그 회상장면들이 극과 인물의 성격을 해명하는 필수적인 계기"(『영화극작술』, 문학예술종합출판사, 1999. p.316)가 되어야 한다고 밝히고 있다.

11) 앙드레 고드로·프랑수아 고스트, 앞의 책, p.125.

12) 혁명가극 〈꽃 파는 처녀〉의 극적 공간을 씬의 개념으로 보면 총 24개의 씬에 이른다. 이를 공연 무대로 설정하면 꽃분이의 집, 배지주의 집, 고갯길, 저자

쓰러질 듯한 초가집에 초라한 생활도구를 배치한 꽃분이네 집은 가족의 빈궁함 삶을 사실적으로 표출한다. 이런 꽃분이네 집은 궁핍과 절망 그리고 이별을 상징하는 극적 공간으로 활용된다. 반면, 배지주네 집은 모진 일제의 강압을 무기로 하여 노동력을 착취하여 부가 쌓여간다. 그러다 결말에서 이 공간들은 혁명성에 의해 변모하게 된다. 꽃분이네 집은 혁명의 승전지로서 그리고 배지주네 집은 자본과 계급의 패배지로 대비되고 있다.

또한 '마을언덕'이라는 극적 공간에서는 떠남과 기다림이라는 극적 상황이 전개된다. 이 공간의 중심인물은 눈먼 순희이고, 그 중심 상황은 기다림이다. 아무 것도 볼 수 없는 순희라는 인물을 언덕에 위치시켜 기다리게 함으로써 절망적인 상황을 더욱 확대시킬 뿐만 아니라 희망을 암시하는 기능을 한다.

셋째, 인물의 성격 조형도 대조적으로 설정했다.

이 작품은 배지주 일가·일본인과 꽃분이의 가족을 중심 인물로 설정하고 철저하게 선과 악 그리고 무산계급과 유산계급 등과 같이 대조적으로 다루어 결국 무산계급의 혁명 완수를 선으로 종결짓고 있다.

넷째, '3인칭 서술자'에 의한 '외부시점', '전달자-인물방식'의 서술 상황[13]이 주를 이룬다. 영화에서의 서술자는 흔히 '카메라'라고 지칭하며 이 때의 카메라는 기계 자체뿐만 아니라 서술작업에 참여하는 모든 사람들을 포괄하는 개념[14]이라 할 수 있다.

거리, 감옥, 산전막, 꽃 숲 등으로 대별된다.

13) F. K. 슈탄젤, 김정신 역, 『소설의 이론』, 탑출판사, 1990. pp.80~124 참조.
　F. K. 슈탄젤은 서술상황의 항목을 인칭(person, 1인칭/3인칭)과 시점(perspective, 내부시점/외부시점) 그리고 방식(mood, 전달자-인물방식/반영자-인물방식)으로 구분제시하고 있다. 이러한 항목의 결합에 의거 서사물의 성격을 규정할 수 있다.
14) R. 알렌, 김훈순 역, 『텔레비젼과 현대비평』, 나남, 1994. p.88.

이런 의미에서 영화 〈꽃파는 처녀〉의 서술자를 추적하면, 카메라의 대부분은 간격을 두고 사건이나 등장인물의 행위를 목격하고 서술한다. 사건이 교차되고 있음으로 해서 카메라는 인물이 아는 것보다 더 많이 말한다. 이를 G. 쥬네트가 밝힌 서술 관점의 분류로 지칭하면 전지적 서술자가 되며 따라서 서술은 초점화[15] 되지 않는다.

또한 카메라는 인물의 대화, 행위, 사건의 전개 분위기 등을 서술하되 간접적인 전달자로서의 역할이 주가 되고 있어 '전달자-인물방식'을 택하고 '외부시점'에 놓여 있다. 이런 시각화된 구체적인 대상들을 전달하는 영상서술은 수신자로 하여금 허구적 이야기 세계를 현실적인 사실감으로 지각하게끔 유도한다.

다섯째, '반영자-인물방식'도 서술되어 있다.

영화 〈꽃파는 처녀〉에는 '반영자-인물방식' 또한 혼재[16]되어 있다. 이런 경향은 쇼트가 연속적으로 편집된 씬(44, 46, 51, 57, 59, 79, 88, 95, 96)에서 확인할 수 있다.

> 56) 면회대기실 밖/ 간수, 철용이 옥사했다고 말한다.
> 57) 연속편집화면/ 사납게 파도치는 바다 화면.
> 58) 감옥소 밖/ 꽃분이, 절망한다.
> 59) 연속편집화면/ 파도치는 바다 화면, 순희 눈이 멀게 된 화면 연속 편집
> 60) 여인숙 방안/ 절망하던 꽃분이, 숙박비마저 없어 뛰쳐나간다.

---

15) 프랑시스 바누아, 앞의 책, p.179.
16) 앙드레 고드로・프랑수아 조스트는 서술 내내 일관적인 시점 유형을 적용하는 영화는 거의 없다고 말하고 영화가 전달하고자 하는 감정이나 감동에 따라 영화서술이 전개되는 동안 초점화가 변화되는 쪽이 더 일반적이라고 밝혔다.(앞의 책, p.239.)

씬56은 간수가 오빠 철용이 옥사했다고 전하는 장면이다. 카메라가 객관적인 시점에서만 위치한다면 씬58과 씬60의 연결로도 충분하다. 그러나 씬57과 씬59의 연속적인 쇼트들은 꽃분이라는 인물의 내면의식을 내 보이는 영상서술이다. 하지만 씬57과 씬59의 연속적인 쇼트의 연결은 제작 의도는 분명하나 영상미학적으로 보아서는 저급한 수준임을 보게 한다.

여섯째, 상황 전달에 용이한 영상의 운용이 많다.

이 영화에서는 전경을 보여주는 롱 쇼트(long shot)나 상황설명을 위한 풀 쇼트(full shot)가 빈번하게 사용된다. 따라서 쇼트의 지속시간이 길다.[17]그러나 재현된 공간의 수는 마치 무대의 공간처럼 제한적이다. 예컨대 꽃분이 집, 배지주집, 언덕, 저자거리, 들, 감옥소, 간난네 집, 오두막집 등과 같은 최소한의 공간만을 사실적으로 영상화하고 있다. 이러한 영상은 사건의 전개 과정을 효과적으로 전달하는 영상 작품에서 흔히 볼 수 있다.

이상에서 영화 〈꽃파는 처녀〉의 사건의 전개와 극적 공간의 활용, 인물의 행위, 영상구성, 서술방식 등을 살펴보았다. 이를 종합하면 영화 〈꽃파는 처녀〉는 전지적 서술자가 다른 극적 공간에 인물을 위치시키면서 혁명을 완수해 나가는 사건을 교차 서술한 영상텍스트라 할 수 있다. 이 과정에서 전지적 서술자는 객관적인 사실을 주로 서술하지만 어느 지점에서는 인물의 내면을 반영하는 태도를 취하기도 함을 볼 수

---

17) 특별한 작품을 제외하면 현대 영화의 씬의 수와 상연시간은 각각 100여개 이상, 90분 이내로 계산하는 게 일반적이다. 다시 말해 하나의 씬은 1분 이내의 상연시간을 갖는 것으로 이해된다. 반면에 영화 〈꽃파는 처녀〉는 100개의 씬이 126분에 걸쳐 상연된다. 이런 점으로 미루어 영화 〈꽃파는 처녀〉의 현대 영화에 길들어진 우리의 체험과 비교해 보아서는 상대적으로 그 서술 시간이 느리다고 할 수 있다.

있다.

김정일은 영화가 광폭영화로 바뀌어서 더욱 "상대적으로 넓어진 화면 공간에 생활을 폭넓게 반영하면서 대상을 보다 조형적으로, 립체적으로 보여주어 현실에서 사람들이 보는 것과 같은 형식"[18]으로 제작할 것을 주장했다. 그러나 이 영화의 100여 개의 씬 속의 쇼트들은 수준 높은 영상미를 창출하기보다는[19], 상황을 전달하는 데 보다 비중을 두고 있다. 따라서 꽃분이 일가의 궁핍한 삶의 노출을 통해 결말부분의 극적인 혁명 투쟁의 승리라는 상황을 끌어내는데 영상이 운용되고 있다고 분석된다.

3. 영화음악의 형태와 기능

북한 영화에는 음악적 요소가 빈번하게 삽입 활용되어 있다. 북한은 '음악과 노래가 없는 영화는 영화가 아니라 대화극과 다름없다'[20]고

---

18) 『문학예술사전』(하), 과학백과사전종합출판사, 1993. p.574.

19) 극적 시간을 압축 표현하는 기법에 있어서는 매우 상투적이다. 시간을 효과적으로 압축하기 위해서는 앞선 씬에서 대사나 소도구 혹은 움직임 등으로 충분하게 암시를 해두어야 한다. 그러나 씬 47과 씬 48 사이에서처럼 경과된 1년을 단순히 4계절의 풍경화면으로만 연속 편집한다거나 씬 51에서처럼 꽃분이가 오빠를 찾아 떠나 경과한 시간을 짚신의 개수를 줄이는 표지로써 해결하고 만다. 이러한 상투적인 영상기법으로 인해 씬의 연결이 자연스럽지 않고 오히려 단절감을 느끼게 함으로써 영상의 미학을 떨어뜨리고 있다. 북한영화예술의 문맹아인 우리가 북한의 영화를 영상미학이 결여된 것으로 판단하는 기저에는 이러한 영상의 흐름들이 도처에 깔려 있기 때문이다.

20) 『문학예술사전』(하), p.569. 재인용.
   "영화에 음악과 노래를 많이 넣어야 하겠습니다. 음악과 노래가 없는 영화는 영화가 아닙니다. 노래가 없는 영화는 적적한감을 주며 대화극과 다름이 없습니다(≪김일성저작집≫18권, p.468)"

말하고 있어 주목된다. 영화 〈꽃파는 처녀〉에도 다양한 노래가 삽입되어 있다.[21] 이러한 영화음악은 '절가'에 기초하고, '방창형식'을 광범위하게 이용한다.[22] 또한 주체적 관현악[23]으로 편성된 배경음악의 활용도 주목된다.

영화 〈꽃파는 처녀〉의 극적 사건 진행과정과 함께 가사를 병행하여 그 특징을 살펴보자.

씬1) 들/ 꽃분이, 바구니 들고 걸어간다.
(1인여성방창) 꽃 사시오 꽃 사시오 어여쁜 빨간 꽃 / 향기롭고 빛갈 고운 아름다운 빨간 꽃

씬2) 저자거리 전경/ 꽃분이, 꽃을 팔러 다닌다.

---

21) 북한에서는 고전음악과 대중가용의 구분이 없어 대중가요나 영화주제가도 가곡과 차이가 없으며, 가요나 영화주제가의 가사 창작과 문학창작의 한 장르로 인정되고 있다. (≪방문자를 위한 북한편람≫, 민족통일중앙협의회, 1990. p.65) 영화 〈꽃파는 처녀〉의 음악은 김일성상계관인 공훈예술가 성동춘이 편곡했고, 공훈배우인 류영옥, 최금자, 최삼숙 등이 노래했으며 그 연주단은 김일성훈장을 수여받은 평양피바다가극단이 맡았다. 분석 결과 동일한 제목의 혁명가극 〈꽃파는 처녀〉에는 무려 80여 곡이 총 169회에 걸쳐 연주되었다.

22) 『문학예술사전』(하), p.570.
"우리의 영화음악은 절가에 기초하고 있으며 민족적특성과 현대성, 통속성을 철저히 구현하고 있다. 또한 영화음악의 중추를 이루는 주제가를 다양한 형식으로 반복관통시켜나가고 방창형식을 광범히 리용함으로써 영화의 사상예술적 내용을 비상히 풍부화하고 있다."

23) 노동은, 「북한음악 50년 회고와 전망」, ≪북한문화연구≫ 제3집, 한국문화정책개발원, 1995. p.98.
노동은은 "1966년부터 민족음악이 주체가 되어야 함을 정식화하는 북한은 1970년부터 1980년까지 '피바다식 민족음악 구현시대'로서 〈피바다〉(1971). 〈당의 참된 딸〉(1971). 〈꽃파는 처녀〉(1972) …(중략)… 등의 가극이나 그 밖의 창작품, 또 민족악기와 양악기가 배합하거나 민족발성(민성)과 양악발성(양성)이 배합되는 '주체적 관현악편성이나 합창'이라는 '배합관현악' 또는 '배합합창' 등의 편성법이 확립되어 창작의 전환기를 맞이하였다"고 밝힌 바 있다.

(1인여성방창) 앓는 엄마 약을 사러 정성드려 가꾼 꽃 / 꽃 사시오 꽃 사시오 이꽃 이꽃 빨간꽃 / 산기슭에 곱게 피는 아름다운 진달래 / 산기슭에 피어나는 연분홍빛 살구꽃 / 꽃 사시오 꽃 사시오 이 꽃을 사시오 / 설움많은 가슴에도 새봄빛이 안겨요[24]

씬4) 언덕/ 순희, 꽃분이를 기다린다.
  (1인여성방창) 서산에 해는 지고 바람 부는데 / 언덕 위에 눈먼 동생 홀로 서 있네 / 어머니 약을 사러 꽃을 팔러간 / 언니를 기다리며 홀로 서 있네

씬10) 꽃분이 집 방안/ 어머니, 앓아 누워 있다. 꽃분이, 오빠 철용이 돌아올 거라는 점괘를 이야기한다.
  (1인여성방창) 해마다 봄이 오면 산과 들에는 / 아름다운 꽃들이 피여나건만 / 나라 잃고 봄도 없는 우리들에겐 / 언제가면 가슴 속에 꽃이 피려나[25] / 오빠가 잡혀가던 언덕 길 우에 / 해마다 봄이오고 꽃이 피구나 / 기다리고 기다리는 우리 오빠는 / 어이하여 아직도 안오시는가

씬22) 저자거리 유곽 앞/ 꽃분이, 밤늦도록 꽃을 판다.
  (1인여성방창) 꽃 사시오 꽃 사시오 어여쁜 빨간꽃 / 방울방울 붉그러진 이 꽃 이 꽃 빨간꽃 / 나라 없고 돈이 없고 살길마저 없는데 / 꽃이피는 호시절에 피눈물로 피는꽃

씬42) 들/자매, 기뻐하며 집으로 돌아온다
  (1인여성방창) 천산인가 만산인가 진달래꽃 송이송이 / 어머니

---

24) 노래 〈꽃파는 처녀〉의 1절과 2절로써 애절하게 연주함.(≪혁명가곡선집≫, 조선·평양 문예출판사, 1973. p.63)
25) 노래 〈해마다 봄이 오면〉의 1절로써 서정 담아 애절하게 연주함.(위의 책, p.59)

께 바친 정성 꽃과 같이 피어났네 / 아— 아— 송이송이 꽃과 같이 피어났네 / 진달래꽃 송이송이 꽃잎마다 스민 정성 / 꽃보다도 아름답게 가슴속에 피어났네 / 아— 아— 송이송이 가슴속에 피어났네

씬47) 들/ 순희, 죽은 이미니에게 기어가다 약봉지를 놓친다. 약봉지를 더듬어 찾는 순희.
　(남여혼성방창) 강물은 끝없이 흘러가건만 / 설움은 가슴속에 고여만 가네 / 하늘땅 넓어도 갈곳이 없고 / 불쌍한 어린 것은 안길 품 없네

씬49) 꽃분이 집 안방/ 꽃분이, 오빠를 면회하기 위해 간난네집에 순희를 맡기고 떠난다.
　(1인여성방창) 하늘엔 별들도 잠들었는데 / 귀여운 동생아 고이 자거라 / 너를 두고 머나먼 길 떠나는 이 밤 / 가슴속엔 피눈물이 흘러내린다
　(여성중방창) 궂은비 내리여도 눈보라쳐도 / 뜨거운 내사랑이 너를 지키네 / 먼곳에서 바람소리 들리여 오면 / 이 언니 너 찾는 줄 알아 주렴아[26]

씬56) 면회대기실 밖/ 간수, 철용이 옥사했다고 말한다.
　(여성중방창) 괴로운 이 세상 외로이 서니 / 찾아와도 찾아가도 눈물뿐이네 / 오늘도 짓밟힌 가련한 신세 / 캄캄함 하늘아래 갈길 모르네 / 험난한 이 세상 살아갈 길을 / 울어봐도 물어봐도 알길 없구나 / 언제가야 이 원한 풀리려는가 / 이설움은 어데 가면 끝나려는가

씬62) 언덕/ 순희, 눈바람 속에서도 언니를 기다린다.

---

26) 노래 〈뜨거운 내사랑이 너를 지키리〉의 1절과 3절로써 좀 느리고 절절하게 연주함.(위의 책, p.70)

(1인여성방창) 찬바람 불어오는 언덕길 우에 / 외로이 서있는 모습이 애처롭구나 / 오빠를 찾아서 멀리 떠나간 / 언니를 기다리며 울고 서 있네

씬87) 산전막 안/ 철용, 소녀가 순희라는 것을 알고 안는다.
(1인여성방창) 찬서리에 꽃송이 떨어지듯이 / 애처롭게 땅우에 던져진 형제 / 저 하늘에 달빛아 무심하구나 / 불쌍하다 가련하다 구원한길 없는가
(여성중방창)…(확인불가―편집자 주)…

씬94) 들/ 세 남매, 꽃이 만발한 길을 함께 걸어간다.
(1인여성방창) 눈서리와 찬바람이 강하다해도 / 봄과 함께 피는 꽃을 어이 막으랴 / 은혜로운 태양이 비추우리니 / 혁명의 붉은 꽃이 만발해 가네
(여성중방창) 마을에도 거리에도 마음속에도 / 아름다운 꽃들이 피어나간다
(1인여성방창) 삼천리 금수강산 내 조국 땅에 / 활짝필 꽃 씨앗을 뿌려 간다네
(여성중방창) 삼천리 금수강산 내 조국 땅에 / 활짝필 꽃 씨앗을 뿌려 간다네27)

이상의 방창의 형식과 기능 그리고 서술적 특징을 살펴보면 다음과 같다.

첫째, 영화 〈꽃파는 처녀〉는 12회의 씬에 걸쳐 방창을 구성하고 있다.

---

27) 무용곡 〈혁명의 꽃씨앗을 뿌려간다네〉의 가사임.(《혁명가극무용총보》(1), 문예출판사, 1988. pp.200~215) 영화에서는 혁명가극 무용곡의 전체 가사 중 "아 은혜로운 태양이 빛을 뿌리니 혁명의 붉은 꽃이 만발해가네"라는 부분만 연주되지 않고 있다.

이를 세분하면 1인여성방창이 11회, 여성중방창이 5회, 남여혼성방창이 1회가 연주된다. 사실 방창의 종류에는 남녀 각각의 방창, 혼성방창, 이·삼중방창, 무가사방창 등으로 구분할 수 있다. 그러나 연주자의 인원수나 성별에서 주목되는 특징은 없어 보인다.

둘째, 방창은 '절가'를 무대나 화면 밖에서 연주한다.

여러 개의 절로 나누어진 정형시를 하나의 곡에 맞춰 부르는 노래를 절가라고 한다. 종래의 가극에서 보이던 성악형식을 인민대중들의 정서와 미학적 기호에 맞게 일반적이며 통속적인 형식으로 변환시켰다는 것[28]이다. 이러한 가사 형식을 무대나 화면 밖에서 부르는 형식이 방창이다. 화면상에 드러나지 않는 제3자에 의해서만 독립적으로 연주되는 것이다.

여러 개의 절로 나누어진 정형시를 하나의 곡에 맞춰 부르는 절가는 '혁명가요'에서 그 원형을 찾을 수 있는데 혁명가극의 주제를 담아내는 노래 형식이다. 예를 들면 〈피바다가(歌)〉가 그 원형으로 제시된다.

> 설한풍 스산한 원한의 피바다야
> 참혹한 주검이 묻노니 얼마냐
> 혁명에 피 흘린 자 그 얼마에 달하였나
>
> 죽은 자 가족의 비참한 그 모습과
> 기막힌 원통에 감슴이 터진다
> 사무친 이 원한을 천만추에 못잊으리

---

28) 북한은 "종래의 가극의 성악적 서술이 많은 경우 등장인물들의 성격과 성별, 년령, 인원수, 그의 성부에 크게 의존되고 있을뿐만 아니라 등장인물 외의 그 어떤 성악적 서술 형식도 허용될 수 었었다는 것"(『≪피바다≫ 식가극의 방창에 관한 연구』, 사화과학출판사, 1984. p.17.)을 방창을 도입함으로써 제3자적 위치에서 자유롭게 연주할 수 있었음을 강조하고 있다

> 락심을 말어라, 천세계 무산자야
> 혁명자 하나의 죽음의 피값에
> 16억7천만의 무산 정권 수립된다[29]

　북한에서는 이처럼 절가가 오랫동안 고질적인 병폐로 지적돼 온 낡은 음악형식을 극복하고, 가극이 대중화 통속화에 결정적으로 기여한 점을 대표적인 혁명가극 표현수단의 하나라고 일컫고 있다. 종래의 가극에서 보이던 성악형식을 인민대중들의 정서와 미학적 기호에 맞게 일반적이며 통속적인 형식으로 변환시켰다는 것이다. 북한은 특히 김정일은 〈꽃파는 처녀〉의 음악부문 창작가들에게 "선률창작은 내용과 형식이 풍부한 우리나라 민요에서 선률적 바탕"[30]을 두어야 한다고 지적하고 있다. 북한영화가 대체적으로 3·3조의 민요풍의 음률을 차용[31]하면서 사람들이 주제를 쉽게 파악하게 하고 있다.

　영화의 방창은 영상의 일정 부분을 담당하고 있다. 이러한 특징은 곧 메시지 전달이라는 측면에서는 용이한 방법이라 할 수 있다. 이러한 음악적 장치를 북한 영화만의 특징이라 할 수 없다. 다만 북한의 영화는 이러한 방창을 통해 다양한 기능을 하고 있어 주목된다.

　셋째, 방창은 극적 상황을 전개시키거나 인물의 행위를 전지적 시점에서 서술하는 기능, 등장인물의 내면의식을 서술하는 기능, 반복의 효과로 주제를 부각시키는 기능[32] 등이 주목된다.

---

29) 3절로 구성된 노래 〈피바다〉(《혁명가곡선집》, p.37.)는 각 절의 악곡이 동일하다. 따라서 동일한 악곡이 다른 노랫말로 세 번 연주되는 셈이 된다.
30) 『김정일 문예관 연구』, 문화체육부, 1996. p.351.
31) 정병호 외, 『북한의 공연예술 2』, 고려원, 1991. pp.212~219 참조.
32) 『《피바다》식 가극의 방창에 관한 연구』, 사회과학출판사, 1984. pp.58~166 참조
　　북한은 《피바다》식 가극방창의 중요한 형상적 기능을 다음과 같이 제시하고 있다. 방창은 등장인물들의 내면세계를 개방하고 부각시킨다, 극정황을 제

① 극적 상황을 전개시키거나 인물의 행위를 전지적 시점에서 서술하는 기능이다.

씬 4를 비롯해 42, 47, 62, 87 등에서 확인할 수 있다. 방창의 연주자는 '전달자-인물방식(teller-character mood)'의 방식(mood)으로 서술한다.

② 등장인물의 내면의식을 직접적으로 서술하는 기능이다.

씬 1, 2, 10, 22, 49, 57 등에서 서술되는 인물은 꽃분이와 순희 자매이다. 화면 밖에서 존재하는 방창 연주자와 인물이 동일시되어 인물의 내부를 주관적으로 반영하는 '반영자-인물방식(reflector-character mood)'으로 서술된다. 이런 방창을 통해 관객은 인물의 내면의식을 깊게 접하게 되는 것이다.

③ 반복의 효과로 주제를 부각시키는 기능도 주요하다.

방창의 전체적인 노래말 중에는 '꽃'이라는 어휘가 빈번하게 반복 사용되고 있다. 이 때 '꽃'의 의미는 어머니의 약 값과 빚 청산을 위한 것으로부터 시작하여 '나라 잃고 봄도 없는 우리들에겐/ 언제가면 가슴 속에 꽃이 피려나'에서처럼 희망의 의미로서 작용한다. 그러다 '피눈물로 피는 꽃'이나 '산새소리에 꽃송이 떨어지듯이/애처롭게 땅우에 던져진 형제'에서와 같이 절망과 의미로 변용되며 사건의 갈등을 암시하기도 한다. 사건의 결말 부분에서는 '눈서리와 찬바람이 강하다해도/봄과 함께 피는 꽃을 어이 막으랴/은혜로운 태양이 비추우리니/혁명의 붉은 꽃이 만발해 가네'라는 노랫말을 통해서 '꽃'은 다름 아닌 혁명의 꽃으로 귀결되고 있다.

이처럼 방창은 화면밖에 위치하면서도 인물의 내면을 토로하기도

시하며 설명하여 준다, 작품의 이야기를 전개시키며 극을 발전시킨다, 음악과 극을 조화롭게 결합시키며 연기의 진실성을 보장한다, 무대생활을 지속적으로 자연스럽게 보여준다, 관객들의 심리를 대변하면서 그들을 극의 세계에로 깊이 끌어들이는 등의 기능을 설명하고 있다.

하고 극적 전개를 묘사하기도 한다. 따라서 방창의 연주자는 극적 사건의 서술에 있어서나 인물과의 관계에 있어 전지적 서술자의 외부시점을 유지하면서 전달자 혹은 반영자의 역할을 하는 것으로 분석된다.

한편 북한 영화에서 배경 음악의 활용도 주목된다. 사실 어느 민족의 영화예술에 있어서도 배경 음악은 보편적으로 활용되는 기법이라 할 수 있다. 역시 영화 〈꽃파는 처녀〉에도 여러 유형의 배경 음악이 삽입되고 있는데, 소위 주체적 관현악으로 편성된 배경 음악이 그것이다.

이를 분석하면 다음과 같이 대별할 수 있다. 극적 사건에 따라 ⓐ우울하고 느린 배경 음악, ⓑ밝고 명랑한 배경 음악, ⓒ급박한 템포의 배경 음악, ⓓ행진곡풍의 배경 음악, ⓔ장엄한 배경 음악 등으로 구분할 수 있다.

ⓐ의 음악은 주로 주인공인 꽃분이 일가의 핍진한 삶의 정황과 희망이 좌절되는 지경에는 어김없이 배경음악으로써 표출된다. 〈꽃파는 처녀〉가 꽃분이를 중심으로 한 그 일가의 고통스런 삶을 사실적으로 다루고 있기 때문에, 가장 빈번하게 반복 활용되며 작품 전체의 테마음악이기도 하다.

ⓑ는 꽃분이 일가의 행복한 정감을 다룬 배경음악이다. 꽃분이와 순희가 어렵게 꽃을 팔아 어머니의 약을 지어 집으로 향하는 장면과 세 남매가 극적으로 재회하고 꽃이 만발한 들에서 기뻐하는 장면에서만 활용되는 음악이다.

ⓒ는 병든 어머니의 죽음과 오빠의 죽음을 확인하는 장면에서 천둥소리, 거친 바다의 화면과 함께 표출되는 음악이다.

ⓓ는 혁명군의 일원이 되어 돌아온 철용과 그에 고무된 동네사람들이 일제에 기대어 노동력을 착취하는 배지주를 처벌하러 가는 영화의 클라이맥스 장면에서 유일하게 쓰인 음악이다.

ⓔ는 감옥소에서 탈출하여 혁명군이 되어 고향에서 배지주를 처벌한 철용과 눈 쌓인 깊은 산 속에 버려졌다가 구사일생으로 살아난 눈먼 순희와 그리고 오빠의 죽음, 동생 순희의 부재를 통해 삶의 희망을 잃어버린 꽃분이의 재회 장면을 표현한 음악이다.

이처럼 〈꽃파는 처녀〉의 음악적 요소는 극적 사건과 긴밀하게 연관되어 있다. 또한 등장인물들의 심정을 표출할 뿐만 아니라 작품의 주제의식도 암시하는 기능을 한다. 그만큼 북한의 영화예술에 있어서 영화음악은 필수적인 기법이며 그 운용은 절가를 방창형식으로 연주하고 배경음악을 관현악으로 연주하는 기법이라 할 수 있다.

4. 혁명의 서술과 지속

북한은 항일무장 투쟁시기인 1930년대 초에 김일성이 직접 대본을 쓰고 공연한 작품33)을 불후의 고전적 명작이라 명명하고 60년대 말부터 가극을 비롯한 영화, 소설 등의 장르로 각색하여 제작 발표했다. 연극 〈꽃파는 처녀〉는 "김정일의 지도와 가르침에 따라 여러 차례 수정되는 과정을 거쳐 발전"34)되면서 1972년 예술영화35)와 혁명가극36)으로

---

33) 연극 〈꽃파는 처녀〉는 1930년 11월에 항일혁명 유격대원들의 해방구였던 오가자의 삼성학교에서 초연된 것으로 알려진다.(≪북한문화연구≫ 제1집, 1993. 한국문화예술진흥원, p.226) 그러나 『조선문학통사』(1959)는 이 작품을 '김일성 지휘하에 있던 항일빨치산 전투자 자신들의 손에 의해 쓰여진 집체작'이라고 밝혔다가 '주체사상 주창 이후에 출간된 『조선문학사』 등에서는 예의 『피바다』, 『반일전가』 등과 함께 김일성이 친히 창작했다'고 기록하는 등 창작자에 대한 북한의 주장은 일관성이 결여 (이명재 편, 『북한문학사전』, 국학자료원, 1996. p.215)되어 있다.

34) ≪북한문화연구≫ 제1집, 한국문화예술진흥원, 1993. p.227.

35) 영화 〈꽃파는 처녀〉는 1971년 3월을 전후로 발굴한 불후의 고전적 명작에 의

164

제작발표 된 후 1977년에는 장편소설[37]로도 발간되었다.

1970년대에 들어서면서 북한 영화예술은 대중을 사상적으로 교양하는 데 크게 활용됐다.[38] 이는 1960년대 후반부터 김정일이 중앙당 선전선동부 및 문화예술부의 간부로 활약하기 시작했을 뿐 아니라 1970년대에 들어서 주체사상을 중심으로 한 활동을 전개했기 때문이다.[39] 또한 그들의 말을 빌자면 "영화예술은 문화예술전반을 발전시키는데 중요한 자리를 차지하는 예술로서 혁명과 건설의 강력한 사상적무기"[40]로써 역할을 하고 있기 때문에 '영화 실효 투쟁'에 빈도 높게 활용된

해 영화로 각색되기 시작하여 1972년 4월 11일 명예칭호를 받은 것(최척호, 앞의 책, pp.250~265)으로 보아 1여 년의 제작기간이 소요된 것으로 분석된다.

36) 영화 〈꽃 파는 처녀〉는 1972년 7월 체코에서 열린 제18차 세계영화축전에서 '특별상'을 수상했다. 김정일의 영화 지도일지를 참조하면, 1972년 8월 7일에 김정일은 조선중앙통신사 책임 일군에게 이와 같은 수상 소식을 널리 보도하라고 지도한 것(최척호, 앞의 책, p.265)을 확인할 수 있다. 한편 혁명가극 〈꽃 파는 처녀〉는 1972년 12월 '피바다가극단'에 의해 초연된 이후 1988년 10월까지 700회가 공연된 것으로 알려지고 있다.

37) 이 작품은 북한의 문예출판사가 1977년 단행본으로 발간했다. 이후 우리 나라에서는 도서출판 '황토'(1993. 5)가 단행본으로 출판했고 이어 도서출판 '해돋이'(1989. 1)와 도서출판 '아침'(1989. 1)이 각각 상·하권으로 발간했다.

38) 북한은 『문학예술사전』(하)를 통해 영화는 당의 유일사상 체계를 확립하는 혁명적 예술이기에(p.578) 당보의 사설과 같음으로 매 시기 제기되는 당정책적 요구를 민감하게 화면에 옮겨야 하고(p.583), 그 역할을 하는 영화예술인들은 당 사상전선의 기수들(p.584)이라고 설명하고 있다.

39) 북한의 문학사와 동궤로 하여 영화사를 구분하다 보면 그 추구점의 일단을 살필 수 있다. '평화적 건설시기'(1945.8~1950.6)에는 항일 혁명성을 강조한 작품들이 주를 이루었고, 이후 '조국해방시기'(1950.6~1953.7)에는 反美 意識과 김일성에 대한 충성심 및 대중적 영웅주의를 다룬 작품이 제작되었다. 이후 '전후복구건설과 사회주의 기초 건설을 위한 투쟁시기'(1953.7~1960)에는 "영화는 호소성이 높아야 하며 현실보다 앞서나가야 한다"는 기본이 설정되었고, 여기에다가 '사회주의의 전면적 건설과 사회주의의 완전승리를 앞당기기 위한 투쟁시기'(1961년 이후)부터는 유일사상체제 확립을 주창하는 작품 제작이 두드러진다.

40) 『문학예술사전』(하), p.550.

것이다.

1960년 말부터 북한의 문예부문을 실질적으로 이끌어 오는 김정일[41]은 '김일성의 주체적 문예사상에 기초하여 문학예술 혁명의 중심고리'를 영화예술로 보고 이 영화예술을 발전시켜 '문학예술혁명의 돌파구를 열고 그 성과를 문학예술전반에 일반화'[42]하도록 지시하고 있다. 또한 김정일은 사회주의 현실을 반영한 작품을 창작하는 작가들에게 "자신을 혁명화해 나가는 새 인간들의 전형적인 모습을 형상한 작품" 이 필요하다고 말하며 "인간 개조를 기본으로 생활의 발전 과정을 깊이 인식하고 올바로 반영한, 사람들의 혁명화 과정을 깊이 있게 그린 작품"[43]을 창작해야 한다고 주장한 바 있다. 게다가 김정일은 "배우예술에서는 연기자의 자연적 조건보다 그의 사상의식이 더 중요하며 인물형상을 창조하는데서도 배우의 세계관이 결정적 역할을 한다는 것"[44]을 강조했다.

이는 결국 문학예술의 창작과 활동에서 북한은 민족적 형식에 혁명적인 내용이나 계급적인 내용을 담아내는 사회주의적 사실주의의 방법[45]에 충실하며, 당성·계급성·인민성을 제대로 구현해야 한다는

---

41) 김정일은 1960년대 후반경부터 당의 선전.선동 책임가로서 영화제작에 관여해 왔고, 1973년에는 『영화예술론』이라는 책을 발간하기도 했다. 특히 1970년대 중반 평양 연극영화대학은 1953년 11월 1일 문을 연 이후로 김정일이 예술인재 양성기지로 발전시킬 것을 지시 하달하면서부터 발전하기 시작했다. 또한 이미지 고양을 위해 각종 영화제를 창설했는데 1991.2.16부터 '조선영화축전'이 국제영화제로는 1987년 '평양영화제'를 창설 2~3년마다 개최하였다. (《김정일 문예관 연구》, 문화체육부, 1996. p.274.)

42) 『문학예술사전』(하), p.551.

43) 《김정일 문예관 연구》, p.285.

44) 『문학예술사전』(하), p.574.

45) 북한은 사회주의적 사실주의를 "혁명적인 내용, 계급적인 내용을 자기나라 인민이 좋아하고 그들의 구미와 정서에 맞는 민족적 형식으로 표현함으로써 사람들을 공산주의적 혁명정신으로 튼튼히 무장시키며, 자기나라 혁명을 위하

점[46]이다. 그리고 북한의 영화분야 종사자들은 '문학예술총연맹' 산하의 '영화인동맹'을 통해 이루어지고 있으며 이 조직은 다시 당의 감독·지시를 받고 있다.[47]

그런 연후에 이른바 불후의 고전적 작품을 영화화하는 사업의 일환으로써 제작한 대표적인 영화가 바로 〈꽃파는 처녀〉라는 사실을 염두에 두면, 인물의 개성보다는 혁명성이 강조되고 있음을 분석할 수 있다. 이 혁명성은 다시 말해 북한의 당성과 노동계급성 그리고 인민성을 지탱하는 근간일 뿐만 아니라 곧바로 유일사상과 연결되기 때문에, 결국 예술미보다는 혁명 자체가 선전되는 꼴이 된다. 이는 북한이 내세우는 주체의 문예이론이라 할 수 있다. 권영민은 이를 "예술 형식의 민족적 특수성을 내세우면서 동시에 그 내용에서 혁명적 이념이라는 사회주의적 사상의 보편성을 강조"[48]하는 것으로 파악하고 있다

북한 영화에 대한 앞의 언급들을 종합하여 보면 결국 영화 〈꽃파는 처녀〉는, 김일성이 창작했다는 연극의 종자를 김정일의 지도하에 발굴하여 각색하고 북한 최대의 영화제작소에서 제작하여 당보(黨報)로서 상연 선전되는 작품이라 할 수 있다. A. 고드로[49]에 따르면 영화에서 사건의 서술자는 '위임된 서술자' 혹은 '이차서술자'에 불과하다. 오히려 영화의 진정한 서술자는 영화제시자(촬영)와 영화서술자(편집)를 조정하고 규정하는 '거대서술자'라고 말한다. 따라서 2장과 3장에서 분석한 이 영화의 사건의 서술자 혹은 방창의 연주자 등은 거대서술자의 조정

여 적극 투쟁하는 렬렬한 혁명가로 참된 공산주의자로 교양하는데 이바지할 수 있다"(≪북한 이해≫, 통일교육원, 1997. p.247 재인용)고 주장하고 있다.
46) ≪북한개요≫, 국토통일원, 1983. p.199.
47) 최진봉, 「북한의 문화매체를 통한 선전활동 고찰」(하), ≪북한≫ 제308집, 북한연구소, 1997. 8, p.188.
48) 권영민, 「북한의 문학 50년」, ≪북한문화연구≫ 제3집, 1997. p.15.
49) 앙드레 고드로·프랑수아 조스트, 앞의 책, pp.78~87 참조.

과 규정을 받은 위임된 하위서술자일 뿐이다. 이런 의미에서 보면 영화 〈꽃파는 처녀〉는 특정한 작가나 제작자의 미학이 반영된 작품[50]이라기보다는 결국 김일성의 교시와 김정일의 폭넓은 지도로 제작된 혁명성을 강조한 영상물이라고 할 수 있다. 그러므로 영화 〈꽃파는 처녀〉는 '거대서술자'를 노동당이자 김일성 부자라는 등식으로까지 확대가 가능하다.

최척호는 북한 영화의 변화를 조심스럽게 진단하고 있다. 김정일 후계체제가 공식적으로 선포된 1997년 10월 기점으로 변화의 조짐을 보인다는 것이다. 가장 커다란 변화의 조짐은 예술영화와 기록영화의 기능을 뚜렷하게 구분하고자 한다는 점이다. 말하자면 선전선동의 기능은 기록영화 쪽에 맡기고 극영화는 재미있고 흥미 있는 요소를 더 많이 넣자는 움직임이다.[51] 북한의 극영화가 재미있고 흥미 있는 요소를 많이 다룬다는 것은 바람직한 일이다. 다만 영화를 통한 선전선동의 기능이 기록영화 쪽에서 지속적으로 다루게 된다는 의미는 북한 극영화의 기저 혹은 표면에서 영상미학을 훼손하면서까지 당의 입을 대신하는 영화서술은 여전히 존재할 것으로 판단하게 한다.

5. 맺음말

이 글에서는 영화 〈꽃파는 처녀〉가 표출하는 사건의 전개 양상, 인물의 행위와 관계, 극적 공간 활용, 영상구성과 함께 서술자의 서술방

---

50) 북한은 1960년대 중반부터 여러 작가들의 기량을 모아 집체창작하는 방식을 택하였다.
51) 최척호, 앞의 책, p.109.

식을 분석했다.

이 영화는 가혹한 일제강점기의 현실 속에서 지주계급과 일제에 핍박받던 인민들이 조국해방을 위한 혁명에 나선다는 스토리를 서술했다. 결말의 혁명을 위해 이 영화의 인물과 공간은 대비적으로 조형되었다.

꽃분이 집은 궁핍과 절망 그리고 이별을 상징하는 극적 공간으로 활용되었다. 이에 반해 배지주 집은 부와 일제의 강압을 무기로 노골적인 노동력 착취와 억압이 자행되는 공간으로 활용되었다. 결말에서 이 공간들은 혁명성에 의해 변모하게 되는데, 꽃분이 집은 혁명의 승전지로서 그리고 배지주 집은 자본과 계급의 패배지로 상징되어 대비되었다.

또한 이 영화는 배지주 일가·일제와 꽃분이 가족을 중심 인물로 설정하고 철저하게 선과 악 그리고 무산계급과 유산계급 등과 같이 대조적으로 다루어 결국 무산계급의 혁명을 완수를 선으로 종결지었다. 이러한 대비적인 극적 공간과 인물의 행위를 통해 혁명성은 취사선택되는 것이 아니라 필연적인 결과로써 웅변한 것이다.

한편 이 영화에는 총12회의 절가가 방창으로 구성 연주되었다. 방창은 화면밖에 위치하면서도 인물의 내면을 토로하기도 하고 극적 전개를 서술했다. 따라서 방창의 연주자는 극적 사건의 서술에 있어서나 인물과의 관계에 있어 전지적 서술자의 외부시점을 유지하면서 전달자 혹은 반영자의 역할을 하는 것으로 분석되었다. 이러한 특징은 곧 메시지 전달이라는 측면에서는 용이한 방법이라 할 수 있었다.

따라서 영화 〈꽃파는 처녀〉는 전지적 서술자가 다른 극적 공간에 인물을 위치시키면서 조국해방이라는 혁명을 완수해 나가는 사건을 교차 서술한 영상텍스트라 할 수 있다. 전지적 서술자는 객관적인 사실을 주로 서술하지만 어느 지점에서는 인물의 내면을 반영하는 태도를 취하기도 하였다. 그러나 영화 〈꽃파는 처녀〉는 특정한 작가나 제작자의 미학이 반영된 작품이 아니다. 오히려 김일성의 교시와 김정일의 폭넓은 지도로 혁명성을 표출하고 있는 영상물이라고 분석되었다. 영화 〈꽃파는 처녀〉는 '거대서술자'를 노동당이자 김일성 부자라는 등식으로까지 확대가 가능하다.

'꽃파는 처녀'라는 제목으로 제작된 작품은 연극, 영화, 혁명가극, 소설, 노래 등이 있다. 이렇게 장르를 전이하며 제작된 작품을 비교, 검토하면 변하지 않는 공통점은 무엇이고, 변화되는 무엇이며, 서술방식은 어떠한가를 분석해 낼 수 있을 것으로 판단한다. 이는 또 하나의 특징적인 북한예술의 제작 의도를 설명해 줄 수 있을 것으로 판단한다. 따라서 이를 차후 과제로 언급해 둔다.

참고문헌

박종원·류만, 조선문학개관 2, 인동, 1988.

성기조, 북한 비평문학 40년, 신원문화사, 1990.

이기봉, 북의 문학과 예술인, 思社研, 1986.

이명재 편, 북한문학사전, 국학자료원, 1996.

이상우 외, 북한 40년, 을유문화사, 1989.

정병호·이병옥·최동선, 북한의 공연예술2, 고려원, 1991.

최진봉, 북한의 문화매체를 통한 선전활동 고찰(하), ≪북한≫ 제308집, 북한
　　　　연구소, 1997.8.

최척호, 북한영화사, 집문당, 2000.

한국비평문학회, 북한 가극·연극 40년, 신원문화사, 1990.

앙드레 고드로·프랑수아 조스트, 송지역 역, 영화서술학, 동문선, 2001.

제라르 쥬네트, 권택영 역, 서사담론, 교보문고, 1982.

프랑시스 바누아, 송지연 역, 영화와 문학의 서술학, 동문선, 2003.

F. K. 슈탄젤, 김정신 역, 소설의 이론, 탑출판사, 1990.

R. 알렌, 김훈순 역, 텔레비젼과 현대비평, 나남, 1994.

김정일 문예관 연구, 문화체육부, 1996.

문학예술사전(상),(중),(하), 과학백과사전종합출판사, 1993.

북한문화연구 제1집, 한국문화예술진흥원, 1993.

북한문화연구 제2집, 한국문화정책개발원, 1994.

북한문화연구 제3집, 한국문화정책개발원, 1995.

북한의 이해, 통일교육원, 1997.
≪피바다≫식 가극의 방창에 관한 연구, 사회과학출판사, 1984.
혁명가극무용총보(1), 문예출판사, 1988.
혁명가극선곡집, 문예출판사, 1973.

ABSTRACT

A study on the movie ⟨A virgin selling flowers⟩ in North Korea

Kim, Sung-jin

This article concludes analysis of the stories, characters' action, use of dramatic space, structure of scenes and narrator's narration mood of this movie.

It tells that people persecuted by the landed class and Japanese run into the revolution for liberation of their country under the Japanese Colonial period.

It makes a comparison between characters and screen background that focus on intended purpose, revolution not optioned but regarded as necessary consequence.

It is composed with 12 'jeolga' and 'bangchang' in total.

Bangchang narrates the segments of scenes progressed and tells characters' inside intention standing beside the screen. Therefore, the bangchang player plays a leading role of teller-character mood or reflector-character mood in the position of omnibus narrater about developing scenes or the characters' situation. It is considered to be easy method to deliver the messages. So the movie ⟨A virgin selling flowers⟩ shows the process that the omnibus narrator identified with the movie actors finally accomplishments the revolution, liberation of their country. There is nothing but 'teller-character mood' and 'external perspective' dominant because the outward act of character make an indirect and suggestive reference to reflect the inside of them.

But it does not reflect the author or producer's aesthetic but a kind of revolution revealing Kim Il-seong' instruction, trained by his son, Kim Jung-il.

Consequently the grand-narrater in the movie ⟨A virgin selling flowers⟩ can be magnified to be equalled to Labor party or them.

주제어 : 혁명가극, 방창, ⟨꽃파는 처녀⟩
Key Words : Revolution-Opera, bangchang, ⟨A virgin selling flowers⟩

마당극 〈땅풀이〉와 호주 원주민극 〈브랜 누대〉의 탈식민성

송 재 일*

1. 머리말

이 논문은 한국의 마당극 〈땅풀이〉[1]와 호주의 원주민 극 〈브랜 누대 Bran Nue Dae〉[2]를 탈식민성의 관점에서 비교 연구하고자 하는데 목적이 있다. 마당극이나 호주 원주민 극은 서로의 교류나 연대관계가 없이 각각의 특수한 상황에서 생겨난 고유한 극이면서도 공통점과 유사점이 많다. 이는 기존의 지배 문화를 극복하고 새로운 민족문화를 건설하자는 기본 이념에서 전개된 제3세계 극이 가진 토대를 공유하기 때문일 것이다.

황석영의 〈땅풀이〉는 1980년에 공연된 마당극이다. 탈식민성의 관점에서 고찰한 박명진은 이 극을 "한반도의 변방인 제주도의 외세 침

* 공주대학교 사범대학 국어교육과 교수

1) 황석영, 『장산곶매』, 심설당, 1980.
2) Jimmy Chi and Kuckles, 『*Bran Nue Dae*』, Currency press, Australia, 1991.

탈 상황을 풍자적으로 비판"[3]하고, "외세의 침탈에 대한 강력한 대응
방식으로서 원주민들의 원초적인 생명력을 제시"하고 있다고 언급한
다[4]. 1970~80년대 한국의 상황은 군사 독재 정권 하에서 국민들이 질
식당해야 했고, 미국, 일본 등이 군부 독재를 옹호하면서 경제 침탈에
나서던 시기였다. 특히 이 시기는 산업화에 따라 급변하는 사회 변동과
함께 외래문화 등의 급습으로 민족적 주체성이 위협 당하는 신식민지
체제가 본격화되었다. 〈땅풀이〉는 이러한 시대 상황에 한국에서 새롭
게 등장한 마당극의 형식으로 적극적 현실 대응 태도를 보이고 있다.

최근 20여 년 동안 발전된 호주 원주민극은 제국주의의 헤게모니에
가장 강력하게 도전하는 호주의 무대로 자리하게 되었다.[5] 이들 중에
서 〈브랜 누 대〉는 호주 원주민의 첫 뮤지컬로서 원주민 연극사에 획
기적인 사건으로 받아들여졌다. 지미 치와 그의 밴드인 커클스(Kuckles)
에 의해 1989년에 창작된 〈브랜 누 대〉는 1990년에 퍼스 페스티벌(Perth
Festival)에 처음 공연되었으며, 시드니 마이어 어워드(Sidney Myer Award)
를 수상하기도 하였다. 길버트(Helen Gilbert)는 이 작품을 루이스 노우
라(Louis Nowra)의 〈Inside the Inside〉와 함께 호주의 대표적인 탈식민주
의 극으로 선정하고 있다[6]. 〈브랜 누 대〉는 식민지 정착자들에 의해 뿌
리뽑힌 원주민들이 정신적 육체적 고향을 찾는 것에 서사적 초점을 맞
추고 있다.

따라서 마당극인 〈땅풀이〉와 호주 원주민극인 〈브랜 누 대〉는 제3
세계의 특수성과 신식민주의에의 도전을 위한 실천적 연극이라 할 수

---

3) 박명진, 『한국희곡의 근대성과 탈식민성』, 연극과인간, 2001, p.222.
4) 위의 책, p.235.
5) Helen Gilbert(1998a), 『*Sightlines: Race, Gender, and Nation in Contemporary Australian Theatre*』, The University of Michigan Press, p.51.
6) Helen Gilbert, 『*Postcolonial Plays: an anthology*』, London Routledge, ed. 2001.

있다. 1970~80년대에 제3세계의 민중극 부활 운동이 활발하게 전개되었다. 1930년대부터 1950년대까지 제3세계의 민중극은 서구 강대국의 식민지였던 나라들을 중심으로 반 식민 독립투쟁의 주요 수단으로 이용되었다. 식민지 국가들이 독립하면서 1960년대 말까지 이 극들은 다국적 기업의 침투, 계층간의 갈등, 실업, 소작제 등의 사회 문제에 대한 응전의 수단으로 전개되었다. 그러나 1970~80년대에 이르러 제3세계의 민중극은 "외부에서 제공하는 문화를 지켜보고 '침묵의 문화'를 재생하는 수동적인 역할만 강요되었으나 이제부터는 자신의 절박한 관심사를 개진할 기회를 가지고" "자신을 표현할 수 있는 기본권을 스스로 쟁취하는" "문화적 해방과 독립의 연극"[7]으로 전환되었다. 이러한 의미에서 마당극인 〈땅풀이〉와 호주 원주민극인 〈브랜 누 대〉는 제3세계 민중극으로서 공통 기반을 가진다. 더욱이 이 두 작품은 토착민들이 현실적인 삶의 공간인 동시에 민족 정체성의 상징성을 가지는 땅을 외부 세력에 빼앗기고, 삶마저도 뿌리 뽑혔다는 문제를 공유한다.

　이 논문은 두 극을 통하여 1970~80년대에 제3세계로서 한국민과 호주의 원주민들이 자민족의 불평등 내지는 외세의 침탈에 대해 어떠한 현실 대응방식을 취하는지를 논의하고자 한다. 이를 위해 〈땅풀이〉와 〈브랜 누 대〉를 중심으로 비교문학적 방법을 원용하여 탈식민성[8]을 고찰하고자 한다. 길버트와 톰킨스는 탈식민주의 극의 특성을 (1) 직접적이든 간접적이든 제국주의를 체험한 것에 대한 반응이며, (2) 피식민자들의 공동체를 재생산하거나 지속된 것이고, (3)제국주의를 표현하는

---

7) 정지창, 『서사극 마당극 민족극』, 창작과비평사, 1989, p.24.
8) 탈식민주의 극은 여러 문화가 혼종 상태로 섞여있지만 제국주의의 지배적 담론을 해체하려는 목적을 가지고 있다. 탈식민주의 극에 대한 이론은 이 분야에서 저명한 호주의 Helen Gilbert & Joanne Tompkins의 『*Post-colonial drama; theory practice, politics*』(London and New York, Routledge, 1996.)를 주로 참고하였음.

데 내재하는 헤게모니에 대한 도전이나 질문을 안고 있어야 한다고 설명하고 있다[9]. 극의 탈식민성에 대한 논의는 식민지 시대뿐만 아니라 탈식민 시대에 생산된 작품도 여전히 유효하며, 이데올로기 차원에서 식민 체제의 가치를 비판하고 식민 지배에 저항 방식이 중심이 된다. 따라서 극의 탈식민성의 문제를 다루는 데는 타자담론, 혼종성, 페미니즘 담론, 저항 담론 등을 바탕으로 지배 담론의 해체과정과 저항 양상을 탐색하게 된다. 물론 제국주의의 지배뿐만 아니라 자국 내에서도 식민지배가 발생하므로 이에 대한 관심도 확대할 필요가 있다.[10]

2. 극적 상황의 탈식민적 대응 방식

2.1. 공연 방식과 저항성

〈땅풀이〉는 마당극으로서 '길놀이와 앞풀이—첫째마당 영감놀이—둘째마당 세경놀이—셋째마당 기러기 놀이—넷째마당 전상놀이—뒷풀이'로 구성되었다. 이는 대동놀이나 굿 같은 전통 연희를 차용하여 '앞풀이—각 마당들—뒤풀이'나 '춤—촌극 장면들—춤'이라는 기본 구조의 원리를 가지고 있는 마당극의 전형성을 지닌다. 억압 계층과 싸우는 대결 구조를 지니고 있는 이 극은 제주도라는 지역적 공간을 배경으로 제주도의 고유 '굿' 형식을 빌려 형상화하였다. 이 작품의 공연 방식은 현실 상황의 드러냄에 중점을 두고 있다. 그 까닭은 1970~80년대 박정희 군사정권의 닫힌 사회 속에서 감춰진 사실들을 드러내 민중들의 각

---

9) 위의 책, p.11.
10) 고부응, 『초민족 시대의 민족 정체성』, 문학과지성사, 2002, p.23.

성을 촉구해야 했기 때문이다.

길놀이나 앞풀이, 뒷풀이는 한국의 전통적인 연회 방식이며, 영감놀이, 세경놀이, 기러기놀이, 전상놀이 등은 제주도의 고유한 굿 형식의 놀이다. 이 극에서 무당춤, 농무, 군무 등의 춤이 등장하고, 효과음은 굿거리장단, 풍물 소리, 쇠소리, 북소리 등으로 이뤄지며, 제주도의 민요, 해녀의 노래, 김매는 노래 등이 등장한다. 대사도 판소리 사설체를 차용하는 경우도 허다하다.

극이 시작되는 앞풀이 마당에서 '돈독'이 등장해서 잽이와 관중과 함께 흥겨운 놀이판을 벌인다. 전통적인 마당놀이 형식을 통하여 앞풀이 마당에서 제주도 땅 대부분이 외부 세력에 의해 빼앗겼음을 제시하고 있다. 또한 셋째 마당은 인물간의 대화가 없이 놀이로만 구성되었다. 마을 남녀는 돌하르방 가면을 쓰고, 재벌은 도깨비 가면을 쓰고 등장한다. 도깨비 가면을 등장시켜 그 괴력으로 돌하르방을 유린한다. 이는 제주도가 도깨비 같은 재벌에 의해 침탈되었음의 의미하는 동시에 침탈된 제주도는 한국이 신식민주의 체계에 속에 편입되었음의 기호로 작용한다.

이러한 형태의 마당극은 서구의 연극 미학과 거리가 먼 한국만의 독특한 민중극으로서 전통 문화에 대한 관심과 정치적 상황의 틈새에서 자생되었다. 작가가 이 극에서 외세 침탈에 대한 저항 방식으로 연대 의식을 강조하기 위해서는 전통 연회 방식이 적절했을 것이다. 극의 마지막 장면의 전상놀이에서 이러한 작가의 의도를 읽어낼 수 있다.

마을남자 1 : 도대체 이런 법이 어디 있수꽈. 나라에서도 이런 일을 모를 거우다. 우리 동네에서 돈 갖엉 땅놀음 하는 놈들 몽땅 쫓아내부려야지.
어진 아범 : 맞아, 맞아. 쫓아내야 돼. (그들, 일어나려 하지만 몸이 말

> 을 듣지 않는다. 북소리 간간이 드리며 심방 등장한다.)
>
> **심방** : 자, 온 동네 어지러운 것들을 몽땅 쓸어버리세. (그의 주위로
> 몰려선다. 심방의 신 받는 동작 잠깐. 군무에 의하여 불도저를
> 무너뜨린다. 재벌, 달아나고 사람들, 넘어진 돈독을 일으켜서
> 받아들인다. 전상놀이의 쓸어 내는 동작 같이하고 적당한 제
> 주도의 대표적 민요 부르며 흐드러진 춤으로 뒤풀이에 이어
> 져 관객도 참가한다.)(67)

이 인용은 극의 마지막 장면이다. 땅을 빼앗기고 원주민들은 "내 땅, 내 땅!" 하면서 울부짖는다. 그들은 외세를 '몽땅 쫓아내'려고 저항을 촉구하고 반란을 꿈꾸고 있지만, 현실적으로는 힘이 없다. 그러나 작가는 제주도 고유의 굿 형식을 빌려 상징적으로 외세를 물리치게 한다. 이처럼 작가는 마당극이라는 전통 연희 방식을 통하여 민중의 힘의 단결과 각성을 촉구한다. 이는 1970~80년대 한국 사회가 신식민 지배 체제 하에 놓여 있으면서도 군부 독재 정권에 의해 억압받는 상황이었기 때문에 작가는 어떤 형태로든 저항을 촉구해야 했기 때문이다. 따라서 신식민주의 체계 속에 편입된 현실상황을 극복하기 위한 한 방식으로 작가는 소박하지만 저항을 촉구한다.

이 극은 전통 연희 방식을 차용하여 마당극의 기본 정신인 '놀이정신'과 '마당정신'[11)을 적절히 결합하고 있다고 할 수 있다. 마당극은 "식민주의적 사관에서 탈피한 시각으로 민족 고유의 전통 민속연희의 그 정신과 내용, 형태 면에서 창조적으로 계승하여 오늘에 거듭나게 한 정치적 연극"[12)의 성격을 띠고 있다. 1970년대의 마당극이 다룬 주요 소재는 민주화 투쟁, 반외세, 농촌, 노동, 도시 빈민 등의 문제이며,

---

11) 임진택·채희완, 「마당극에서 마당굿으로」, 『한국문학의 현단계1』, 창작과비
평사, 1981, p.204~207.
12) 위의 논문, p.192.

1980년대에는 반핵, 반전, 여성 운동 등으로 확대해 나갔다. '놀이정신과 마당정신'이 결합된 마당극은 외래문화의 침탈과 군사 문화에 짓눌려 뒤틀어지고 깨진 한국인의 고유 정서를 재생시키고, 정체성을 되찾아 남북통일 정서를 펼치려는 강력한 실전 의지를 담고 있었다.

이 뿐만 아니라, 이 극에서는 원주민의 토박이말을 저항의 수단으로 차용하고 있다. 이 극에서 등장인물 중 원주민들은 예외 없이 제주도 원주민 말을 사용한다. 표준말을 사용하는 한국인들의 경우, 그들의 말이 생경하게 들리거나 이해할 수 없는 어휘들도 있다. 극작가가 "원주민 언어를 선택했을 때, 극작가는 식민주의자들이 그들에게 행하는 지배성을 거부하는 것"13)이 된다. 또한 "토착 언어를 무대 위에서 사용하는 것은 식민 개념에서 벗어나 그들 자신의 가치를 회복하고 토착화하게 한다."14) 돈독은 제주도 원주민임에도 불구하고 재벌과 똑같은 육지의 표준말을 사용한다. 그가 표준말을 사용하는 것은 이는 그가 원주민이지만 지배자에 편입되었음을 나타낸다고 할 수 있다.

이렇게 전통적인 연희 요소와 무대 위에서 원주민 말을 차용하는 것은 서구 문화에 의해 희미해져 가는 한국 문화적 전통을 되살려 문화제국주의 지배에 대한 탈피를 꾀하려는 도전의 한 방식이다. 슬레먼은 신식민주의에 의해 구성된 역사를 극복하기 위해서는 "역사의 주체로서 토착민의 기능을 회복하고, 다시 기억하고, 다시 배우는"데 있다고 하였다15). 그러한 의미에서 무대에서 서구적 연극 방식이 아닌 전통적인 연희 방식과 원주민의 언어를 사용하는 것은 민족 공동체를 형성

---

13) Helen Gilbert & Joanne Tompkins, 『*Post-colonial drama; theory practice, politics*』, London and New York, Routledge, 1996, p.169.
14) 위의 책, p.170.
15) 김준환, 「탈식민주의와 포스트모더니즘」, 고웅부 엮음, 『탈식민주의 이론과 쟁점』, 문학과지성사, 2003, p.105.

하여 제국주의에 저항하는 수단으로 삼는 것이다.

그러나 〈브랜 누 대〉는 〈땅풀이〉와는 다른 극 형식을 취하고 있다. 즉, 〈땅풀이〉가 전통적인 연희 방식을 취하는데 비해 〈브랜 누 대〉는 혼종화된 현대극인 뮤지컬 공연 방식을 취한다.

〈브랜 누 대 Bran Nue Dae〉는 호주 원주민 소년이 고향을 찾아가는 내용의 뮤지컬이다. 정신적, 실제적 여행의 주인공인 윌리(Willie)와 테드 폴(Uncle Tadpole)이 퍼스(Perth)시에서 브름(Broome)까지 약 1500마일을 여행하는 중에 다양한 장면을 재현한다. 작가 지미 치(Jimmy Chi)는 이 극에서 원주민의 영화, 로맨틱 코메디, 가족 소극, 선동적인 풍자익살극 등의 형태를 혼합시키고 있다. 이 극은 "호주 사회의 '용해의 단지(melting pot)'에서 원주민의 정신적 고향을 찾는 원주민의 길 영화 형식"16)을 창조해 냈다. 윌리의 공간 이동은 "〈1막〉: 로스모닌 플로틴(Rossmonyne Pllottine)의 원주민 합숙소-도시 공원-복잡한 도시 길옆-뢰번(Roebourne) 남쪽 고속도로-뢰번 감옥-뢰벅(Roebuck) 평원의 숲과 풀(pool) 〈2막〉: 브룸의 차이나 타운-뢰벅만-케네디(Kennedy) 언덕-롬바디나Lombadina"로 이어진다. 무대가 여러 장소를 이동하지만 극의 배경은 부름이라고 할 수 있다.

유럽인의 글쓰기 방식을 호주에 들여오기 전의 원주민 문학은 모두 구전되어 왔다. 유럽인의 글쓰기 방식이 호주에 들어오면서 원주민 문학은 영어뿐 아니라 사용이 허용된 극히 드물게 원주민 언어로 기록되기 시작 한다17). 원주민의 글쓰기는 대부분이 세련된 영어로 쓰이고, 백인들의 문학 형식에 원주민 내용을 담게 되었다.18) 따라서 1960년대

---

16) Helen Gilbert, 1998a, p.77.

17) Mudrooroo, "White Forms, Aboriginal Content", Bill Ashcroft Garet Griffiths and Helen Tiffin(edited), 『Post—colonial Studies Reader』, Routledge, 1995, p.229.

18) 위의 책, p.231.

말에 시작된 호주 원주민의 무대극은 내용이 원주민들의 삶을 다룬 것이라 할지라도 형식은 현대 서구 극을 따르고 있다.[19]

〈브랜 누 대〉에서 삶과 예술의 혼성화된 시각은 대부분 극의 모든 국면에 활기를 돋운다. 극의 결말에 적어도 그들 대부분이 찾은 원주민 인물들의 복잡한 혈통을 적당히 반영한 극을 생산하기 위하여 음악 작품은 국내와 서구, 원주민이 춤추면서 즉흥적으로 부르는 노래, 서인도제도에서 기원한 록풍의 음악, 성가, 브루스, 부족의 성가[20] 등을 끌어들였다. 이러한 극작술은 호주인의 정체성의 관념이 결합될 수 있도록 모든 융통성을 충분히 발휘하는 것으로 받아 들여 진다. 이 극은 대사와 노래를 적절히 배열한 뮤지컬이라는 특수성을 가지고 있다. 극에서 20여 개의 노래를 원주민 음악에 집착하지 않고 다양한 음악을 혼합시킨 것은 '혼종성'의 강화로 '지배/피지배, 제1세계/제3세계, 중심/주변' 등의 대립항을 해체시켜 탈식민주의 담론의 전략으로 이용한 것으로

---

19) 1788년 영국에서 건너온 백인들에게 빼앗긴 원주민들의 땅 주인 권리 찾기 운동의 실천은 1966년에 처음 일어났다. 이러한 권리운동은 1960년대 후반에 호주의 정책적 변화를 가져 온 반영·미, 반 베트남전쟁 등과 같은 뿌리를 둔다. 1970~80년대에는 땅의 권리를 찾기 위한 원주민들의 운동이나 투쟁이 본격화된다(Richard Broome, 『*Aboriginal Australians*』: Black Responses to White Dominance 1788~2001, Allen & Unwin, 2001, p.188~205.) 이 창조적인 힘으로 맨 처음 나타난 원주민 극은 1968년에 쓰고, 1971년에 처음 공연된 캐빈 길버트(Kavin Gilbert)의 〈The Cherry Pickers〉이다. 캐빈 길버트의 희곡이 출판된 이후에 시드니와 멜번, 퍼스 등을 중심으로 원주민들의 드라마 활동이 하나의 돌풍이 되었다. 그 이후 호주 원주민 극들은 백인들에게 빼앗긴 땅의 권리를 회복하고, 잃어버린 그들의 뿌리와 문화를 되찾고자 하는데 실천적 의지를 표출하고 있다.
   〈브랜 누 대〉도 여기에서 크게 벗어나지 않는다. 〈Helen Gilbert(1998a), 『*Sightlines: Race, Gender, and Nation in Contemporary Australian Theatre*』, The University of Michigan Press.71~88쪽, Helen Gilbert, "Reconciliation? Aboriginality and Australian theatre in the 1990s", Veronica Kelly(edited), 『*Our Australian theatrein the 1990s*』, Amsterdam-Atlanta, GA., 1998b, p.51~95.〉
20) Gilbert Helen, 『*Postcolonial Plays: an anthology*』, London Routledge, ed. 2001, p.322.

184

이해된다.

〈브랜 누 대〉에서 노래는 중요한 저항 방식으로 나타난다. 대화가 일반적으로 백인 오스트레일리아 사회의 비판을 삼가 한다 해도 많은 노래들은 그렇지 않다. 원주민의 저항이 주제곡의 서창에서 제시된다.

> **월리**; 아보리지날이 되는 것보다 더 나은 것은 아무것도 없어요.
> 보세요, 우리의 소중한 땅을 가져가는 것을 …(중략)…
> 땅의 권리 찾기가 옳지 않다는 말이 반가워요.
> 그러니 당신들은 당신들이 속한 곳으로 떠나가세요.
> (WILLIE: There's nothing I would rather be/ Than to be an Aborigine/ And watch you take my precious land away./ … (중략)… /I'm glad you say that land rights wrong/ Then you should go where you belong, 15, 괄호 숫자 Jimmy Chi and Kuckles, 1991, 이하 같음)

이 인용문은 월리가 그의 친구들을 이끌고 기독교계 학교(원주민 아이들의 집단 숙박소) 매점을 부수고 음식을 훔쳐먹은 후, 학교장인 신부 베네딕터스(Benedictus)에게 쫓겨나면서 반항적으로 부른 노래다. 원주민이 되는 것보다 더 나은 것은 아무 것도 없으며, 원주민들에게서 가장 귀중한 땅을 빼앗아 가고, 땅의 권리를 주장하는 것이 옳지 않다면 백인 점령자들도 원래 속했던 땅으로 돌아가라는 것이 이 노래의 핵심이다. 이 노래는 〈브랜 누 대〉의 대표적인 곡이며, 원주민들의 성가가 되었다. 원주민들의 땅, 권리, 인권 등의 무거운 주제에 관한 그들의 공격은 외기 쉬운 곡조들과 유쾌한 리듬에 의해 중재된다. 이극은 호주 원주민들이 안고 있은 가려진 다양한 쟁점에 대한 계속적으로 공격하면서 유쾌하게 진행된다. 이 극에서 원주민에게 매우 중요한 쟁점이나 자극적인 감정이 될 수 있는 것들을 가볍게 극적으로 다룬다. 그래서 헬렌 길버트는 이 극을 '실로 고통을 덜어 내는 연극'[21]이라고 한다. 작가는 월리와 태드폴이 체포된 상황을 익살맞게 표현하였고, 그때 원주민들의 삶을 또 하나의 일반화된 변화와 같이 단순하게 투옥을 전경화 했다. 그들이 감옥에 있는 동안 그 곳에 이미 수감된 많은 다른 원주민과 사회 운동의 연대가 되었다. 동시에 감옥에서 수감자 모두가 함께 부르는 '뉴스를 들어라(Listen to the news)'라는 자주 떠오르는 멜로디로 맞지 않는 법의 이름으로 원주민들에게 형벌을 가하는 점령자들의 잔악행위를 지적한다. 뢰번 감옥(Roebourne Lockup)에 여행자들을 투옥시킨 것은 특별히 1983년 뢰번의 서부 필바라 타운(West Pilbara town) 경찰서에 수감된 젊은 원주민인 존 팻(Jhon Pat)의 잘 알려진 죽음이라는 사실을 다목적인 관점에서 생각나게 한다.[22] 이 극이 감옥에 수감된 인물들을 제시하는 것은 식민화 과정을 겪는 아픔을 보여 주고, 은유적으로 식민화된 몸의 구속과 해체과정을 열고자 하는 목적이 있다[23].

〈브랜 누 대〉 공연에서 사용되는 등장인물들의 언어는 주로 현대 호주 영어를 사용한다. 그러나 지배자의 상징인 베네딕터스는 독일어 억양의 영어를, 소외당하는 대표적 원주민의 상징인 태드폴은 원주민 영어를 주로 사용한다. 이러한 언어의 사용을 통해 지배자와 피지배자의 관계를 명증하게 나타낸다. 젊은 등장인물들이 현대 호주 영어를 사용하는 것은 과거에 호주 정부가 원주민 말을 쓰지 못하도록 법으로 금지한 점과 '동화정책'의 결과를 표출하기 위한 의도라고 할 수 있다.

---

21) Helen Gilbert, 1998a, p.81.
22) 이것은 존 팻이 술 취한 경찰에게 구타당하고 있는 친구를 도우려다가 경찰서 유치장에 끌려가 백인 경찰들에게 구타당하여 갈비뼈가 부러지고 동맥이 파열되었으며 뇌출혈로 죽었으나, 그를 구타한 경찰들과 백인 심판원들에 의해 살의 없는 살인으로 선고받은 사건이다(Green Left Weekly, 1996).
23) Helen Gilbert & Joanne Tompkins, 앞의 책, 1996, p.227.

2. 2. 타자 담론과 지배 욕망의 비판

〈땅풀이〉는 식민자가 피식민지나 원주민의 지배에 정당성을 부여하기 위해 먼저 이념적 장치로 타자화 한다는 점을 비판하고 있다. 지배/피지배라는 구조적인 틀에서 보면, 제국의 식민지배에 정당성을 부여하는 가장 확실한 이념적 장치로서 타자의 담론이 식민지 지배 담론의 기반이 된다고 할 수 있다. 이 작품에서 침탈 현장에는 대상에 대한 침탈자의 부정적인 시각이 드러난다. 먼저 자국 내의 식민자인 재벌의 타자 담론을 살펴보자.

> ① 재벌; (굽신거리는 돈독에게) 허, 참 코딱지만한 섬이군.(47)
> ② 돈독; 여기 섬놈들은 멍텅구리라 땅의 임자가 없수다. 아무데서
> 나 들어가서 말뚝을 박고 줄을 치면 되지요.(51)

재벌은 제주도를 '코딱지만한 섬', '손바닥만한 섬'으로 왜소화시킨다. 피지배지를 정복하기 위해 그 대상을 타자화할 때, 지배자는 자신의 우월성을 강조하게 된다. 재벌 자신이 '스케일이 큰 사람'으로 내세우면서 상대적으로 돈독의 입을 통해 제주도민을 '멍텅구리'로 비하시킨다. 또한 제주민들을 재벌은 '정말 바보들'(51)로 인식한다. 재벌은 제주도와 원주민들을 육지와 육지인들과 이질적 차이를 절대적 현상으로 파악한다. 이처럼 식민자들은 자기들의 시각에 의해 침탈의 대상을 축소 비하하여 왜곡시켜 놓고 식민지화하기 마련이다. 우월 혹은 열등의 기준이 임의적인 것임에도 불구하고 마치 절대적인 속성처럼 가장시켜 피지배인들의 열등성을 만들어 낸다. 따라서 지배자들은 제주도민이 '멍텅구리'이고 '바보들'이라는 것을 단순한 믿음이 아닌 하나의 사실

혹은 진리로 받아들인다.

'돈독'의 정체에서도 식민자가 타자화하는 것을 읽어낼 수 있다. 돈독은 재벌의 아류로서 정체성이 불확실하다. 그는 재벌이 허락한 타자의 모습으로 재벌의 명령 체계에 편입된다. 재벌은 제주도의 땅을 수탈하기 위해 돈독에게 '나를 닮아라'라고 요구한다. 그러나 재벌은 돈독에게 '나와 같아서도 안 된다'는 금기를 동시에 요구하고 있다. 재벌이 돈독에게 "이놈, 뭐라고?"(48) 하듯이 파농의 말대로 돈독은 자신을 인간이 아닌 '대상성'으로 매몰되는 것을 경험한다.24) 이러한 재벌의 돈독에 대한 태도는 만일에 돈독이 자기와 같아지면 자신의 권위가 상실되고 지배자의 욕망이 파편화되기 때문이다.

왜인의 한국인에 대한 태도에서도 타자화가 드러난다. 서양인의 경우에는 피부색으로 타자의 비천함을 가리지만, 일본인의 경우 한국인에 대한 태도는 국민성으로 열등성이나 비천함을 내세웠다. 일본인이 한국인을 야만적 타자로 규정하는 것은 서구 식민주의적 사고에서 연유된 것으로 이해된다. 즉 이는 일본인의 한국인에 대한 이데올로기의 조작과 지배라고 할 수 있다. 탈식민 시대임에도 불구하고 한국인을 '조센진 빠가야로!'라고 하는 태도에서 그들이 한국인을 어떤 시각으로 보는가가 잘 드러난다. 일본 제국의 강점 시기에도 우리의 역사, 민속, 전통 등을 비하 왜곡시키고 침탈했음이 상기된다. 이처럼 식민자들이 지배 대상에 대하여 폄하함으로써 침략과 정복을 정당화하는 식민 이데올로기가 자리하고 있다. 따라서 식민자들은 권력행사의 정당함을 가장하여 온갖 수단과 방법을 동원하기 마련인데 그 중의 중요한 하나가 바로 타자의 담론이다.

---

24) Fanon, Frantz, 『*Black Skin, White Masks*』, Charles Lam Markmann trans., New York, Grove Weidenfeld, 1967, p.112.

　이 작품은 식민자의 지배욕망을 고발한다. 지배자들은 흔히 경제적 착취와 함께 지배하려는 병리적 충동을 채움으로써 심리적 만족감을 가진다. 이와 더불어 피지배자들은 자신보다 우월하다고 생각되는 존재에 대하여 그들과 의존관계를 맺음으로서 열등감을 해소하고 안정감을 느낀다. 마노니에 따르면 식민화는 지배자를 보호자로 여기고 의존의 필요성을 갖는 자들에게서 발생한다고 한다[25].

> ① 왜인: ……사업이노 관광이노 조센 땅에 들어올 때 와다구시가 골이 비어 맨손으로노 왔겠데스까. 「딸라, 마르크, 프랑, 루블, 엥화, 어음, 수표」(돈독, 재벌) 온갖 술수 갖은 흉계 다 가지고노 들어올 때……배고픈 놈 먹여주고 죽을 놈 살려주신 일본에 감사해라. 가무사해라.(49)
>
> ② 재벌: ……꿀꺽 삼키고 싶은 곳이지만 말로는 개발이다, 발전이다, 섬사람을 위해서다, 해야지. 쭉 뻗어진 초지에는 땅 투기할 셈으로 목장을 차려 두고, 자연경관 좋은 임야에는 술집, 사냥터, 골프장을 짓고 저 넓은 해안에는 해수욕장 호텔을 짓고, 방갈로를 짓고……(50)

　일본은 36년 간 한국을 지배하다가 물러갔지만, 1964년 박정희 정권의 한·일 수교 이후 경제를 비롯한 문화, 정치 침탈로 한국을 제2의 식민지화를 했다. 특히 일본은 경제력을 바탕으로 경제적 후진국이었던 한국을 다시 지배하게 되었다. '갖은 술수 갖은 흉계 다 가지고' 일본의 독점 자본이 유입되었다. 그러면서도 그들은 시혜적인 시각을 가지고 경제적 침탈을 통한 지배를 정당화했다. 당대의 재벌들이 미국의 차관과 일본의 독점 자본의 유입을 근거로 한 국가독점자본을 통해 제

---

25) 양석원, 「탈식민주의와 정신분석」, 고응부 엮음, 『탈식민주의 이론과 쟁점』, 문학과지성사, p.65.

2의 식민지적 지배와 종속관계를 받아들이는 매체 역할을 하게 된다. 이 작품에서 재벌은 '성실과 근면'(49)으로 돈을 번 것으로 위장하지만 실제적으로는 '권력을 배경으로' '차관, 무역, 독점, 탈세, 매판 가릴 것 없이 긁어 모은' 부정 축재자들로 나타난다. 재벌은 표면상으로 제주도 의 개발과 발전, 섬사람들을 위한다고 하지만 내면적으로는 침탈을 목 적으로 하고 있다. 제주도가 "탈식민지 국가로서의 한국을 제유한다"[26] 면 재벌은 또 다른 하나의 왜인이 된다.

넷째 마당 전상놀이에서 제주도 원주민은 땅은 팔지 않으려고 아무 리 버텨도 소용이 없다. 그들에게서 땅은 그들 삶에서 분리시킬 수 없 는 소중한 것이다. 땅에 대해 강한 애착을 가지고 있는 원주민들은 외 지인들이 땅 팔기를 아무리 강요해도 절대로 땅을 포기할 수 없는 존 재들이다. 그들은 "내 땅에 농작물이 자라는 한 아무데도 안 갈거 라."(66)고 옹골찬 다짐을 한다. 그러나 1970~80년대 재벌들은 정치권 력과 유착하여 정당성을 가장하고 '토지 수용령'과 같은 강제력을 동원 하여 땅을 빼앗는다. 힘이 없는 원주민들은 속수무책으로 어떻게 당하 는가를 놀이를 통해 상기된다. 광복 후에도 경제력과 문화력 등이 약한 한국은 침탈하는 외세에 힘없이 주저앉을 수밖에 없었다. 또한 여기에 서 외국의 침탈뿐만 아니라 재벌들에 의해 자국 내에서 계층 간의 신 식민화가 형성되고 있다는 점이 상기된다.

지배자인 재벌은 지배 욕망을 가지고 돈독에게 허용과 금지의 양가 적 요구를 하고 있다. 이러한 요구에 돈독은 피지배자로서 지배자인 재 벌을 부분적으로 닮을 수밖에 없다. 그는 결함 있는 혼종 문화의 상징 인 동시에 제주도의 땅을 빼앗고 정체성을 훼손하는 재벌의 앞잡이가 된다. 돈독은 지배자인 재벌의 하수인이 되어 지배자 흉내 내기로 제주

---

26) 박명진, 앞의 책, 207쪽.

도 원주민이 갖는 열등감을 해소하고자 한다. 또한 돈독의 흉내 내기는 근대라는 식민 지배적 사회에서 살아남기 위한 생존의 수단으로 이해되기도 한다. 그러나 그는 그가 갖는 부적절한 성격 때문에 원주민들에게서 배척을 당하여 원주민 고유의 정체성에서 소외당한다.

극의 마지막 장면에서 지배자 흉내내기에 몰두하던 돈독이 심방의 군무에 의해 쓰러진다. 쓰러진 돈독을 원주민들이 일으켜 자기편으로 편입시키고, 결국 돈독은 무의식적으로 써왔던 지배자의 가면을 벗게 된다. 돈독이 식민적 역사와 상황에 의해 쓰게 된 지배자의 가면을 벗고 원주민에게 돌아가는 것은 그가 재벌과 상상적 동일시를 통해 오인해왔던 자기의 가면을 파편화시킨 결과다. 돈독은 분열되었던 자아의 파편들을 또 다른 자아에 의해 재결합한 셈이 된다. 이렇게 돈독이 자기 정체성을 회복하는 것은 개인 차원의 정체성 회복뿐만 아니라 신식민주의라는 사회역사적 현실을 변화시키는 것이기도 하다.

일본인의 한국인에 대한 태도는 국민성의 열등성이나 비천함을, 서양인의 경우에는 피부색으로 비천함을 내세워 타자화 하였다. 이 극에 등장하는 대부분의 원주민들은 고향을 잃은 방랑자다. 쫓겨나 갈 곳이 없는 윌리, 고향인 브룸을 떠나 20년 간 도시에서 떠돌이 생활을 하고 있는 태드폴, 퍼스에서 떠돌이 생활을 하는 원주민의 피를 가진 백색 피부의 히피인 스리퍼리(Slippery)와 마리주아나 안네(Marijuana Annie), 또한 윌리의 사랑하는 여자로 학교에서 쫓겨나 브룸의 술집에서 노래를 부르는 로시(Rosie) 등이 등장한다. 이들은 아이러니컬하게도 자기의 땅이면서도 자기의 땅이 아닌 방방곡곡에 흩어져 사는 디아스포라 신세가 된 것이다. 이들이 뿌리 뽑힌 채 떠도는 것은 백인 정착자들이 만들어 놓은 시각과 인식에 의해 자기 분열적 고통을 겪기 때문이다. 정착자들은 흑과 백, 우월과 열등, 문명과 야만 등의 이분법적 시각으로 자기들의 우월성을 주장한다. 즉 이 원주민들은 백인들의 시각에 의해 인간성을 상실하고 소외되었으며 자신들의 정체성을 잃은 것이다. 이러한 자기 분열적 고통은 이 극에 등장하는 원주민 모두가 공유하고 있다. 아래의 태드폴의 고백에서도 잘 드러난다.

> **테드폴**: 나는 떠돌았어. 술 마시고 방황하고 또 술 마시고 그리고 아무렇게나…… 어느 날 사회 안전보장소에 갔었어. 나는 직업을 구했지. 그들은 '이봐, 일한 경험이 뭐야?' 하고 묻더군. '아무것도 없소'라고 말했지. 그러자 그들은 '어째서?'라고 물었어. '그 이유는 직업을 찾을 수 없다'고 했어.
> (TADPOLE: I been drovin' I been drinkin,' I been drovin' and drinkin' and drovin' and anyway ……Othe day I bin longa to social security, I bin ask longa job—they bin say. 'Hey, what's your work experience?' I bin tell 'em. 'I got nothing.' They say, 'How come?' I say, 'Cause I can't find a job.', 84)

태드폴은 이십여 년 동안 고향을 떠나 술을 마시며 도시에서 떠돌이 생활을 해왔다. 그는 직업을 구하려고 해도 구할 수가 없었다. 그는 호주인이지만 그를 받아들이는 곳은 없었다. 그는 가족과 고향을 잃었고, 사회로부터도 버림을 받음으로써 현실적, 정신적 삶 모두 뿌리 뽑힌 자가 되었다. 그는 백인의 시각에 의해 능력이 없는 자, 쓸모가 없는 자로 인식되었다. 그리고 그는 "감옥에 여러 번 들어갔다 나왔다."(30) 그를 뿌리 뽑힌 자로 내몬 것은 다름 아닌 백인 정착자들과 그들이 만든 사회 제도와 법이다. 백인들의 시선에 원주민들은 낯설고 혐오스러운 존재로 투영되어 그들과 더불어 살 수 없는 타자 혹은 비자아로 남는다.

월리의 일행을 체포하고 태드폴을 수없이 체포했던 잔인한 경찰들,

선동적인 캐톨릭 성직자들을 포함한 백인들은 원주민들을 야만적이거나 비문명화된 존재일 뿐, 자기들과 똑같은 지위를 차지한 인격적 존재로 보지 않았다. 윌리 일행은 뢰번 남쪽 고속도로에서 카키색 옷을 입은 경찰들에게 마리화나를 소유했다는 죄목으로 체포된다. 그들 일행은 뢰번 감옥에 갇혔을 때 그 곳에서 수감된 수많은 원주민을 만난다. "너희들이 우리 모두를 감옥에 가두고 싶어한다"(32)는 안네의 외침에서도 백인들의 원주민들에 대한 인식이 잘 드러난다. "우리 모두 똑같이 아버지의 이름으로 태어났고, '땅의 평화'라고 해 오던 말이 너무 쉽게 깨어졌을 때, 그것은 저주의 말로 들린다."(38)는 여자 피수감자들의 노래와 "이것이 끝인가, 이것이 우리 사람들에게 끝인가."(40) 하면서 절망으로 울부짖는 태드폴에게서 백인들이 원주민들에 대한 태도가 어떠했는지가 표출된다.

떠돌이 생활을 하거나 쫓겨난 인물들, 또는 감옥에 갇힌 사람들은 바로 땅을 빼앗기고 모든 것을 잃어버린—백인들에 의해 타자화된—원주민들의 환치라고 할 수 있다. 이 극은 정착자인 백인 식민지배자들이 지배 논리적 갖는 허구성을 폭로하기 위해 원주민들의 방랑과 '잃어버린 세대'의 실정을 전면에 내세운다. 안네가 '동화 정책'[27]이 무엇인지를 보여 주기 위해 교회나 백인 가정에서 부양된 원주민 어린이들의 대부분인 잃어버린 세대의 하나로 등장한다.

> **안네**; 나는 원해요. 고백하기를 원해요. 나는 나쁜 사람이었어요.
> 섹스에 탐닉했고, 결혼도 않고 아이를 가졌어요. 마약을 위해
> 몸을 팔았답니다. 그리고 아이를 잃었어요.

---

27) 1930년부터 1970년대 말까지 호주 정부가 '동화정책' 또는 '문명교육'이라는 이름으로 원주민들의 부모와 자녀들을 강제로 분리시켰다. 이 원주민들은 이른바 '도둑맞은 세대'로 불린다.

> (M. ANNIE: I want, I want to testify. I've been a bad person, I've
> been bent on sex. I've had a child out of wedlock and I've
> been using drugs and selling myself to get them and I lost my
> child.)

안네가 뢰벅만에서, 성직자와 성도들 앞에서 고백하는 장면이다. 그녀는 부양 가정에서 나와 성에 탐닉하고, 혼외 상태로 아이를 가졌으나 그 아이를 잃었으며, 마약을 하는 등 타락을 거듭하였음을 고백한다[28]. 그녀는 흰 피부색을 가졌음에도 불구하고 자신이 원주민의 피를 가지고 있다는 것이 열등성 혹은 수치의식으로 작용했기 때문에 원주민임을 숨기고 싶었다. 호주에서 원주민(black)과 정착자(white) 사이에 흑/백의 구분은 단순한 피부색임에도 절대적 속성이 있는 것처럼 각인되었다. 흔히 백인들의 좋은 속성에 비하여 원주민들은 백의 반대가 되는 악함, 비천함, 더러움 등의 속성이 된다. 원주민들은 흑/백이라는 이항 대립 안에 말려들어 자신들의 속성이 비천한 실체로 인식하게 되었다. 이러한 이항 대립 안에 한 번 말려들면 그 대립이 선악 관계 혹은 윤리적 관계인 이데올로기로 변하여 죄의식이나 수치와 연결되어 벗어나기 어렵다는 것이다[29]. 그러나 안네는 자신이 원주민(aborigine)이라는 것을 밝힘으로써 자신을 사로잡고 있던 정신적·심리적 열등감이나 수치의식을 벗어난다. 특히 스리퍼리는 백인 신부인 베네딕터스와 원주민인 테

---

28) 이렇게 안네가 내몰린 것은 호주 정부에서는 '동화 정책'을 실천하기 위해 원주민의 아이들을 강제로 부모와 분리시켜 중 피부 색깔이 흰 아이들은 백인 가정에 입양시키고 검은 아이들은 고아원에 입양시켰다. 그들의 아이들을 가족으로부터 강제적으로 분리시킨 것은 겉으로는 문명화를 내걸지만 실제적으로는 그들의 뿌리와 전통을 잃어버리도록 하기 위해서였다(Chi Jimmy and Kuckles, 『*Bran Nue Dae*』, Currency press, Australia, 1991.).

29) 이경덕, 「탈식민주의와 마르크시즘」, 고웅부 엮음, 『탈식민주의 이론과 쟁점』, 문학과지성사, 2003, p.179.

레사 사이에 태어난 혼혈아다. 그는 인종적으로 혼합된 인물로서 백인과 원주민 어느 쪽에서도 그의 정체성을 확보할 수 없었기에 히피로서 떠돌이 생활을 할 수 밖에 없었다.

〈브랜 누 대〉에서 베네딕터스의 눈에 인식된 것처럼 호주 정복자들은 자신들이 원주민보다 인종적으로 우월하고, 문명과 합리성을 가지고 있다는 믿음 위에서 정복지를 지배하게 된다. 이 극에서 신부 베네딕터스는 원주민 아이들을 교육시키는 미션 스쿨의 교장으로서 식민지배자의 상징으로 나타난다. 기독교 제국주의는 원주민 사회 체계를 깨뜨리는 주요 요인으로 작용한다. 그들의 문화가 파괴되고, 그들이 디아스포라(diaspora)로 전락하는 데에 실천적인 역할을 한 것은 기독교 제국주라고 할 수 있다. 베네딕터스의 가르침에는 공공연하게 백인 사회의 규범에 따라 어린 원주민들을 문명화시켜야 한다는 것이 드러난다. 미국의 경우와 마찬가지로 "유럽에서 건어 온 식민지 개척자들은 신대륙을 하나님 말씀의 빛이 닿지 않은 암흑의 땅으로 보았고, 이런 시각에 근거해 원주민들을 미개한 야만인으로 간주했다"[30]. 베네딕터스도 원주민의 세상을 '악과 죄의 세계, 미개의 세계'로 간주하고 있다. 여기에는 비문명화된 사회에 대한 서구인들의 지배의 정당성을 확보하는 담론 체계가 자리 잡고 있다. 그들은 비문명화된 원시 사회를 정복하여 교화하고 문명화시켜야 한다는 당위적 권리를 스스로에게 부여한 셈이다. 문명화라는 이름으로 지배자의 우월성을 강조하는 기독교와 성경이 원주민들에게 유입되었다[31]. 식민자들은 지배 욕망을 채우기 위해

---

30) 문상영, 「인종과 미국적 정체성에 대한 비판적 성찰」, 고응부 엮음, 『탈식민주의 이론과 쟁점』, 문학과지성사, 2003, p.188.
31) 그 결과가 무엇인지는 잭 데이비스(Jack Davis) 희곡 〈In Our Town〉의 등장인물인 허비 아저씨(Uncle Herbie) 대사에서 잘 나타나 있다. 그는 이러한 현실을 "교활한 녀석들이 옳았다. 그들이 여기에 올 때 그들은 성경을 가지고 있었고

문명화라는 이름으로 성경을 도구화했다. 그들은 문명화의 선교라는 명분으로 기독교로 원주민들을 공격하고, 한편으로는 어린 아이들을 강제적으로 부모에게서 분리시키는 등 강한 전제적 통치를 하는 양가적 공격의 이중성을 보였다. 이는 그들의 지배 욕망이 원주민들에 투사되어 공격성으로 나타난 것이다. 베네딕터스의 눈에 인식된 것처럼 호주 정복자들은 자신들이 원주민보다 인종적으로 우월하고, 문명과 합리성을 가지고 있다는 믿음 위에서 정복지를 지배하게 된다.

이처럼 백인 점령자들은 원주민들을 철저히 타자화하여 지배 욕망을 채웠다. 백인들의 타자로 인식된 호주의 원주민들은 처음부터 자유시민의 권리가 박탈당했으며, 인간이 아닌 단지 동물로 취급을 당했다. 1961년에 원주민들에게 처음으로 선거권이 주어졌고, 1967년까지도 그들은 인구조사에 포함시키지도 않았다. 1992년에서야 토지를 소유할 권한을 주었을 뿐이다. 이 작품에서 작가는 이러한 타자의 담론을 비판하여 지배자에 대한 저항성을 드러내고 있다.

2.3. 여성의 몸과 혼종적의 저항

<땅풀이>는 성이 유린당하는 극적 상황을 통하여 원주민의 수탈을 고발하고 있다. 탈식민주의 극에서는 여성의 몸을 식민자들의 지배 체계를 해체하려는 투쟁의 도구로 흔히 사용되었다[32]. 게오르그 리가의 <The Ecstacy of Rota Joe>에서 리타 조가 세 명의 백인 남성들로부터 강

우리는 땅을 가지고 있었다. 지금 그들은 땅을 가지고 있고 우리는 성경을 가지고 있다(Wetjala cunning fella alright. When they come here they had the Bible and we had the land [now] they've got the land and we've got the Bible)"(Helen Gilbert, 1998a; 51)라고 말하고 있다.

32) Helen Gilbert & Joanne Tompkins, 앞의 책, 1996, p.204~205.

간, 살해당하는데, 이렇게 잡혀 공격당하고 철저히 유린당하는 것은 개인적이 아닌 캐나다 원주민 문화를 상징한다[33]. 제주도의 정체성 훼손도 여성의 몸의 유린에서 상징적으로 보여준다. 즉, 기생 관광에 대한 것이나 둘째 마당 세경놀이에서 어진 어멈이 겁탈 당하는 장면에서도 우리의 정체성이 어떻게 훼손되고, 유린당하는지를 보여 주고 있다.

> ① 왜인; 우리 사람이노 기생 매우매우 좋아하무니다. 가야금이노 소리노 우리 일본 사람이노 좋아하무니다. 관광이 호텔이노 같이 가면 이쁜 조센진 색씨노 엥화 많이많이 주무니다. 아파트 사주무니다. 생활비 주무니다. 일본이노 구경시켜줍니다.(48)
> ② 왜인; …… 아, 매우매우 좋은 섬이노 하무니다. 가깝스무니다. 색시노 이쁘무니다. ……(49)

한국 여성에 대한 일본인의 성 농락이 드러난다. 1970년대에 들어서서 일본인들의 한국 여성을 상대로 하는 이른바 섹스 관광의 붐이 일어난 일이 있었다. 특히 제주도는 일본 관광객의 섹스 관광 중심지였다. 돈을 미끼로 한국 여성을 농락하는 것은 바로 일본의 막강한 경제력으로 한국을 농락하는 것에 다름 아니다. 일본인의 한국 여성의 육체에 가해지는 침탈은 민족의 순수성이나 자주성의 심각한 훼손을 의미한다. 여기에서 자본주의에 의해 사적인 영역까지 상품화하는 세계 자본주의의 특징인 근대성이 발견된다. 여성의 몸은 제국주의자의 눈에는 상업적으로 분석되어 나타나고, 그들 자신이 갖고 있는 원래의 주체성은 부정된다.

둘째 마당 세경놀이에서 '물 건너온 영감'이 '어진 어멈'을 겁탈하는 내용이 과부댁과 어진어멈의 입을 통해 표출된다.

---

33) 위의 책, p.213.

① 과부댁; 눈 맞은 것도 아닌디이, 번개불에 콩 튀기듯이 핫설 잠
   깐 사이에 후다다닥…… 웅해신디 무신 죄가 이시냐? (57)
② 어진어멈; 북방 우리 밭이신디 감자 파러강 허릴 굽언 감절 파
   노렌 하난 어떤 놈이 달려 들언 촛대가튼 나 허릴 덥석 안아서
   조름이 선뜩허연개, 그일배긴 엇수다. (58)

과부댁이 재벌을 지목하여 "흥 요놈이 우리 어멍을 못살게 군 자식
이로고나. 생김만 생겨놓고 지저귀 감이나 끊어줘서? 요런 날강도는 혼
뿔을 내야지"(60)라는 대사를 통해 볼 때 어진 어멈이 재벌에게 겁탈
당하여 임신한 것으로 표현된다. 이 극에서 어진 어멈의 육체는 제주도
인 동시에 한국 자체와 일치한다. 헬렌과 톰킨스는 강간이 연극에서 중
요한 기호가 된다고 언급하고 있다. 그에 의하면 식민자들이 원주민이
사는 지역을 흡수 병합할 때 원주민들의 문화를 파괴하며 그들의 삶
자체를 파괴시키고, 식민자들에 의한 원주민에 대한 강간은 그 땅을 훼
손시키고 또 그 땅을 정치 경제적으로 착취하는 방법과 비유된다고 한
다[34]. 따라서 어진 어멈의 겁탈 당함은 외세에 의해 제주도가 심각하게
훼손되고 있음과 더 나아가 한국 전체가 신식민자에 의해 강제로 지배
당하고 있음을 의미한다. 이처럼 왜인의 "한국 여성 농락을 전경화시킴
으로써 탈식민지 시대에서 제2의 식민지 강탈이라는 메시지를 강하게
제시"[35]하고 "여전히 신식민지적 흔적과 새롭게 변형된 종속"[36]이라는
점을 일깨운다. 또한 재벌에 의한 제주도 여성의 겁탈 당함을 통해 외
세와 권력을 등에 업은 내부인에게 원주민들이 유린당하고 그들에게

---

34) 위의 책, p.213.
35) 박명진, 앞의 책, p.207.
36) 박주식, 「제국의 지도그리기」, 고웅부 엮음, 『탈식민주의 이론과 쟁점』, 문학
    과지성사, 2003, p.261.

종속되는 이중적 지배를 당하고 있음이 드러난다.

원주민들이 '물 건너 온' 사람에게 겁탈 당하여 낳은 아이를 배척하지 않고 받아들이는 태도에서 이미 들어 온 문화를 어쩔 수 없이 받아들일 수밖에 없다는 의미로 파악된다. 어진 어멈은 이 아이를 공부를 시켜도 안 하니 '농사나 시켜보'고자 한다. 농사일은 원주민들의 생명줄과 다름없다. 이처럼 원주민들에게 소중한 일을 혼종을 받아들여 함께 하려는 어진 어멈의 마음다짐에서 "외부 세력이 침투하여 그 순수성을 지키지 못했다 하더라도 포용력 있게 받아들여야 함을 보여 준다"[37]고 할 수 있다. 이는 이미 들어온 것을 배척하지 않고 받아들여야 한다는 그녀의 태도다. 피지배지인 제주도의 원주민임에도 불구하고 '반은 섬이고, 반은 육지의 것'이 된 돈독처럼 문화 현상도 이와 마찬가지다. 돈독은 '디스코' '가부끼 춤'(45)을 흉내내고, 제주도에는 이미 서양 춤을 추는 '흔드는 디'인 '나이또 구라부'(57)가 들어와 있다. 제주 원주민들의 혼종을 받아들이는 태도에서 이미 들어온 서구 문화에 대한 우리의 자세를 어떻게 할 것인가를 유추할 수 있다.

〈브랜 누 대〉는 〈땅풀이〉와는 다른 양상을 보이지만, 여성의 몸에서 비롯된 혼종적 저항성을 내세운다. 원래 테레사는 태드폴의 부인이었다. 테레사가 남편인 태드폴을 버리고 베네딕터스와 성관계를 맺어 스리퍼리를 낳았다. 지배자인 동시에 억압자인 신부와 원주민이라는 이 두 계층의 결합을 통해 작가가 혼종을 내세운 것은 저항방식을 표출하기 위한 하나의 전략이다. 혼종성은 식민지 지배의 기반이 되는 인종 차별을 가능케 하는 조건들을 공격하게 된다. 이 작품에서 기본적으로 제시하는 것은 원주민들은 소외와 분열에서 벗어나 정체성을 회복하기 위해 땅을 돌려받기를 원하고, 그들이 호주의 백인들과 동등한 권

---

37) 박명진, 앞의 책, p.229.

리를 누리고 공정하게 취급받기를 원한다는 점이다[38].

그럼에도 불구하고. 이 극은 땅이나 권리문제를 직접적으로 무대화하는 것을 피하고 있다. 결국 땅의 소유권이라는 가장 중요한 관념에 충실하기보다는 방랑자들의 귀향을 통한 정체성을 찾아가는 것에 중점을 두고 있다. 월리와 태드폴 등 방랑자들의 브룸까지 여행 모험을 중점적으로 다루고, 원주민의 필수적 관념인 외세 침략을 그들의 귀향과 연결시키는 것을 조심스럽게 피하고 있다. 이는 작가가 극의 중심축을 지배자를 공격하여 축출하거나 그들을 패배시키려는 것에 두지 않고, 원주민/백인 점령자, 지배자/피지배자, 문명/비문명 등의 이항대립 관계를 해체시키는 혼종성에 두었기 때문이다.

이항 대립에서 벗어나기 위해 작가는 혼종성을 기본 전략으로 내세운다. 극의 결말에서 태드폴과 테레사의 관계, 월리와 태드폴의 부자관계가 밝혀지고, 스리퍼리의 출생 비밀이 밝혀진다. 특히 스리퍼리가 백인 지배자의 상징인 신부 베네딕터스와 원주민 기혼녀인 테레사 사이에서 태어난 혼혈아임이 드러난다. 호미 바바는 혼종성이나 흉내 내기의 전략으로 지배자의 정체성을 혼란스럽게 하여 혼란에 빠뜨린다고 한다[39]. 베네딕터스는 내적 분열을 겪게 되고, 욕망이 좌절됨을 경험한다. 원주민을 지배하기 위한 '나를 닮아라'는 교육의 주체가 바로 베네딕터스이다. 호주 정부가 강제로 시행한 '동화 정책'도 백인들의 '나를 닮아라'는 것과 같은 의미로 받아들여진다. 이는 강제된 동질화로 나타

---

38) 태드폴; 우리가 원하는 것은 우리 땅을 돌려받는 거야. 우리가 원하는 것은 권리이며, 백인들과 똑같이 정당한 대우를 받는 거야······ 우리는 이를 위해 이백년을 기다려 왔어. (TADPOLE; Us people want our land back, we want 'em rights, we want 'em fair deal, all same longa white man. ······ us people bin waiting for dijwun for 200 years now.) (Chi Jimmy and Kuckles, 『*Bran Nue Dae*』, 1991)

39) 이경덕, 앞의 책, p.179.

난다. 그러나 그는 원주민인 테레사와 관계로 인해 자신의 '꼭 닮은 꼴인' 스리퍼리가 태어남으로써 '같아서는 안 된다'는 금기가 깨진 것이다. 스리퍼리가 원주민과 베네딕터스와의 관계에서 태어난 아이임이 알려지면서 그는 신부로서 권위를 상실하고 지배자의 욕망이 파편화된다. 스리퍼리는 베네딕터스와 외모와 언어의 동일성 가지고 있어 사실상 지배자와 구분하기 힘든 존재가 된다. 작가는 피지배자의 혼종성 전략으로 식민지배의 근간인 인종차별을 어렵게 지배자에게 저항하고 지배자를 공격하는 효과가 있다. 즉, 닮은 혼종적 피지배자인 스리퍼리의 출현으로 지배자인 베네딕터스의 내적 갈등을 증폭시킨 결과가 되었다.

그러나 원주민들은 서구식인 기독교 교육을 받은 문화적 혼종이 되었다. 그들은 '원주민 기독교인'으로서 애매모호한 정체성 때문에 고통스러운 혼란을 겪게 된다. 이 극에서 기독교의 교리와 원주민 존재의 방식 사이의 긴장은 이 극을 진행하는 큰 극적인 힘을 공급한다. 작가는 성직자들의 위선과 지나친 행동, 한편으로 동시적으로 신봉하는 관례와 혼종화된 기독교에 대해 해석을 무대화하여 교회 지도사들의 권위를 해체시킨다. 결과적으로 기독교 안에서 모순된 것들을 원주민들의 체험으로서 드러내게 했다. 반어적으로 극의 결말에 나타난 조화의 통찰력은 극 안 어디서나 풍자의 조롱거리가 되었던 같은 기독교 가치규약에 의해 구체화되었다. 즉 스리퍼리의 출생의 비밀이 밝혀지고, 윌리의 아버지와 만남, 안네 고백 등은 신부와 성도들이 지켜보는 가운데 기독교 형식의 간증으로 이루어진다. 이는 이데올로기 혼돈의 기호이라기보다는 원주민들의 힘을 증언하는 것으로서 강요된 종교 제도를 창조적으로 더럽히기 위해 그들 자신의 필요에 따른 전략이라고 할 수 있다[40].

---

40) Helen Gilbert ed., 앞의 책, p.322.

〈브랜 누 대〉의 결말 부분에서 우리는 파농의 말처럼 원주민들의 분열된 "그 파편들이 또 다른 자아에 의해 결합"[41]됨을 보게 된다. 즉 원주민들의 고향으로 돌아가 부모-자식의 혈연을 찾아 재결합하고, 그 곳에서 자신들의 내부에서 심오한 원주민의 영혼을 느낌으로써 원주민의 정체성을 통한 자기 분열을 극복한다. 그들은 땅의 권리와 백인과 동등한 권리를 요구하면서도 결국 기독교 문명 속에 편입된다. 현재의 호주에서 백인 모두가 떠날 수 없으며, 원주민들이 꿈의 시간(dream time)이라는 과거의 이름으로 현재와 미래를 거부할 수도 없는 것이 현실이다. 원주민들이 자신들의 고유한 문명에 집착한다면 흑/백의 편 가르기를 극복하기 어려울 것이다. 자신이 중국인, 일본인, 유럽인 조상의 피가 섞인 호주 원주민이라고 주장하는 작가 지미 치[42]는 혼종성과 자기 분열의 극복을 통해 원주민들의 정체성을 찾고자 하였다.

〈브랜 누 대〉에서와 같이 혼종성을 탈식민주의 극의 기본 이념으로 차용할 때, 탈식민주의 정치학의 저항적 힘을 심각하게 손상시킬 수도 있다. 즉, 고통스러운 과거와 현재의 상황이 원주민들이 겪어 왔고 현재도 겪고 있는 생생하게 살아 있는 역사임에도 불구하고 대항 담론을 무시한 채, 혼종성이라는 이름으로 중화, 융합 혹은 다양성으로 환원시켜버리는 결과를 낳을 수 있다.

3. 맺음말; 〈땅풀이〉와 〈브랜 누 대〉의 탈식민성

마당극 〈땅풀이〉와 호주의 원주민 극 〈브랜 누 대 Bran Nue Dae〉는

---

41) 양석원, 앞의 책, 2003, p.87.
42) Helen Gilbert, 1998a, p.77.

서로의 교류나 연대관계가 없이 각각의 상황에서 생겨난 고유한 극이면서도 공통점이 많다. 1970~80년대 한국의 상황은 군사 독재 정권 하에서 국민들이 질식당해야 했고, 미국, 일본 등이 군부 독재를 옹호하면서 경제 침탈에 나서던 시기였다. 이 시기에 호주에서는 원주민들의 땅 주인 권리 찾기 운동이나 투쟁이 본격화되었다. 〈땅풀이〉는 이러한 시대 상황에 한국에서 새롭게 등장한 마당극의 형식으로 적극적 현실 대응 태도를 보이고, 〈브랜 누 대〉는 혼종화된 뮤지컬 형식으로 호주 원주민들이 백인들에게 빼앗긴 땅의 권리를 회복하고, 잃어버린 그들의 정체성을 회복하기 위한 실천적 의지를 표출하고 있다. 이상에서 고찰한 것을 요약하여 결론을 내리면 다음과 같다.

첫째, 이 두 작품은 서로 다르지만 각기의 독특한 공연 방식을 통해 저항성을 드러내고 있다. 〈땅풀이〉에서 작가가 전통적인 연희 요소와 원주민 말을 차용하는 것은 서구 문화에 의해 희미해져 가는 우리의 문화적 전통을 되살려 문화제국주의 지배에 대한 탈피를 꾀하려는 도전의 한 방식이다. 작가는 이 작품에서 제주도 고유의 굿 형식을 빌려 외세를 물리치게 하고, 동시에 민중의 힘의 단결과 각성을 촉구한다. 〈브랜 누 대〉의 공연에서 전통적인 연희 요소를 차용하지 않고 다양한 형식을 혼합시킨 것은 '혼종성'의 강화로 대립항을 해체시켜 탈식민주의 담론의 전략이다. 원주민들의 땅, 권리, 인권 등의 무거운 주제에 관한 그들의 공격은 외기 쉬운 곡조와 유쾌한 리듬, 웃음거리가 되는 성적 표현과 도구 등에 의해 중재된다. 특히 노래 형식을 통해 저항성을 표출하고, 그들의 연대의식이 드러낸다. 따라서 이와 같은 공연 방식으로 호주 원주민들이 안고 있는 가려진 다양한 쟁점에 대한 계속된 공격이 가능하다.

둘째, 〈땅풀이〉와 〈브랜 누 대〉는 타자의 담론을 비판하고 있다.

<땅풀이>에서 왜인이나 재벌과 같은 식민자들은 자기들의 시각에 의해 침탈의 대상인 제주도를 축소, 비하하여 왜곡시켜 놓고 식민지화한다. 우월 혹은 열등의 기준이 임의적인 것임에도 불구하고 마치 절대적인 속성처럼 가장시켜 제주도인들의 열등성을 만들어 냈다. 식민자들이 지배 대상을 폄하함으로써 침략과 정복을 정당화하는 식민 이데올로기를 비판함으로써 탈식민성을 강화시킨다. <브랜 누 대>에서 호주 정복자들은 흑과 백, 우월과 열등, 문명과 야만 등의 이분법적 시각으로 자기들의 우월성을 주장하며, 백인들의 시선에 원주민들은 낯설고 혐오스러운 존재로 투영되어 그들과 더불어 살 수 없는 타자 혹은 비자아로 남는다. 이 극은 원주민들이 백인들의 시각에 의해 인간성을 상실하고 소외되었으며 자신들의 정체성을 잃은 것을 비판한다.

셋째, 두 작품은 타자 담론과 함께 지배자의 지배 욕망을 비판하고 있다. <땅풀이>의 작가는 재벌이라는 육지인과 왜인이라는 외세의 지배 욕망을 비판하고 있다. 당대의 재벌들은 미국의 차관과 일본의 독점자본의 유입을 적극적으로 받아들이고, 그 국가독점자본을 통해 제2의 식민지적 지배와 종속관계를 받아들이는 매체 역할을 하게 된다. 이에 작가는 이 극을 통하여 1970~80년대 재벌들은 정치권력과 유착하여 정당성을 가장하고 '토지 수용령'과 같은 강제력을 동원하여 땅을 빼앗는 현실을 비판하고 있다. <브랜 누 대>는 백인 점령자에게 땅을 빼앗기고 가족이 해체 당한 상황에 대한 백인의 지배욕망을 비판하고 있다. 백인 점령자들이 원주민의 세상을 '악과 죄의 세계, 미개의 세계'로 간주함으로써 비문명화 된 사회에 대한 서구인들의 지배의 정당성과 담론 체계를 확보하고 있다. 이 극은 정착자인 백인 식민지배자들이 지배 논리가 갖는 허구성을 폭로하기 위해 원주민들의 방랑과 '잃어버린 세대'의 실체를 전면에 내세운다.

넷째, 이 작품들은 여성의 몸에 대한 유린을 고발하거나 혼종적 저항 방식으로 내세우고 있다. 〈땅풀이〉에서 기생 관광에 대한 표출이나 둘째 마당 세경놀이에서 어진 어멈이 겁탈 당하는 장면에서도 우리의 정체성이 어떻게 훼손되고, 유린당하는지를 보여 주고 있다. 재벌에 의해 제주도 여성의 겁탈 당함을 통해 외세와 권력을 등에 업은 내부인에게 원주민들이 유린당하고 그들에게 종속되는 이중적 지배당하고 있음을 이 극에서 고발한다. 〈브랜 누 대〉에서 작가는 극의 중심축을 지배자를 공격하여 축출하거나 그들을 패배시키려는 것에 두지 않고, 원주민/백인 점령자, 지배자/피지배자, 문명/비문명 등의 이항대립 관계를 해체시키는 혼종성에 두었다. 작가는 바로 피지배자의 혼종성 전략으로 식민지배의 근간인 인종차별을 어렵게 하여 지배자에게 저항하고 지배자를 공격하는 효과를 발휘하고 있다.

마당극인 〈땅풀이〉와 호주 원주민극인 〈브랜 누 대〉는 제3세계의 특수성과 신식민주의에의 도전을 위한 실천적인 연극이다. 〈땅풀이〉와 〈브랜 누 대〉는 제3세계 민중극으로서 공통 기반을 가진다. 더욱이 이 두 작품은 토착민들이 현실적인 삶의 공간인 동시에 민족 정체성의 상징성을 가지는 땅을 외부 세력에 빼앗기고, 삶마저도 뿌리 뽑혔다는 문제를 공유한다. 이러한 현실에 대한 대응 방식으로서 〈땅풀이〉는 가속화된 서구화의 결과로 문화적으로 혼종화 됨을 인정하지만 타자 담론과 지배욕망 비판, 여성 몸의 유린 등을 통해 신식민 지배 체계에 대한 저항으로 그것에 내재하는 종속관계를 극복하려는 태도를 취하며, 〈브랜 누 대〉는 타자 담론 비판, 혼종의 전략, 자기 분열의 극복 등을 통해 식민주의의 이데올로기를 벗어나 원주민들의 정체성을 찾고 있다.

참고문헌

고부응, 『초민족시대의 민족 정체성』, 문학과지성사, 2002.

고응부 엮음, 『탈식민주의 이론과 쟁점』, 문학과지성사, 2003.

박명진, 『한국희곡의 근대성과 탈식민성』, 연극과인간, 2001.

이영미, 『마당극 · 리얼리즘 · 민족극』, 현대미학사, 1997.

임진택 · 채희완, 「마당극에서 마당굿으로」, 『한국문학의 현단계1』, 창작과비평사, 1981.

정지창, 『서사극 마당극 민족극』, 창작과비평사, 1989.

황석영, 『장산곶매』, 심설당, 1980.

『Bran Nue Dae』, directedby Tom Zubrycki, Bran Nue Dae Corporation, Broome. Films, Canberra, Australia, film, 1991.

Broome Richard, 『Aboriginal Australians』: Black Responses to White Dominance 1788~2001, Allen & Unwin, 2001.

Chi Jimmy and Kuckles, 『Bran Nue Dae』, Currency press, Australia, 1991.

Fanon, Frantz, 『Black Skin, White Masks』, Charles Lam Markmann trans., New York, Grove Weidenfeld, 1967.

Gilbert Helen, 『Sightlines: Race, Gender, and Nation in Contemporary Australian Theatre』, The University of Michigan Press, 1998a.

Gilbert Helen, "Reconciliation? Aboriginality and Australian theatre in the 1990s", Veronica Kelly(edited), 『Our Australian theatrein the 1990s』, Amsterdam-Atlanta, GA. 1998b.

Gilbert Helen, 『*Postcolonial Plays: an anthology*』, London Routledge, ed. 2001.

Gilbert Helen & Tompkins Joanne, 『*Post-colonial drama; theory practice, politics*』, London and New York, Routledge, 1996.

Mudrooroo, "White Forms, Aboriginal Content", Bill Ashcroft Garet Griffiths and Helen Tiffin(edited), 『*Post-colonial Studies Reader*』, Routledge, 1995.

Said Edward W., "Orientalism," Bill Ashcroft, Gareth Griffiths and Helen Tiffin(edited), 『*Post-colonial Studies Reader*』, Routledge, 1995.

ABSTRACT

A Comparative Study of ⟨Ttangpuri⟩ and ⟨Bran Nue Dae⟩

Song, Chae-il

This article is a comparative study of Korean Madang-geuk (Yard drama) ⟨Ttangpuri⟩ (by Hwang Seok-yeong, 1980) and Australian Aboriginal drama ⟨Bran Nue Dae⟩(by Jimmy Chi and Kuckles, 1991). This research is conducted from the viewpoint of post-colonialism, analysing how to react actively against the invasion of foreign conqueror and the domestic inequalities and injustice. Madang-geuk and Aboriginal Drama took place at each different place and situation. They are not each interchange and solidarity. But, ⟨Ttangpuri⟩ and ⟨Bran Nue Dae⟩ are each individuality, as well as which are common feature.

Korean citizens had been oppressed by dictators, and at them same time, super powers such as USA and Japan had advanced to affect South Korea by supporting the Korean despotic regimes and taking their economic profits in the 1970s-1980s. At that time, ⟨Ttangpuri⟩, which began to stage in the form of Madang-geuk, participated in the active resistance of such various forms of oppression. In the

Australia, the movement and struggle for Aboriginal land rights took place 1966, which rear in the 1970s~1980s. 〈Bran Nue Dae〉's narrative focus on the Aboriginal search for a physical and spiritual homeland highlights a common concern of indigenous peoples uprooted by colonial settlement. The Aboriginal quest for cultural renewal is inevitably linked to a demand for land rights.

〈Ttangpuri〉 and 〈Bran Nue Dae〉 is an active resistant play which resists neo-colonialism, in the consideration of the specific nature of the third world. In this plays, the writers points out that the indigenous people in Jeju-do(island) and homeland are uprooted by losing their land to the outsider capitalists, which was the source of their survival and is attached to their identity.

In 〈Ttangpuri〉, although Hwang Seok-yeong acknowledges the cultural hybridity accelerated by Westernization, he takes an ambivalent attitude, by resisting and overcoming the dependency which is embedded in the people. And Aboriginal playwriter Jimmy Chi search for identity of aborigines by hybridity and overcoming self-disrupion in 〈Bran Nue Dae〉.

주제어 : 탈식민주의 극, 마당극, 호주 원주민극, 땅풀이, 브랜 누 대
Key Words : postcolonial drama, madang-geuk, Australia aboriginal drama, Ttangpuri, Bran nue dae

윤조병 〈농토〉의 농민 억압과 저항 양상

이 동 배[*]

1. 머리말

〈이끼긴 고향에 돌아오다〉(1967)로 데뷔한 윤조병은 우리 주변에서 소외당하고 무시당하는 자의 삶을 리얼하게 잘 묘사한 희곡작가다 (송재일, 1995; 179). 그의 작품 중 농촌을 배경으로 한 3부작 〈농토〉, 〈농녀〉, 〈농민〉은 작가의 농촌 체험을 바탕으로 나온 완벽하게 조화된 작품이라고 할 수 있다(유민영, 1984; 216). 이 논문에서는 3부 작중 〈농토〉(1981)의 농민 억압과 저항 양상에 대해 탈식민주의적 시각에서 분석하고자 한다.

〈농토〉는 황소에 덤으로 팔려간 노비 덤쇠의 자손 한쇠, 돌쇠, 우배, 창열, 점순에 이르는 네 세대가 동학 혁명, 일본 식민기, 광복, 6·25 동란과 전후 한국의 경제 발전과정 등의 역사적 사건을 겪어 면서 엮어

* Lee Dong-bae(Isaac Lee), The School of Language and Comparative Studies, The University of Queensland, Australia. 교수

진 이야기다. 농토에서 담론의 논쟁은 주로 지배 이데올로기와 피지배 이데올로기의 갈등에서 찾을 수 있다. 그러나 지배 이데올로기는 고정된 것이 아니라 항상 도전과 투쟁에 직면하여 변화 발전하는데 (Lee, 2000; 23) 농토에서도 지배 이데올로기에 의한 농민의 억압과 그 저항을 다양하고 효과적으로 보여주고 있다. 또한 이데올로기의 투쟁은 실제 텍스트에 나타나 있거나 또 생약 되거나 희미하게 나타나는 경우도 있다. 데리다(Derrida, 1981:280)에 의하면 일관성 있게 생략된 것(consistent presence)은 존재(presence)로 보기 때문에 이 논문에서 계속적으로 생략된 담론을 존재(Presence)로 보고 농토가 쓰이어진 한국사회의 역사, 사회적인 측면을 고려하여 그것들을 비판적으로 분석하고자 한다. 그리고 분석에서 힘과 지배의 관계와 지배관계의 생산 재생산을 파헤치는 비평적인 담론 분석(critical discourse analysis)과, 탈식민주의 이론과 기타 저항이론을 동시에 이용하고자 한다.

이 극에 보면 크게 지주의 후손인 어른의 가정과 노비의 후손인 농부 가족 중 돌쇠와 점순네를 중심축으로 극이 진행된다. 그러나 이들의 대화에 등장하는 주변인물을 통해서 그 당시 시대 배경과 갈등의 요인, 문제점들이 적절히 지적되며 총체적인 저항의식이 잘 드러난다. 따라서 주변인물과의 대화도 비평적으로 분석하고자 한다.

먼저 피지배지자가 겪는 가진 자의 억압과 정책의 억압 구조, 다양한 형태로 나타나는 피지배자들의 저항을 분석하고, 이어서 생략된 주체를 분석함으로써 결론을 내리고자 한다.

2. 가진 자와 정책의 억압

형식상으로 이 극에서 가진 자 즉, 지주인 어른의 돌쇠라는 소작인에 대해 억압이 주류를 이루지만, 그 주변부나 생략되어 나타나는 더 힘 있는 자인 정부나 매판 자본주, 농협과 같은 사회 기간의 농민이나 노동자에 대한 억압도 무시할 수 없다. 또한 억압받는 것도 남성보다 여성은 그 정도가 다르다. 그래서 이 논문에서 제일 먼저 다양한 억압의 주체와 대상에 대해 분석하고자 한다.

먼저 무대 설정에서부터 농토는 힘에 의한 억압과 지배 구조가 잘 드러난다. 어른의 집은 높이 빼어난 종마루 일부와 솟을 대문이 객석을 마주 보고 있으며 여러 산들과 시내를 바라 볼 수 있는 등 전망이 좋지만 돌쇠의 집은 연초 건조장, 조가 삼간, 헛간으로 우물터와 객석을 비스듬히 바라보고 있다. 주로 농사기구의 도구가 많이 있다. 여기서 크레스와 리우웬(Kress & Leeuwen, 1990: 40)은 정면 위에서 아래로 바라보는 각도는 '힘(power)'이 주어진 이미지라고 하였는데, 어른의 집에 대한 구조와 바라보는 각도는 이런 지배층의 모습을 잘 드러내고 있다. 반면 돌쇠의 집은 비스듬하게 관객을 바라보고 있다. 이것은 관객으로부터 '소외된'(excluded) 그리고 '타자화된(othering)' 느낌을 준다. 작가 윤조병은 이렇게 주인공 돌쇠의 집이 소외되고 타자화된 모습으로 묘사함으로써 역설적으로 돌쇠의 억압을 더 극명하게 드러내고 있다.

지주 계급인 어른 가(家)는 대대로 농민을 억압하고 괴롭히는데 이들의 특징은 변화하는 시대의 변화마다 지배자 편에 서서 협조하고 그 대가로 특권을 누리고 자기의 사욕을 채운다. 더 큰 어른은 동학란이 일어나자, 생명의 위협을 느끼고 양민들을 괴롭히지 않았던 덤쇠에게 구릉 논을 주고 덤쇠와 그 아들 한쇠를 종에서 풀어주고 자기의 생명을 보존해주도록 부탁한다. 그러나 동학란이 진정되고 그 관련자들이 처벌되자 다시 덤쇠를 위협하여 논을 빼앗고 종으로 삼아버린다. 더 큰 어른의 행동은 그 자손에게서 그대로 답습이 된다. 친일 행각을 하다가 광복 후 다시 생명의 위협을 느낀 그들은 다시 구릉 논을 주고 감언이설로 꼬드긴다. 그러나 친일행각을 한 자들이 처벌받기는 커녕 오히려 그 자신이 벼슬을 하자 다시 주었던 구릉 논을 빼앗고 만다. 이러한 지주의 억압은 힘을 이용한 강압적인 수탈과 억압이었다.

이러한 억압은 3대째인 돌쇠에게도 나타나는데 그 형태에서는 조금 양상을 달리한다. 즉 돌쇠에게는 덤쇠와 한쇠가 당한 위협과 같은 강제적인 수단은 동원되지 않았지만, 돌쇠가 그 억압을 수용한 것은 신식민 지배를 당한 제3세계의 주민들과 흡사하다. 피식민 지배를 경험한 나라에서는 식민자가 떠난 후에도 여전히 옛날 식민자들의 문화, 경제적, 심리적 의존관계에 의해 살아가는 경우가 많다(Altabach, 1995; 453). 돌쇠에게는 경제적으로 어른한테서 소작지를 분양 받아야 생존할 수 있었고, 또 조상대부터 자기 때까지 완성한 석산 봉답에 대한 소유권을 확보하기 위해서는 주인 어른과 의존관계를 맺지 않을 수 없었던 것이다. 또한 심리적으로 돌쇠는 조상 때부터 지배를 당해왔기 때문에 주인에 대한 의존성 내재해 있다. 친구들이 시대가 변했다고 하지만 "주인이 간다는디", "정월 초하루 시배를 석 달 그믐꺼정 허는 것"라고 말하는 돌쇠의 모습에서 여전히 옛날의 주인의 권위를 인정하며 살아간다. 주인은 이렇게 내재된 의존성과 사회, 경제적인 힘을 악용하여 돌쇠가 150년간 3대째 걸쳐 손으로 일군 석산을 앗아가고 만다. 이것은 돌쇠가 주인을 위해서 6·25 때 주인 대신 전쟁터에 나가서 총알도 맞고, 또 주인이 떠난 집을 지켜주기도 한 것에 대한 배신인 것이다. 이 점은 어른과 그의 아들이 사회적인 힘이 있고, 법을 잘 아는 점을 이용했다고 할 수 있다.

작가는 '극단적인 대비(binary opposition)'를 써서 두 가문을 구분한
다. 즉 돌쇠의 가문은 정직하고 열심히 일하고 부지런하고 국가관이 뚜
렷하다. 자기 생명에 대한 애착보다 국가관과 주인 섬기는 마음이 앞선
다. 또 가난한 백성이나 양민들 편에 서서 함께 고난을 받으며 살았다.
반면 어른 가(家)는 국가에 대한 충성심도 없고, 남의 아내를 범하며 백
성이면 당연히 지켜야하는 의무도 지키지 않는다. 더 큰 어른부터 어른
에 이르기까지 3대가 돌쇠 가에 전답을 주고 다시 빼앗은 거짓과 배신
권모술수가 능한 집안이며, 자기 생명을 무척 아끼며 살려고 몸부림치
는 모습이 역력하다. 더 큰 어른은 동학란을 일으킨 조선 농민이 청국
와 일본군에 의해 진압되고 주도자들이 처벌당하자 오히려 기뻐하고
소작인을 더 괴롭혔으며, 큰 어른은 일제시대에는 일본 침략자와 결탁
하여 타인의 여러 땅 즉 '배암산', '오봉산', '돌산'을 자기 것으로 집어
삼켰다. 해방 후에 그는 친일파임에도 벌을 받지 않고 다시 우대한 이
승만 정권에 결탁하여 벼슬을 한다. 어른은 6·25 때는 피난 가고 징병
소집에 종을 보내 때우고 돌쇠에게 쇠경으로 준 땅조차 다시 빼앗으려
한다. 이들은 시대가 바뀔 때마다 지배자가 누구든지 상관치 않고 지배
자 편에 서서 그 특권을 누린다. 이들에게서 한 푼의 의리나 인간의 정
도 찾아보기가 힘들다.

그러나 이들은 자기 지배를 확고히 하고 자기 보호를 위해서는 가
끔씩 피지배자를 위한 행동을 하기도 한다. 박주식(2003: 280)은 지배자
는 피지배자들을 효과적으로 지배하기 위해 긴밀한 관계를 형성하기도
한다고 했는데, 이 극에서도 그러한 모습이 보인다. 어른가에서 동학란
때나 일제 후에 돌쇠가에게 구릉 논을 주고 또 시대가 바뀌자 쇠경으
로 석산 봉답을 주었다. 뿐만 아니라 돌쇠가에서 입원한 창열이를 방문

할 때 어른은 쌀을 빌려주고 돈을 사게 한다. 또 추수 날까지 돌쇠를 위해 어른이 댐 공사하는 감독 급 사람에게 사정해서 추수를 앞둔 지렁네 전답이 댐 물을 잠기지 않게 해둔다. 또한 돌쇠의 며느리이자 과부인 점순네와 성관계를 가짐으로써 누구보다 긴밀한 관계를 가진다. 그러나 이것이 탈식민 문학에서 토론되는 타자를 효과적으로 지배하기 위한 것이라고 보기엔 좀 어색한 것 같다. 오히려 자기보호를 위해서 구릉을 주었다가 자기 생명과 지위가 보장되는 것을 안 순간 급히 빼앗아 버린다. 또 점순네와의 성적 관계도 성적인 소욕을 충족시키고자 하는 면이 더 강하다. 그 이유는 돌쇠가에 대한 성적인 수탈 후에 작은 이남박에 쌀을 채워 줌으로써 그 대가를 다 지불했다고 여기며 돌쇠가와의 사이에 태어날 수 있는 혼종성의 존재도 거부하고, 또 계속적으로 돌쇠가와 돌쇠 가문의 여인에 대한 착취와 억압은 똑같이 이어진다. 또한 돌쇠네가 추수할 때까지 댐에 물이 차지 않게 해주었다고 하지만, 그것은 석산을 빼앗아 그 양지짝에 별장을 짓는 것에 대한 미안한 마음으로 그렇게 했는지도 모른다. 이것은 음지짝으로라도 가서 돌산을 지키려고 하는 돌쇠의 마지막 저항으로 볼 때, 자기를 위하는 척하는 주인의 의도가 사기임이 드러날 때 한쇠, 덤쇠는 노비의 신분이니까 참았지만 돌쇠는 저항을 하게 된다. 그래서 긴밀한 관계는 맺어지지 않음을 알 수 있다.

지배자들은 또한 국가적인 큰 담론이나 정책의 변화를 최대한 이용하여 자기의 욕심을 채운다. 서구식민자들이 3세계를 지배하기 위해 내세우는 큰 담론은 과학 기술의 이전과 경제 지원과 같은 구실을 되면서 지배를 합리화한다(Carnoy, 1974; 47). 마찬가지로 이 극에서 댐이라는 것을 건설함으로써 국가적인 사업 앞에(돌쇠는 '나랏일'이라고 말하면서 승복한다) 모든 수물지역 주민들의 협조를 구한다. 전답이 많은 사람이야 제대로 보상을 받고 새 출발을 할 수 있었지만 문제는 수몰 이전까지 자기 것으로 알고 농사를 지어오던 돌쇠의 석산 봉답이나 또한 문서는 없지만 자기 것으로 알고 농사를 지어오던 땅이 댐 건설로 인하여 영원히 국가로 혹은 문서를 쥔 자의 손으로 들어가고 만다. 또한 수몰지역 농민들은 담배도 못하게 하고 봄누에 씨도 안주고 하곡 수매도 안받아 준다. 다음 점순네의 대사에서는 이러한 아픔을 잘 보여 주고 있다.

> **점순네**: 가을 걷이두해봐애쥬. 속고 속은게 지난 봄부텀유 (고무래 질 끝내고 호리를 펴며) 심평이 펴야지유. 이참은 우리 지령 마을꺼정 담배를 못 심게허구. 봄누에 씨두 안 나워줬잖유 (약 간 언성을 높여) 저 담배 건초장이 놀구, 잠구가 썩는 건, 다 저 땜때문이어유. (윤조병, 1987; 54)

> **점순네**: 아버님허구 지가 일년내내 품팔어 쇠경 안받구 얻은 하천부 지 반나절 거리두 문서 읍다구 보상급 한푼 읎이 빼앗겼지유. (윤조병, 1987; 55)

돌쇠와 점순네가 쇠경대신 받은 하천부지도 문서가 없다고 빼앗긴 것이다. 이 것은 실제 땅을 소유해온 실소유주와 상관없이 문서에 보고한 것으로 땅의 실소유주를 인정한 것으로 일제시대의 한국 농민이 당한 모습과 비슷하다. 이러한 결과는 결국 없는 자에 대한 또 다른 형태의 억압이다. 이와 같이 한국의 지도자들은 피지배자들로부터 지배의 헤게모니를 얻기 위해 경제 성장이나 공업화와 같은 슬로건을 내세우며 백성들에게 이해와 협조와 나아가 순종을 요구한다. 그러한 슬로건 아래 많은 노동자들도 노동력을 착취당하고 또 임금도 제대로 못 받았으며, 농지는 헐값에 공장주에게 팔려간다. 또한 죽음이나 산업재해에 대한 올바른 보상도 주어지지 않는다. 다음의 대사는 일반 노동자의 억압과 고통을 잘 말해주고 있다.

> **갑석**: 창열인 공장서 쇳물 녹이는 일을 혔는디, 그게 병신되는 일인디두 어쩔수읎응께 죽기냐 살기냐 허구 배달렸든가뷰.
> **진모**: 그려서?
> **갑석**: 화상으로 발가락은 다 울그러지구 손가락두 몇 개는 읎어졌는갑데유
> **덕근**: 그 공장은 화상이 심허야 기술자 대우를 혀준댜.
> ······ (중략) ······
> **진모**: 병원서 도망을 했담서?
> **덕근**: 그려?
> **진모**: 공장선 치료비를 안주구, 병원선 독촉허구, 치료비는 무섭게 쌓이구, 헌께 버틸 재간이 읎든지 밤에 내뺐다는구먼.(윤조병, 1987; 71)

"국토 방위", "조국 근대화" 같은 거대한 국가적인 담론 아래 지배자들은 종종 개인의 인권을 유린하고 무시했다. 큰 어른은 자기 아들 대신 종의 아들 둘을 군대에 보내서 하나는 죽게 하고 6·25 때 어른은 돌쇠를 대신 군대에 보내서 돌쇠는 어깨에 총을 맞았다. 어른의 별장을 짓는 남포로 죽은 점순이 장례식 날 어른의 둘째아들과 어른 그리고 부유층의 사람들은 댐이 차면 좋은 곳에 집을 짓는 희망에 부풀어서 미리 댐이 완성될 전망을 보고 집을 옮기고 있다. 살인죄와 같은 짓이지만 점순이에 대한 보상은 아예 언급도 없다. 여기서 지배자들이 보는 피지배자의 생명에 대한 가치는 별로 중요하지 않다. 점순이 죽음을 지배자들은 결코 애도하지 않았다.

또한 그러한 국가적인 담론이나 국책사업으로 이득은 대개 가진 자가 많이 차지하고 없고, 무식한 자는 있는 것도 빼앗기고 또 고통을 당했다. 지배자들은 위정자나 권세를 잡은 자에게 붙어서 댐 건설 후 지형 변화와 땅의 가치 변화에 대한 정보를 자세히 알고 그것을 이용하여 자기 자산을 증식시키고 가난한 자를 억압한다. 지형적으로 불균형적인 사회의 주요 기간산업의 개발은 자본의 흐름에 의해서 재생산되고 그것은 다양한 결과를 재생산하는데, 즉 본연적으로 자본주의 사회관계의 진정한 변화가 일어나고 그것이 자본주의 사회의 하나의 매개 수단이 되거나 결과가 된다고 했다(Soja, 1996; 68). 이 극에서 댐 건설이라는 정부의 정책은 못 가진 자에게는 너무나 불공평한 기회를 제공했고 나라의 자본은 수몰지역의 땅을 매입하고 공사하는데 사용되었다. 그러나 우연히 댐의 건설로 인한 지형의 변경과 개발은 석산에 대한 상대적인 가치 상승을 일으키고 돌쇠가가 150년 간 고생하여 이룬 땅을 문서가 자기에게 있다고 하면서 주인이 빼앗아 버린다. 정부의 불공평한 지형개발의 이익은 어른에게 돌아감으로써 또다시 불공평한 소유로 이어진 것이다.

농토에서 이러한 지배계층의 억압 중 빼놓을 수 없는 것이 여성에 대한 성적인 억압이 있었다. 탈식민 문학에서 지배 백인에 열등감으로 피지배자들은 혼종성을 추구하거나 성관계를 통하여 지배 계층에 오르려고 한다. 농토에서 나오는 어른은 부인이 없다. 식민지배지들이 식민지에 갔을 때 현지 원주민과 결혼하여 혼종성을 재생산했다. 그러나 이 극에서 문제는 어른가가 범하는 여인은 남의 아내라는데 있다. 어른가에서 가진 돌쇠가의 여인들에 대한 성적인 요구는 일방적이고 비윤리적인 것이지만 혼종성을 생산의 가능성을 열려 있었다

덕근: 융이오는 상것들 편이라구 떠들어 대구, 감투두 주구 허드구
만, 그려두 우리는 가만 있었어. 저사람은 피난간 저 어른 대
신으루다가 집두 지켜주구, 군대 꺼정 갔는디 그때 맞은 총알
이 지금두 어깨 쭉지에 백혔있다는만. 그려두 소용없어. 송용
없는 게 아니구 마누라꺼정 훑어대는 형편이었응께, 종이나
상것들 여자는 도지 얻은 밭이여, 주인 맴대루 씨를 뿌렸으니
께. 상전들은 종씨받아 종으루 부기도 혔지만 즈이들 씨받아
종으루 써먹은 심여. (윤조병, 1987; 61)

덕근: 후손은 알어야 혀. (사이) 한쇠가 큰 어른대신으로 징용 갔을
때 아낙네가 남편 한쇠 대신 돌산을 깨다가 해산을 혔는디,
호적계가 그 애길 듣구 그렇게 써넣어서 돌쇠가 된거여.

옥돌네: 싸움이 꽤 오래 였다는디 워치기 애를 뱄댜? (잠잠하게 손
을 움직이면서 듣고 있던 돌쇠와 점순네의 눈이 번뜩한다).

갑석: 징용가기전에 밴 것이 것지.

덕근: 허긴 말구 있었어. 날자가 좀 늦된다구 혔지.

옥돌네: 돌쇠 아저씨두 양반씬지 모르겠구먼유. (윤조병, 1987; 63)
덕근은 돌쇠의 출생이 한쇠의 후손이라면 출생예정일을 넘어
선다는 사실을 제기하면서 돌쇠도 양반의 씨일 가능성이 있다
고 한다. 그렇다면 돌쇠도 큰 어른가의 피를 가졌을 가능성이
다분히 있는 것이다. 그러나 지배계층은 혼종성을 거부하고
그들을 종으로 부린다. 이것은 "상전들은 종씨받아 종으루 부
기도 혔지만 즈이들 씨받아 종으루 써먹은 심여"(윤조병,
1987; 61)라는 덕근의 말에서 잘 나타난다, 점순네나 점순이
나 또 조상 대대로 여인들은 주인으로부터 성적인 농락을 당
한다. 도지 얻은 밭처럼 주인이 원하면 어느 때든지 성적인
농락의 대상이 되어야 한다. 이것은 여인에게 주어지는 엄청
난 충격과 수취인 것이다. 조선시대도 아닌데 점순네가 왜 거
부할 수 있는데 거부하지 않고 어른의 성적요구에 응했는가?
이것에 대한 해답은 점순네의 회상에서 찾아 볼 수 있다.

어멈 점순네:(점순네가 손을 씻던 우물을 향해) 애야, 이게 이남박이

다. 곡식을 씻고 일 때 쓰는 게여. 작은 것두 있는디, 큰 것두
있구 큰 건 양반이 쓰시구 작은 건 상것들이 쓰는 거여. (사
이) 이 이남박에 우리네 상것들이 하얀 쌀을 씻어 일 때가 있
는 디, 아이들허구 남정네들은 이밥이라구 좋아라 퍼넣지만,
그 이밥 속에는 우리 상것 계집들이 남몰래 흘린 피눈물허구
한이 들어 있는 거여. (사이) 어르신네가 에미 너를 부를 때
이 이남박을 갖구 오라는 분부면 에미 너는 지체말고 가야허
구, 나올땐 쌀을 내릴 것이니 곧바로 그걸 씻어 일문서 눈물
을 감춰야지 앙탈을 하다가 이남박을 깨기라두 허믄 큰일나는
것여. (사이) 상것 계집헌틴 은장도가 읎구 열녀문도 읎는 벱
여. 있다면 입을 옥물구 이마를 펴서 그 티를 내지 않는 것
뿐이여. (사이) 니 시할무니가 이걸 갑오년 전해에 물려 받아,
왜정 중간에 나헌티 줬는디, 내가 이걸 버리지 못허구 오늘
에미 니헌티 주는 것여. 상것 계집헌틴 원혼두 읎어…(윤조병,
1987; 65~66)

    점순네에게는 시모와 시조모로부터 계속되어온 어른가의 성적 억압
을 회상하는데 그 속에는 거부할 수 없는 심리가 이미 내재된 듯하다.
"지체말고 가야허구", "앙탈을 하다가 이남박을 깨기라두 허믄 큰일나
는 것여"(윤조병, 1987; 65~66) 등의 표현에서 점순네는 결코 반항을
하지 못하도록 교육을 받았다. 이러한 억압을 계속 받다보니 점순은 분
명히 거부할 수 있는 시대에도 계속 성적 억압을 허용한 것이다. 이것
은 피식민자들이 계속적으로 식민자의 지배를 받다보면 지배를 당연시
하고 의존성이 생기는 태도와 비슷하다(양석원, 2003; 64). 또한 다음 대
사에서 점순네의 말은 단순히 구습을 답습한 것이라기보다는 어른으로
부터 그 이상의 것을 바랜 흔적이 보인다.

    상만: 땜에 물이 차면 게가 전망이 젤루 좋다드만… 그러니께 점순

이가 돌에 맞은 것두 땜공사 남포가 아니구 별장 짓는 남포에
맞은 것이여. (그러나 아무도 대꾸를 않는다)
점순네: (감정을 안으로 억제하고) 몰랐구먼유…지두 까맣게 몰랐어
유… 지가 어르신네 간게 엇그젠디 이럴 수가 있대유… (윤조
병, 1987; 95)

아마도 경제적으로 피지배를 당하는 자로써 주인의 요구를 들어줌
으로써 석산 봉답에 대한 기득권을 인정받으려는 태도인 지도 모른다.
한국 사회는 전통적으로 남성에 의한 여성의 차별이 공공연히 이루어
졌다. 그러나 여기서 돌쇠가의 여인들은 돌쇠가의 남성으로부터 차별
을 당하고 또 주인가의 남성으로부터 성적인 수모를 당한 것이다. '은
장도'나 '열녀문'이라는 단어는 성적인 순결을 강조하던 용어들이다.
그들은 노예로서 육체적, 정신적 고통뿐 아니라 여성으로서 순결을 지
키지 못하는 아픔으로 괴로워해야 했다. "남몰래 흘린 피눈물허구 한"
"그것을(쌀을) 씻어 일면서 눈물을 감춰야지", "입을 옥물구 이마를 펴
서 그 티를 내지 않는 것 뿐이여"(윤조병, 1987; 65~66) 등의 표현에서
돌쇠가의 여인들이 남편에 대한 죄책감으로 얼마나 고통하고 성적인
억압으로 얼마나 괴로워했는가를 보여주고 있다. 또 그들은 자신이 당
하는 아픔들을 남편과도 나눌 수 없었기에 그 아픔과 고통은 더 컸던
것이었다. 이상에서 지주 계층과 가진 자에 의한 농민의 사회, 경제, 성
적, 심리적 억압과 고통에 대해 알아보았다. 그러나 국가적인 공사인
댐 건설에서도 잠 간 나왔듯이 정부의 농민에 대한 억압에 대한 이해
없이는 설명하기가 힘들다. 따라서 다음으로는 농민을 억압한 정부 정
책 대해 알아보고자 한다. 박정희 대통령의 조국근대화와 공업화 정책
은 농촌 노동자를 대거 도시로 유입시켰다. 이것은 선진국인 일본이나
미국이 자국의 산업 중에서 공해가 심한 화학 공업과 노동 집약 공업

을 한국에 이전한 결과이다. 또한 그것을 바탕으로 해서 한국 정치가들은 경제 성장을 도모하여 정통성이 없는 정권유지를 원했던 것이다(Lee, 2000; 299). 이렇게 해서 한국은 미·일과 신식민주의 관계를 맺어갔고 그 결과 지속적인 공업화와 도시화를 추진하였다. 결과적으로 농촌은 상대적으로 낙후하게 되고 노년층위주로 남게 되었다. 이 <농토>에서 등장인물은 65세가 가장 많고, 40, 50대가 있으며, 젊은 층은 지체 부자유자(일수)나 정신이상자인 점순만 등장한다. 농촌총각은 결혼하기도 힘들고 누구나 대부분의 젊은이들은 농촌을 떠나고자 하였다. 다음에서 일수의 울분은 그것을 잘 설명해준다.

> **일수:** 대처에서 창열이 오라는 사람 읎었어유. 농살 지어봐야 바랄게 읎구, 눈엔 헛거미만 잡히구, 농사짓는 청년은 장가들길두 읎어유. (사이) 나는 다리 병신이니께 대처에 가나, 예 있으나 어차피 병신이지만 창열인 멀쩡한디 왜 안 떠나겄어유. 창열이도 대처서 병신이 됐지만…(윤조병, 1987; 79)

정부는 대다수가 돼버린 도시 인구를 위해 농지를 헐값에 매입하여 댐을 건설하고 댐의 물을 통해 생활용수와 공업용수를 도시인들에게 공급했다. 이 과정에서 농촌의 생태계는 심하게 파괴되었다. 그리고 또 도시인을 위한 농산물 가격 정책을 쓴다. 즉 풍년이면 값을 싸게 하고 흉년이 들어도 수입을 해서 농산물 값이 싸게 했다. 다음은 농민의 어려움을 잘 보여주고 있다.

> **일수:** 특용작물, 속성재배… 말루는 좋지유, 온식구가 제대루 먹지유, 입지두, 쓰지주 않구 비닐값, 활대값, 농약값, 비료값을 쳐들여서 키워 놓으면 수확기에 가선 똥값이유, 똥값… 그런 걸 또 헤유? 인전 지도 속지 않겄이유." (윤조병, 1987; 75)

전통적인 농산물 중 보리는 서구화에 따른 소비문화의 변화에 따라 밀을 많이 소비함에 따라 상대적으로 보리 소비가 줄어들어서 농가의 수익은 줄었다. 이러한 현상은 도시민들이 선도했지만 결국 농촌도 그 경향을 따라 갔다. 상만과 옥돌네의 대사는 그것을 잘 보여준다. 반면에 상대적으로 공산품은 2배 3배로 올라도 농산물 가격은 별로 오르지 않고 제 값 받기가 일수였고 농사를 짓는 농약과 생필품을 사기가 무척 힘들었다. 또한 수입 축산물은 농가 수익을 급격히 저하 시켰다. 돌쇠는 다음에서 이런 농촌의 실상을 잘 보여주고 있다.

> **돌쇠:** 한나디루 헤서 우리네가 농사져서 나오는 물건 값은 지아무리 올라 봐두 공장이나 대처에서 만들어 내는 물건값 절반두 따라잡지 못허는 거여…소허구 돼지를 길러 노면 쇠고기, 돼지고기를 마구잽이로 수입혀서 값이 뚝 떨어져, …그런디 공장이나 대처에서 나오는 것들은 어떤가 보자구. …암만 쏟아져 나와 두 값 안 떨어져…자전거, 경운기, 이양기, 자동차를 수없이 문들어대두 값만 잘 올라가지 내리는 거 읎어…농약허구 비료가 수없이 남아 돌아두 워디 값내려서 당신들 싸게 써보시오… 허는거 봤남?…(윤조병, 1987; 77~78)

게다가 정부의 다수확 품종 장려 정책에 따라 다수확 통일벼인 노풍을 심어도 냉해에 약하여서 기본 일반미인 아키바레보다 못한 수확을 올려도 아무런 보상을 받을 길이 막연하였다. 이러한 결과로 농민은 자녀 교육을 위해 농가 빚을 지게 되고 빚을 한번 지면 갚지 못해서 몇 년을 헤매어야 했다. 일수의 대사는 농가 빚의 실상을 잘 말해주고 있다. 그러나 아무리 흉년이 져도 농협이나 기간에 진 빚을 떼먹을 수는 없고 갚아 나가야 농약구매나 또 다른 빚을 얻을 수 있었던 것이다.

"가을 농사 읎다구 조합돈을 띠어먹을 장사가 있던가?"(윤조병, 1987; 57)라는 갑석의 대사는 이것을 간명하게 말해 주고 있다. 이것은 역설적으로 아무리 어려워도 조합돈을 떼먹을 궁리를 못했을 정도로 농협은 농민들을 억압하고 있었다는 것을 말하고 있다. 게다가 당시 한국 사회의 농산물 유통구조의 결함으로 힘들게 생산한 농산물이나 지역 특산물도 도시 중간 상인들이 중간에서 많은 이득을 남김으로서 농민에게 돌아오는 혜택은 상대적으로 작았다.

> **일수**: 값을 멕이구 돈을 받는 건 장사꾼이 허지 워디 농사꾼이 헌대유? 물건이 아무리 딸려두 농사꾼 손에 들어오는 건 그게 그거유.
>
> **덕근**: 그려 일수얘기가 백번 천번 맞는 얘기여. 물건이 달리면 그 값이구 조금 남아돌면 이건 똥값이여(윤조병, 1987; 75).

지금까지 농민이 받은 억압에 대해 알아보았다. 억압을 당하는 농민이나 소작인들은 지주와 정부의 정책과 사회기간으로부터 다양하게 시회, 경제, 심리적으로 억압을 다하였다. 이런 억압의 과정에서 피지배자들은 그 억압을 체념한 듯이 당연히 여기는 모습도 보인다. 그러나 작가 윤조병은 <농토>에서 억압받는 농민에 대해 묘사했지만 또한 다양한 형태의 저항에 대해서도 묘사하고 있으며 그것을 통해서 관객들에게 강한 메시지를 전달하고 있다. 그래서 다음에서는 <농토>에 나타난 다양한 형태의 저항에 대해 알아보고자 한다.

3. 농민의 저항 방식

억압받는 자들은 성적인 차별이든, 사회 계층에 의한 것이든 인종적인 것이든 그것을 제공하는 학교 기관이나 사회구조에 대해 저항하는 경향이 있다(Giroux, 1983; 260). 또한 샤마이(Shamai, 1990: 451)는 지배당하는 자들은 항상 지배 계층의 담론에 굴복하는 것이 아니라 저항하면서 새로운 자아를 형성해나가고 그들의 존재 가치를 더 확실히 해나간다고 하였다. 1980년대 초나 중엽에 농민들은 직접 물리적으로 저항하지는 않았지만 저항의 기운이 싹트고 있었다. 이것이 1980년 말과 1990년 초, 정치 민주화와 더불어 조직적인 농민운동으로 번져 갔다. 윤조병은 돌쇠나 다른 농민들이 지주의 집을 공격하거나 피습하는 것과 같은 저항을 꾀하기보다는 돌쇠와 다양한 극중인물을 동원하여 억압에 대한 총체적인 저항을 하게 한다. 우선 돌쇠가의 저항을 보면 여러 곳에서 보인다. 덕근의 진술을 보면 돌쇠가의 조상인 듬쇠는 더큰어른이 힘없는 백성들을 수탈하고 재물을 빼앗을 때, "아무리 상전이 시켜도 그 짓을 안했다(윤조병, 1987; 60)"는 그는 주인의 명령을 거부하고 죄 없는 소작농이 농민들을 수탈하는 것을 거부한다. 그 결과 그는 곤장을 맞고 볼기가 찢어진다. 죄 없이 매 맞는 모습을 1막에서 서술자 덕근을 통해 드러내고 있으며, 또 직접 회상의 모습으로 다시 보여줌으로써 작가는 관객들의 마음에 그동안 구전으로만 전해오던 지주의 잔혹한 억압을 직접 확인하게 하고 마음에 분노를 관객에게 각인시켜준다.

또한 돌쇠가의 저항은 경제적인 억압에서 벗어나기 위해 석산 개발에서 볼 수 있다. 석산은 나무도 안 자라고 길도 멀고 험하고 버려진 땅이었다. 듬쇠는 주인이 버린 땅을 이용하여 노비로 있으면서 바빴지만 혼신의 힘을 이용해 돌산 개발에 도전하였다. 그의 도전은 쉽지 않았다. 다음 덕근의 대화는 그것을 잘 설명해주고 있다, "깜깜한 야밤이나 낭구갔다가 쉬는 짬에 자갈을 벗겨내는 거여 마을에선 미쳤다구 하구 했다는만, 혼두 많이 나구,"(윤조병, 1987; 62). 그는 하루종일 주인을 위해 일하고 피곤한 몸에다 동네 사람들로부터 미쳤다는 소리를 듣고 주인으로부터 많이 미움을 받았지만 포기치 않고 석산 개간을 계속한 것이다. 이것은 노비요 소작농의 신분을 벗어나기 위한 것이었다. 마침내 150년 간 삼대에 걸친 장대한 이 석산 개발은 논 여섯 마지기를 마련하게 만들었다.

다음 덕근의 대화에서 마침내 돌쇠가의 집념의 꿈이 이루어지는 것 같이 보인다. "저 사람이 쉰 살되던 핸가 행랑 머슴 못어나면서 석산 봉답을 삼대 쇠경으루다가 얻어갖구 나와서 온식구가 메달려 빗물받는 모를 만든거여."(윤조병, 1987; 63). 이 외에도 돌쇠가의 도전은 여러 곳에서도 보인다. 가난과 억눌림의 한을 풀기 위해 그는 손녀. 손자 교육을 시키고자 애쓴다. 덕근과 갑석의 대화에서 이것을 엿볼 수 있다.

> **덕근**: 창열이나 점순이를 버린 건 즈그 애지 울배가 아니구, 즈그 할배 돌쇠여
> **갑석**: 진모 ……?
> **덕근**: 손주 손녀헌티 공부시키것다구 즈그 할배 돌쇠가 우겨댔으니께
> **갑석**: 삼대를 걸쳐 돌산을 개답헌 사람이 오죽허면 그러것어유.
> (윤조병, 1987; 72)

또한 돌쇠 아들 울배는 파월용사, 중동 근로자로 나다니며 돈을 벌어서 땅을 마련함으로써 계층이동을 시도했다. 창열이는 농촌을 떠나

도시에 나가서 출세하려고 공장에서 열심히 일하였고, 점순이는 공장주의 조카와 연애하면서 계층이동을 시도하였다. 하지만 울배가 생명을 바쳐 번 돈은 공장부지로 싸게 팔리고 보상이 두세 번 나눠 나오면서 낙담하여 술만 마시다가 죽었다. 창열이는 쇠 녹이는 일을 하는 중 손가락과 발가락을 다치고 병신이 되어 입원했지만, 회사에서 치료비를 안 주어서 치료받던 병원에서 잠적하였다. 점순이는 일하던 공장주 조카에게 몸만 빼앗기고 급여는 받지 못하고 회사를 그만두고 낙담하다가 창녀가 되었지만 별로 돈을 못 벌고 정신 이상자가 되어 귀향했다. 그러다가 어른의 별장을 짓기 위한 남포의 돌에 맞아 죽고 만다. 여기서 돌쇠가의 도전은 무의미하게 끝난 것처럼 보인다.

그러나 길버트와 톰킨스(Gilbert & Tompkins, 1996: 221~222)에 의하면 저항의 형태는 남아프리카(South Africa)의 탈식민지 연극에서와 같이 지체불구와 시체, 잘린 몸둥이 등을 통해서도 나타난다고 하였다. 이것들은 관객들에게 억압에 대한 분노를 깊이 각인시키는 효과를 준다고 하였다. 〈농토〉에서 윤조병은 돌에 맞아 죽은 점순의 시체, 공장에서 쇠를 녹이다가 화상으로 병신이 된 창열, 그리고 대동아 전쟁에서 죽은 돌쇠가의 조상 한 사람, 어깨에 총알이 박혀있는 돌쇠에 대한 묘사를 통해서 억압에 대한 저항을 나타내고 있는 것이다. 이런 것들은 극이 끝나도 이미지 속에 남아 있기 때문에 그 저항 효과가 큰 것이다.

저항은 또한 외형적인 것 뿐 아니라 마음의 의지에서도 나타난다. 석산 봉답을 3대 쇠경으로 분명히 얻어 나왔지만, 주인은 석산의 문서를 자기가 갖고 있다고 하면서 석산의 재산권을 행사한다. 즉 석산 돌은 댐 공사장에 팔고 석산 봉답 양지 짝에는 자기 별장을 짓기로 결정하고 돌쇠한테 지렁네를 떠나도록 종용한다. 이것으로 돌쇠의 저항은 무의미하게 끝난 것처럼 보인다. 그러나 문제는 돌쇠의 태도에서 나타난다. 돌쇠는 댐에 수문이 꽂혔지만 석산 봉답에 줄 두엄을 지게로 옮기고자 한다. 돌산 양지는 주인 별장 땅으로 빼앗겼지만 돌산 봉답을 계속 지키고자 하는 의지를 잃지 않았다. 또한 돌산 음지짝이라도 가고자 한다. 돌쇠는 이런 그의 의지를 마지막 대화에서 잘 보여준다.

> **돌쇠**: 음지땅 소작농이면 워쩌구, 양지땅 자작농이면 워쩌여…내가 아는게 농삿일이구, 조상 대대루 샛강, 한내, 지렁네에서 정을 붙구 왔는디 워디루 가겄어, 색깔루 땅을 알오두 예고, 청개구리 소리호구 찬새깃털루 날씨를 알어두 예고, 뜸부기 소리허구 베가 자란 칫수루 절기를 알어두 예요…(윤조병, 1987; 98)

돌쇠가 저항을 포기했다면 적당히 대처나 나가든지 다른 마을로 갈 수도 있다, 그러나 석산 봉답에 계속 정을 주고 석산 음지짝이라도 가고자한다. 여기에서 땅에 정을 주는 행위는 땅을 가꾸고 돌보는 것으로 돌쇠의 땅에 대한 소유권의 행사라고 볼 수 있다. 프레이르(Freire, 1970; 20)는 억눌린 자가 비평적인 의식을 갖는 것은 억압에 대한 불만족을 나타내는 방법이고 또 억압에 대한 해방으로 가는 길목이라고 하였다. 여기서 돌쇠는 조상 때부터 당해온 부당한 어른가의 억압에 대해 비평적으로 보면서 그 부당성에 항거하고 있는 것이다. 다만 그의 저항 방법이 물리적인 것이 아닐 뿐이지, 그의 마음에는 석산 봉답을 포기하지 않았다. 피식민자들은 계속되는 지배와 자기를 지키고자 하는 마음으로 인해 정체성의 혼란을 가져오고 또 일반적으로 자기를 부정하고 자기를 거부한다(문상영, 2003; 296). 돌쇠에게서 약간의 정체성의 혼돈은 보인다, "워쩌어… 주인이 간다는디"(윤조병, 1987; 96)라든가, 덕근의 "저사람이 쉰 살되던 핸가 행랑머슴 벗어나면서 석산 봉답을 삼대 쇠경으루다가 얻어갗구 나와서 온식구가 매달려 빗물짇는 보를 만든 거여(윤조병, 1987; 63)"라는 진술이 그것이다. 석산 봉답은 돌쇠가가 3대째 일한 대가로 받은 쇠경이므로 분명히 돌쇠의 것이다. 그러나 그는 주인이 거기에 별장을 지으려고 하는 것을 알았지만 항거하지 못했던 것이다. 그렇지만 돌쇠는 완전히 자기를 부정하고 자기를 거부하지 않는다. 오히려 그는 자기 조상의 억압을 다시 한번 더 회상함으로써 자기를 지키고 어른에 대해 분명히 저항하는 의지를 보여주고 있다. 그리고 어른가의 잔혹한 억압과 그 고통을 당한 조상들을 회상함으로써 관객들에게 어른의 억압을 호소한 돌쇠는 농민을 초월하여 사회 전체적으로 눌린 자의 저항을 한꺼번에 보여주고 있는 것이다.

> **돌쇠**: 아부지 한쇠씨두 해방을 맞으믄서 할아부지 덤쇠씨허구 똑같은 일을 당허셨어. 육이오 때는 나두 당헸구. 애비 울배두 그려서 죽었구, 창열이두 언젠가는 그런 꼴을 당허는 거여.(윤조병, 1987; 97).

여기서 돌쇠와 한쇠, 덤쇠는 지주어른가의 억압을 당했지만 울배 죽음의 직접적인 이유는 어른의 억압이라기보다는 공장부지로 들어간 땅에 대한 보상을 제대로 못 받은 것이 화근이 된 것이다. 또한 창열이의 병신 됨은 '대처'라는 도시에서 공장 쇠 녹이는 일 하다가 화상을 입었기 때문이다. 울배는 중동에까지 가서 일함으로써 미 달러를 국내에 벌어들인 한국 근로자의 표상이요 또 파월 장병으로 나가 목숨을 걸고 싸운 군인이기도 하다. 그의 죽음과 창열이나 점순의 억압에는 권력과 결탁하여 힘없는 자를 억압한 악덕 공장주와 같은 기업인에게 있다. 갑석의 "아녀뉴. 창열이 일이나. 지 일이나 울배나 답답허구 억울했것어유. 하소연 헐디두 읎구, 하소연 혀봤자 가제는 게 편이라구"(윤조병, 1987; 72)라는 말은 이것을 잘 표현하고 있다. 억압받는 농민이나 노동자들은 하소연을 할 수 있는 길도 없었다. 오히려 하소연 해 봤자 법원이나 경찰은 가진 기업주의 평을 들어주기 일쑤였다. 그러나 주인공 돌쇠는 여기서 자기와 가문의 선조나 자손이 당한 억압을 한꺼번에 표출하면서 주인 어른뿐 아니라 사회의 부조리로 인해 당한 억압 전체에 대해 항거하는 것이다. 관객들이 대부분 도시인들인 것을 감안 할 때 농토는 농민의 저항의 소리일 뿐 아니라 도시 노동자와 없는 자의 청체적인 저항의 목소리인 것이다.

이 극에서 여성 인물들의 저항 또한 특이하게 보인다. 점순은 공장주의 조카에게 몸만 이용당하고 배신당한 후 봉급도 제대로 못 받고 창녀가 되어 사회의 부조리에 도전한다. 그리고 정신 이상자가 된 후 귀향하여 호미를 들고 돌산을 쫌으로써 윤조병은 돌쇠가의 돌산에 대한 강한 집착을 보여주고 있으며 주인의 횡포에 항거하는 인물로 설정한 것이다. 이것은 주인에게 적극적인 담론으로써 저항하지 못하든 돌쇠의 심정을 정신이상자인 손녀딸을 통해서 저항하고 있으며, 또 그녀를 돌산에서 땅을 파다가 어른 남포에 맞아 죽게 함으로서 관객으로부터 큰 분노를 일으키게 한 역을 하고 있다 또 그녀의 죽음은 결혼 못한 농촌 총각 일수의 그나마 남은 결혼의 꿈마저 다 앗아간 것이다.

또 점순네가 어른의 성적요구를 받을 때 저항의 모습을 보이고 있다. 도리깨를 넘어뜨릴 정도로 충격을 받고 정신이 멍할 정도로 고민하는 점순네 모습에서 작가는 점순네의 고통을 드러낸다. 그리고 어멈점순네의 회상장면에서 사용된 단어 중 "남몰래 흘린 피눈물", "원혼" 등의 단어에서 고통을 극도로 표현함으로써 탈식민문학에서와 같이 고통 받는 모습을 관객들에게 알림으로써 어른이나 지배자에 대한 저항 의지을 보여주는 것이다. 또한 마지못해 어른의 요구를 수용하지만, 성적인 억압의 수용은 혼종성을 재창출함으로써 저항을 할 수 있는 것이다.

이것은 주인어른의 의도와는 상관이 없는 것이다. 즉 앞에서 언급한 것처럼 돌쇠의 출생도 아버지가 대동아 전쟁에 갔을 때 태어났고 혼종성에 의한 출생일 가능성이 높다. 또한 점순네는 석산 봉답에 대한 미련을 두고서 계속 거기에 농사를 짓고 있었던 것이다. 다음 점순과 돌쇠의 대화에서 잘 나타난다:

> **돌쇠**: 열두 뙤기가 손바닥만큼씩 헤서 합혜야 엿 마자기지만 인전 천수답이 아녀. 빗물을 받아쓰게끔 보를 만들었으니께 봉답은 면헌 거여.
>
> **점순네**: 그게 탈이지유. 어르신네가 잔뜩 욕심을 내구 있응께……(하면서 어른네를 보는데 돌쇠와 시선이 마주친다. 급히 시선을 돌리고) 바랄 것도 읎는 지렁내 폐답뙤기에 미련을 안 뒀으면 땜 공사장에 나가든지, 군 공동뫼지 이장 하든지 가서 주인읎는 송장을 파주든지 헷어두 애들 그일 안 당허구, 어르신네 빚두 덜 졌을 틴디, 심지 굳다구 고생하는 거유.(윤조병, 1987; 55)

점순네는 석산 봉답을 어찌하든지 차지하고자 다른 돈벌이도 마다하고 석산 봉답 농사를 짓고 있었다. 이것은 어찌하든지 석산을 차지하고자하는 어른에 대한 그녀의 저항인 것이다.

세 번째로 옥돌네라는 여인을 통해서도 저항은 이어진다.

> **옥돌네**: (탑에서) 점순이가 보이네유. 점순이가 돌산에서 호미루다 땅을 파구 있어유. (서서히 서러워지며) 점순이가 대처서 울매나 읎임을 당했으믄 저러것이유 …… 땡뙤기 읎는 설움이 울매나 컷으믄 저러것이유……(울먹이며) 땅이 울매나 갖구싶었으믄 저러것이유…(드디어 목놓아 통곡하며) 점순아, 점순아, 아이고, 아이고…점순아, 점순아……

> **갑석**: (바라보다가) 옥돌에미, 왜 그려? 왜 그려난 말여.
> **옥돌네**: (계속해서) 점순아, 니가 울매나 원통허구 복통허것니...할
>   아부지. 엄니 두구 죽은 니가 울매나 원통허것니…점순아, 아
>   이고 점순아. (윤조병, 1987; 93).

　　탈식민 문학연구에서 노래는 강력한 저항 효과를 나타낸다 (Gilbert 와 Tompkins, 1996; 194). 위의 인용에서, 옥돌네의 통곡에서도 강한 저항의 요소가 나타난다. 호미로 석산 땅을 파는 점순이의 행동이 땅을 갖고 싶은 열망이라고 하면서 크게 통곡한다. 점순은 이미 죽고 땅에 묻혔지만 이런 통곡을 통해서 관객들에게 강한 감정에 이입을 가져다 준다. 또 '원통', '읋', '땅'이란 단어를 두 번 사용하고, '울매나'를 5번 반복 사용함으로써 통곡의 효과를 드높이며 관객들에게 그 억울함을 호소하고 있다.

　　돌쇠가와 여성의 저항도 두드러지게 보이지만 돌쇠를 둘러싼 주변 인물들의 저항도 보이고 있다. 상만은 "지금이 어느 때라는 건 알어야 혀. 달나라 발싸 댕겨오구 별나라꺼정 가는 시상이여. 돔쇠, 한쇠 선대가 당헌 것두 지긋 지긋허게 원혼이 맺혔을 턴디 속알갱이두 읋어?" (윤조병, 1987; 96)라고 말하고 있다. 시대가 변해도 억울함에 대해 항거하지 못하는 돌쇠에게 지금은 시대가 봉건시대도 아니기 때문에 당연히 자신이 이룬 석산 봉답에 대한 권리를 찾아야 한다고 돌쇠에게 저항의식을 주지시키고 있고, 또 "속알갱이도 없어"라고 돌쇠의 행동이 얼마나 어리석은 가를 상기시키고 있다. 그는 주인이 돌쇠의 땅에 별장을 짓는다는 것을 제일 먼저 안 사람이다.

> **상만**: 땜에 물이 차면 게가 전망이 젤루 좋다드만… 그러니께 점
>   순이가 돌에 맞은 것두 땜공사 남포가 아니구 별장 짓는 남포

에 맞은 것이여 (그러나 아무도 대꾸도 않는다). (윤조병,
1987; 95)

소리들: 사고다 사고다. 돌쇠가 퍼뜩 그 쪽을 본다.
소리들: 점순이가 돌에 맞았다…점순이가 맞았다… 돌쇠가 휘청한
다. 가까스로 오동나무에 기댄 그가 석산을 향해 뭔가 외치려
고 한다. 그러나 소리가 나오지 않아 애를 쓴다. 결국 한마디
도 내뱉지 못하고 무릎은 꿇듯 미끄러져 내린다. (윤조병,
1987; 91)

상만은 점순의 죽음이 땜 남포 때문이 아니라 주인 별장 짓는 남포
때문임을 알린다. 또한 돌쇠가 쇠경을 얻어 개간한 봉답위에다 짓는
다는 것을 주지시킴으로써 저항의식을 더 심고 있는 것이다. 극에서 저
항은 침묵이나 제스처나 충격, 놀람에서도 나타낸다고 했다 (Gilbert &
Tompkins, 1996; 190). 위에 95쪽 인용에서 어른을 제외한 모든 등장인물
이 어른이 석산에 별장를 짖기 위한 준비가 끝났음을 확인한 후 너무
나 기가 막혀 말을 못하고 침묵한다. 그러나 이런 엄청난 충격을 보고
말 못하는 인물들의 제스처를 통해서 그리고 점순이가 죽었다는 소리
를 듣고 난후 돌쇠의 절망적인 제스처를 통해서도 작가 윤조병은 주인
의 악독함을 다시 한번 무대에서 각인시키고 있다. 덕근은 어른을 보자
어른을 못 본 척 외면하고, 옥돌네와 갑석은 반 외면함으로써 어른의
권위에 도전한다. 이것은 침묵으로써 소리 없이 이루어지지만 제스처
에서 분명히 어른에 대한 저항을 나타내고 있다.

또 다른 돌쇠 친구인 덕근은 "그러니께 씨는 상것, 어른 것이 따루
읊는 거여. 세도잡은 즈이들 편허게 만든 것이"(윤조병, 1987; 63) 라고
말함으로써 신분사회의 어리석음을 드러내고 모두가 평등한 존재임을
강조함으로써 부와 가난이 상습되는 현실을 비난하고 있다. 그리고 여

성 인물 옥돌네는 "아저씨, 세상이 변했어유. 그러다간 석산 봉답 열두 뙈기 엿 마지기꺼정 어르신테헌티 바치것 구먼유"(윤조병, 1987; 59~60)라고 말함으로써 돌쇠가 땅을 확실히 확보하도록 격려한다.

이 외에도 등장인물 수에서도 작가의 저항의지는 듯 보인다. 엔더슨(Andersen, 2003; 44)에 따르면, 코세렉(Koselleck)이 담론 분석에서 '동지(inside)'와 '(적)outside'으로 분석하였는데, 여기서 '동지'는 서로 공동의 이익을 추구하고 '적'은 그 공동의 이익에 배치되는 것으로 본다고 하였다. 등장인물중 이 극에서 돌쇠와 8명은 '동지(inside)'로서 '적(outside)'인 어른과 대치한다. 작가 윤조병은 〈농토〉에서 어른의 뜻을 수행하는 종을 한 명도 도입하지 않았다. 9명의 인물들이 모두 욕심쟁이 어른에 대해 총체적으로 저항을 하고 있다. 이들은 동지로써 서로를 위하고 또 도와주려고 하고 서로를 위해 눈물을 흘리기도 한다. 반면 어른은 위선과 기만으로 자기의 유익을 챙기고 군림하듯이 아랫사람에게 하는 권위적인 언어와 표준말만을 사용하다. 이에 반해 9명의 등장이물은 또한 충청도 사투리를 사용한다.

사투리를 쓰는 것 또한 연극에서 저항의 표시이다. 탈식민문학에서 영국식 영어 사용을 거부하고 현지의 토착화된 말을 씀으로써 식민지 지배자에 저항하는 경우를 흔히 본다(Gilbert & Tompkins, 1996; 170). 마찬가지로 충청도 농촌의 투박한 사투리를 사용함으로써 표준말과 권위적인 언어를 쓰는 위정자나 지배자에 눌린 농민의 한을 더 드러내고 저항의지를 더 드러내고 있다.

4. 맺음말 - 생략된 주체와 이 극의 한계

〈농토〉에서 윤조병은 농민의 억압과 피해 상황과 농촌의 어려움에 대해 다양하게 언급하고 있지만, 직접적으로 정부의 정책을 비난하거나 억압의 근원적인 주체에 대해서는 생략했다. 남아공 연극에서는 백인의 억압에 대해 직접 표현하기보다 차별 당한 흑인의 고통과 울분을 리얼하게 묘사함으로써 무대에서 관객들에게 저항의식을 더 높였고 또 백인 정부의 탄압을 피해 나갔다 (Gilbert & Tompkins, 1996; 221). 〈농토〉에서도 윤조병이 이 작품을 완성한 해는 1981년으로써 정치적으로 민주화가 안 된 군사 독재정권기였다. 이 극에서 소개된 사건 중 댐건설, 이농 현상, 농업인구 고령화, 공산품 가격 보장, 농산물가격 폭락, 농가부채 등의 농민에 대한 억압이 나온다. 또한 수몰지역을 빨리 떠나지 않았다고 야단치는 면소의 협박도 있지만, 대부분의 억압의 주체는 어른에게 거의 집중되어 있다. 이러한 현상은 3막 마지막 부분에서 잘 나타나 있다. 돌쇠는 모든 가정의 불행이 결국 어른 가의 잘못인 것처럼 다루고 있다. 그러나 실상은 억압의 주체는 지주 한 사람이 아니라 전체 농업정책을 실행한 정부가 그 근본적인 책임이 있다. 그러나 정부라는 단어는 이 극에서 한번도 사용치 않았다. 결국 이 극에서는 작가는 농민의 억압과 고통을 보다 리얼하게 묘사함으로써 억압의 주체인 정부에 간접적으로 저항하고 있는 것이다.

정부에 대한 직접적인 공격을 피해갔듯이 도시 노동자를 억압한 기업주에 대한 공격은 없다. 창열이는 공장에서 일하다가 화상을 입고 재해 보상 처리는커녕 병원비조차 혜택을 못 받아 야밤에 병원에서 도망쳐야 했다. 또한 점순이는 재봉기를 돌리는 일을 아무리해도 봉급이 나오지 않았다. 또한 이들의 아버지 울배는 엄청난 고통을 당했다. 울배는 파월 용사로 또는 중동근로자로 일하여 이룬 땅을 싼값에 팔아야 했고 제대로 보상도 없었고 보상금도 두세 번 늦게 나누어 나와 한이 맺혀 술만 마시다 죽었다. 당시 수출 지향적인 정책 아래 기업인들은 노동자들의 임금을 착취당하고 올바른 산업 재해 혜택도 주지 않았다. 또한 이러한 정부의 정책을 등에 업고 기업인들은 힘없는 농민의 땅을 헐값에 공장지로 매입하고 배상도 제대로 하지 않았다. 그러나 작가 윤조병은 "회사 주인 조카", "가재는 게편", "공장이 들어선게"(윤조병, 1987; 72)라는 표현만을 쓰고, 악덕 기업인들을 직접 공격하지 않았다. 대신 한 맺힌 노동자의 고통과 한 만을 언급함으로써 악덕 기업인의 억압을 간접적으로 관객에게 호소하고 있다.

또한 희미하게 묘사 됐지만, 분명 존재하는 빈익빈 부익부의 한국 사회의 부조리를 고발하는 담론이 있다. 이 극에서 돌쇠가의 사람들(돌쇠, 울배, 창열)은 어른가와 비교할 때, 국가에 충성하고 착하고 열심히 일하는 사람들이지만 이들은 가난하게 억압을 받고 힘들게 살아가고, 어른가는 비윤리적이고 의리가 없고 국가관이 없고 권력에 빌붙어 자기 이익만을 위해 산다. 그러나 어른가의 자손은 부와 권력을 세습하듯이 자손 대대로 이어간다. 이것은 밑바닥에 사는 사람들이 계층 이동을 시도하기가 얼마나 힘든지 그 실상을 잘 보여준다. 온 몸을 던져서 일한 돌쇠, 울배, 창열, 점순은 열심히 일했지만 코리안 드림을 이루는데 실패했고, 어른의 아들은 나가면 모두 한 자리씩 해 가지고 면소의 환영을 받으면서 돌아온다. 이것은 빈익빈 부익부 현상을 가속화시키고 없는 자가 얼마나 출세하기가 힘든가 하는 한국사회의 단면을 고발하고 있는 것이다.

이 극은 여성의 성적억압은 잘 다뤘지만, 여성주의자들에게 공격의 빌미를 제공하는 요소가 많다. 중요한 담론은 대개 남성 인물을 통해서 말하고 수다스럽고 중요하지 않는 담론은 대개 여성인물이 역을 한다. 즉 남성 인물 덕근을 통해서 극 이해에 꼭 필요한 돌쇠가의 내력을 이야기하게 한다. 또 주인 어른이 석산 봉답에 별장을 짓는 다고 알려주는 인물도 남성인물인 상만이다. 이극에서 남성인물과 대화하는 여성인물은 주로 몰라서 물어보고 또 수다를 떨고 있다. 또한 여성은 총 3명이지만 남성은 7명으로 등장인물 수에서도 차별이 일어나고 있다. 돌쇠가 어른가가 자기 가문에 얼마나 피해를 주었는가를 이야기할 때 가문의 피해 상황 언급에서 점순이가 주인어른의 별장 짓기 위한 남포에 직접 적으로 죽었지만 점순이에 대한 피해는 빠져있다.

이러한 여성주의 적인 문제점에도 불구하고 〈농토〉는 농민의 고통과 한과 그 저항의식을 관객들에게 잘 전달하고 있다. 주인공 돌쇠처럼 농민들은 국가에 봉사하고 정부의 공업화와 근대화에 희생된 그룹이라고 할 수 있다. 구릉논이나 석산 봉답에 돌쇠가가 속은 것처럼 농민들은 정부가 외치는 '농가 부채 탕감', '농산물 가격 보전' 같은 구호에 계속 속고 속았다. 농민의 꿈과 마음과 역사를 담고 있는 땅은 공장지나 댐으로 바뀌고 농산물 가격은 폭락함으로써 농업에 희망을 둘 수 없었던 농촌인구는 도시로 떠나고 농촌은 노년층이나 불구자나 정신이상자가 사는 곳으로 전락하였다. 그러나 윤조병은 이러한 억압을 받는 농민들의 울분과 아픔을 농토에서 잘 표현하고 있으며 더 나아가 작중 인물의 다양한 저항을 총체적으로 다룸으로써 농민은 아직도 살아 있고 부당한 지배이데올로기에 저항하고 있다는 것을 리얼하게 보여주고 있다.

참고문헌

문상영, 「인종과 미국적 정체성에 대한 비판적 성찰」, 『고부응 외, 탈식민주의: 이론과 쟁점』, 서울: 문학과지성사, 2003.

박주식, 「제국의 지도 그리기」, 고부응 외, 『탈식민주의: 이론과 쟁점』, 서울: 문학과지성사, 2003.

송재일, 『농민, 빼앗김과 견딤의 담론: 윤조병의 〈농토〉를 중심으로』, 공주문화대학 논문집, 제 22집, 1995.

양석원, 「탈식민주의와 정신분석학」, 고부응 외, 『탈식민주의: 이론과 쟁점』. 서울: 문학과지성사, 2003.

유민영, 「건강한 삶의 의지에 대한 관심」, 윤조병, 『농토』, 고양: 예니, 1984.

윤조병, 『농토: 농토 농민 농녀 참새와 기관차』, 고양: 예니, 1984.

Altbach, P., 「Education and neocolonialism」. In B. Ashcroft, G. Griffiths & H. Tiffin (Eds.), *The post colonial studies reader*, London: Routledge, 1995.

Andersen, N.A., *Discursive analytical strategies: Understanding Foucault, Koselleck, Laclau, Luhmann*. Glasgow: The Policy Press, 2003.

Carnoy, M. *Education as cultural imperialism*. New York: David McKay, 1974.

Derrida, J., *Writing and difference* (A. Bass, Trans. with an introduction and additional notes). London: Routledge & Kegan Paul, 1981.

Freire, P., *Pedagogy of the oppressed* (M. B. Ramos, Trans.). New York: Herder and Herder, 1970.

238

Gilbert, H. & Tompkins, J., *Post —colonial drama: theory, practice, politics.* London: Routledge, 1996.

Giroux, H., "Theories of reproduction and resistance in the new sociology of education: A critical analysis". 『Havard Education Review, 53』, 1983.

Kress, G., & Leeuwen, T.V., *Reading images.* Victoria, Australia: Deakin University Press, 1990.

Lee, Dong Bae, "The ideological construction of culture in Korean language textbooks: A historical discourse analysis". Unpublished doctoral dissertation, The University of Queensland, 2000.

Shamai, S., "Critical sociology of education theory in practice: The Druze Education in the Golan". 『British Journal of Sociology of Education, 11』, 1990.

Soja, E. W., *Thirdspace: Journeys to Los Angeles and other real —and- imagined places.* Oxford: Blackwell, 1996.

ABSTRACT

Oppressed Korean farmers and their resistance in the play ⟨*Nongto*⟩

Lee, Dong-bae

This paper is a critical analysis of a play ⟨*Nongto*⟩ (farming land, 1981, by Yun Jo-byeong) about the resistance of Korean farmers by the Korean government and landlords for more than five decades. By using critical discourse analysis, postcolonial theories and other resistance theories, this paper discloses the extent of and resistance to their oppression.

The Korean farmers were very faithful, loyal and obedient to their landlords and the government, they fulfilled all required duties and responsibilities (e.g. conscription, work in the Middle East), but they lived very poor lives because Korean rulers marginalized the farmers in favour of urban dwellers. Korean leaders adopted a policy of urbanization and industrialization. Farm products were sold at the low prices and farmers' land was sold to the urban dwellers cheaply. Rural residents left farming areas for cities. Under the military regime, it was extremely hard to resist, yet the writer Yun Jo-byeong challenged the Korean government indirectly. In ⟨*Nongto*⟩(farming land) he reveals how farmers have suffered because of industrial-urban centered policies. He expresses his opposition through the gestures and emotions and mental states of his characters, who show varying degrees of resistance.

Finally the protagonist, a third generation farmer, decides to continue his fight against the landlord and inequal and unjust policies, saying "It is those who love and have affection to the land that is the real owner of the land".

주제어 : 농토, 윤조병, 지배이데올로기
Key Words : Nongto, Yun Jo-byeong

□ **극문학과 공연예술의 이해**

인쇄 2004년 10월 5일
발행 2004년 10월 10일

발행처● 한국드라마학회
발행인● 양 원 옥
펴낸이● 한 봉 숙
펴낸곳● 푸른사상사

등록 제2-2876호
서울시 중구 을지로3가 296-10 장양B/D 202호
대표전화 02) 2268-8706－8707
팩시밀리 02) 2268-8708
메일 prun21c@yahoo.co.kr / prun21c@hanmail.net

값 17,000원

ISBN 89-5640-268-X-03840

*저자와의 합의에 의해 인지 생략함